东莞市文化精品专项资金扶持项目

红色记忆

东莞文艺百年图志（1921—2021）

1921

2021

—— 柳冬妩 著 ——

SPM 花城出版社
南方传媒
中国·广州

图书在版编目（CIP）数据

红色记忆：东莞文艺百年图志：1921—2021 / 柳冬妩著. -- 广州：花城出版社，2022.9
ISBN 978-7-5360-9790-2

Ⅰ. ①红… Ⅱ. ①柳… Ⅲ. ①文艺－文化史－东莞－1921-2021 Ⅳ. ①I209.965.3

中国版本图书馆CIP数据核字(2022)第176236号

出 版 人：张 懿
责任编辑：林佳莹
技术编辑：薛伟民
装帧设计：林 希

书　　名	红色记忆：东莞文艺百年图志：1921—2021 HONGSE JIYI DONGGUAN WENYI BAINIAN TUZHI 1921—2021
出版发行	花城出版社 （广州市环市东路水荫路11号）
经　　销	全国新华书店
印　　刷	佛山市浩文彩色印刷有限公司 （广东省佛山市南海区狮山科技工业园A区）
开　　本	787毫米×1092毫米　16开
印　　张	17.5　1插页
字　　数	310,000字
版　　次	2022年9月第1版　2022年9月第1次印刷
定　　价	38.00元

如发现印装质量问题，请直接与印刷厂联系调换。
购书热线：020-37604658　37602954
花城出版社网站：http://www.fcph.com.cn

目 录

导　论　百年红色文艺中的"东莞红"　001

第一章　袁振英与《新青年》《共产党》《劳动界》　007

第二章　张松鹤的红色雕塑　029

第三章　黎冰鸿的油画《南昌起义》《秋收起义》　057

第四章　王作尧的《东纵一叶》与文化名人大营救　067

第五章　李任之的《李任之日记》和传记　085

第六章　罗立斌的革命纪事　095

第七章　王匡的报告文学《跃进大别山》　105

第八章　陈残云的长篇小说《香飘四季》　129

第九章　郭同江的连环画《渔女春秋》　145

第十章　谭日超的《大沙田放歌》　151

第十一章　咏慷的红色题材创作　163

第十二章　林岗的《父亲的奥德赛》　187

第十三章　东莞红色人物传记文学研究　203

第十四章　改革开放题材文学创作研究　209

第十五章　东莞新时代党建题材报告文学研究　259

导论

百年红色文艺中的"东莞红"

2021年是中国共产党成立一百周年。一百年充满艰辛,一百年创造辉煌。撰写文艺评论专著《红色记忆——东莞文艺百年图志(1921—2021)》,旨在隆重纪念这一具有历史性的节日,歌颂党的丰功伟绩,传承党的红色基因,以文艺评论的形式呈现中国共产党一百年波澜壮阔的光辉历程。本书聚焦莞邑莞人莞事,选取全国背景与东莞特色的结合点,采用图文并茂的方式论述红色主题100年的发展脉络,使读者对"红色记忆"有直观的印象,同时侧重于理论分析,挖掘出东莞红色文化的精神内涵。本书配上大量红色主题历史图片,以史带图,以图出史,图史互动,所提供的不仅是一种图文并茂的著述形式,而且是一种图文相互阐释的研究方法和研究模式。

习近平总书记指出:"建立中国共产党、成立中华人民共和国、推进改革开放和中国特色社会主义事业,是五四运动以来我国发生的三大历史性事件,是近代以来实现中华民族伟大复兴的三大里程碑。"本书紧紧围绕这三大历史性事件,设计主要内容和章节结构。一百年来,中国共产党及其所领导的中国革命、建设、改革事业对文学艺术创作产生了深刻影响,从根本上决定了中国文学艺术的发展道路、呈现方式和基本形态。东莞作家、艺术家深度参与了中国革命史和社会发展史,成为中国共产党领导的革命、建设、改革事业的重要组成部分,形成了中国百年红色文艺中的"东莞红",生动诠释了党史、中华人民共和国史、改革开放史、社会主义发展史的深刻内涵,党的百年历程中各个重要的历史时期、历史事件、历史人物都在东莞文艺中得到了生动形象的书写，并产生了一些影响深远的红色经典。

中国共产党的成立，是开天辟地的大事，深刻改变了近代以后中华民族发展的方向与进程，深刻改变了中国人民和中华民族的前途与命运。东莞温塘人袁振英，是中国共产党最早的一批党员之一、社会主义青年团的八个创始人之一，也是中国近代戏剧理论研究的拓荒者。他曾参与筹建中国共产党，是《新青年》《劳动界》《共产党》等杂志的重要撰稿人之一。袁振英撰写的《易卜生传》，有力地配合了当时中国正在兴起的新文化运动，发挥了特殊的启蒙作用。东莞清溪人张松鹤，是中华人民共和国雕塑事业的奠基人之一，主要作品有人民英雄纪念碑的浮雕《抗日游击战》，《鲁迅全集》封面浮雕《鲁迅像》、《鲁迅半身石雕像》、《鲁迅胸像》，石家庄烈士陵园铜像《战斗》和《埋雷》，《列宁胸像》、《毛主席浮雕像》等。东莞凤岗人黎冰鸿油画代表作《南昌起义》曾收入中小学课本，堪称红色经典，富有极强的艺术感染力，是对中国共产党历史功绩的忠实记录与生动诠释。黎冰鸿的油画《秋收起义》表现了起义武装用大刀、长矛等消灭敌人的场面，充分显示出作者对人民军队的深厚情感和高超的绘画技巧。《中华人民共和国开国纪念邮票》上毛泽东的像，是邮票设计家孙传哲根据黎冰鸿对毛泽东的正面戴八角帽的素描创作的。由黎冰鸿创作的戴八角帽毛主席标准像被广泛认可，第一张毛泽东同志标准像由此诞生。1949年开国大典时，天安门城楼上悬挂的也正是这个戴八角帽的毛主席像。东莞厚街人、东江纵队副司令王作尧的《东纵一叶》，叙述了抗战初期他参与组织模范壮丁队、建立东江纵队、挺进粤北以至抗战胜利后北撤山东等重大斗争过程，特别是《东纵一叶》第十章《紧急抢救》，放在整个中国的红色文化史中，都具有极其珍贵的文献价值。1941年12月，日军攻陷香港，中共中央指挥部署、广东人民抗日游击总队（东江纵队前身）作为主力实施组织了"文化名人大营救"，茅盾等八百多名文化名人和民主人士全部顺利逃出，无一人被捕，也因此被后人称为"胜利大营救"，这在中国革命历史上具有重大意义。茅盾在其所著的《脱险杂记》中称："这次营救工作，是难以想象的仔细周密，是抗战以来（简直可以说是有史以来）最伟大的'抢救'工作。"作为这场大营救的直接领导者之一，王作尧的《紧急抢救》一文，对历史事件进行了最大限度的还原。可以说，这次大营救为中华人民共和国保存了文脉。担任过两届中央委员的东莞常平人李任之，他所写的《李任之日记》是进行革命传统、艰苦创业精神教育的好教材。东莞茶山人罗立斌的长篇纪实文学《八路军挺进军抗战纪事——八年烽火战芦沟》，写的是抗日战争时期八路军的挺进军从1939年起，在河北、察哈尔、热河三省边界，开展对敌斗争的历程和取得的胜利。罗立斌不仅是革命家，同时也是诗人、作家、作曲家、剧作家和理论家。延安时期的红色经典《白毛女》，根据广泛流传于晋察冀边区一带的"白毛仙姑"的传说改编而来，但最早挖掘并创作成歌剧的作者，却是罗立斌。罗立斌创作的歌剧《白发女神》，是"白毛女"的最早版本。该剧概括旧社会亿万农民备受压迫的苦难历史，颂扬了劳动人民的反抗精神。千里跃进大别山，是解放战争时期晋冀鲁豫野战军按照党中央的决策部署进行的一次重大军事行动。东莞虎门人王匡的《跃进大别山》，是最早反映这一重大历史事件的报告文学作品，是对党的革命历史的同步记录和书写。1977年以后，王匡任国家出版事业管理局局长，恢复在"文革"中停止的稿酬制度，重印中华人民共和国成立以来出版过的三十五种中外著作，并策划新版《鲁迅全集》的注释出版工作。东莞麻涌人咏慷，是著名的军旅作家，其父陈一虹1938年离家奔赴延安，曾任中国人民解放军档案馆馆长。父子俩共同出过一本诗集，从中可以看到革命激情燃烧的岁月。

中华人民共和国成立，中华民族开启崭新篇章。广大作家、艺术家被新生的人民共和国所鼓舞和振奋，满怀豪情投身于社会主义建设，用手中的笔为中华人民共和国建设添砖加瓦。著名作家陈残云于1958年秋至1960年春，到东莞县担任副书记，在水乡蹲点体验生活，创作了长篇小说《香飘四季》。他光着脚板走遍了河道交织的村落，在农民兄弟家同吃同住同劳动，收集了大量素材，创作了这部脍炙人口的佳作，堪称珠江文化美学品格的杰出代表，具有恒久的艺术魅力，故而一版再版。陈残云的散文《沙田水秀》最初发表于1960年第3期《红旗》，曾被选编入中学语文课本，为我们描绘了东莞水乡的秀丽风光。1959年东莞水乡遭遇了"一场百年未遇的特大洪水"，1960年中堂等东莞水乡恢复了生产，重建了家园，之后又赢得了"一造夺回两造粮"的大丰收。陈残云在散文《水乡探胜》（原载1960年第14期《红旗》）的结尾写道："我们离开了这场浩劫，又重建起来的新式又美丽的小村，走在公路上，太阳已经落下去了。水乡中黄昏时候特有的大南风，吹得异常轻快，吹得公路上空的高压电线呼呼作响，吹得公路两旁开阔的田野，漾起了海波一般的金色的谷浪。面对着这景色清新的丰收景象，心头无限舒畅。" 东莞麻涌人郭同江，从一个贫苦的农民靠勤奋自学而成为一名著名画家，成为优秀的中国共产党党员、全国文艺先进工作者、全国劳模，受到毛泽东、刘少奇、周恩来、邓小平等党和国家领导人的接见。主要代表作有连环画《渔女春秋》，1962年获得广东省第三届群众美术展一等奖，1964年被文化部评选收入"大众连环画库"，是广东省唯一入选的作品（全国一共二十三部作品入选）。到目前为止，《渔女春秋》一共再版十二次，发行三百余万册，被誉为国宝级作品。谭日超发表于1962年的《大沙田放歌》，是内心感情的真挚的流露和抒发，诗人从旧社会的苦难中走来，如今目睹祖国和家乡的巨变，诗人的胸中"翻滚着万语千言"。没有对新社会新生活至真至诚的热爱，诗人是不可能写出这样饱含着浓烈感情的诗句的。中华人民共和国成立后，林若在东莞工作十五年，从区工委书记、县委宣传部部长、县委副书记到主持全面工作的县委书记，亲历和见证了东莞从新民主主义到社会主义这个伟大社会变革中的一个个重大历史事件。开掘东莞运河、修治东江大堤等大型水利工程，就在林若领导下陆续建成。林岗的散文《父亲的奥德赛》，追溯了父亲林若在东莞的足迹，讲述家族鲜为人知的故事。

改革开放，东莞创造了"东莞奇迹""东莞现象"，引人注目，被誉为中国改革开放一个精彩而生动的缩影。一大批反映东莞改革开放的文学艺术作品，将莞邑大地上的可歌可泣的人物和事件，以文艺作品进行再现和描绘，对于提炼城市精神、提升城市形象等具有重要的现实意义和深远的历史意义。1994年11月，冯牧、莫言、李国文、陈祖芬、陈建功等一批著名作家云集东莞，创作了以东莞改革开放为题材的文学作品。新世纪以来，东莞先后实施了东莞改革开放30周年文艺创作工程、东莞改革开放40周年文艺创作工程，为东莞立德、立言、立功，为人民塑像、树碑立传。何建明、朱子峡的长篇报告文学《东方光芒》，以文学的形式记录了改革开放以来东莞社会所发生的深刻变革，以时序和史实为经，以人物为纬，对东莞改革开放历史材料进行了认真的选择、梳理和剪裁，精心构思，精心结撰，描绘了一幅东莞与世界接轨、历史与现实交汇的开阔恢宏的改革开放画卷，展现了东莞改革者、领导者和建设者的精神风采。赵瑜的《篮球的秘密》是首部全方位、多向度、多侧面反映东莞篮球文化发展及其改革实践活动的纪实作品。杨羽仪的《东莞，你在崛起》，张胜友的《东莞：城市传奇》、高洪波的《东莞琐记》、肖复兴的《东莞之东》、李发模的《东莞印象》、李松涛的《东城，这方土地这方人》等，都是书写东莞的美文佳作。东莞作家陈玺、胡海洋、杨双奇、莫华杰等，出版了以改革开放为背景的长篇小说，提供了社会各个领域无比丰富的生动细节和形象化的历史场景。2018年3月7日，习近平总书记在广东代表团参加审议，全国人大代表、广东唯美集团董事长黄建平介绍了以党建文化引领民营企业文化的建设情况，习近平总书记肯定了唯美的做法，指出民营企业搞党建不是一种形式的、功利的想法，要真正拥护党的理念，做到心中有党。2018年8月，中共东莞市委组织部企业工作委员会，委托东莞市作家协会组织作家以广东唯美集团党建工作为考察中心撰写大型报告文学《广东唯美集团党建工作纪实》，由陈启文、胡磊、丁燕、柳冬妩、詹文格等参与创作和执笔，系统梳理广东唯美集团多年来党建工作的奋斗历程。东莞作家协会主席陈启文的长篇报告文学《为什么是深圳》，以宏大的视野为我们展开一幅深圳的历史画卷，全景式记录深圳从1980年到2020年四十年波澜壮阔的发展历程。扶贫题材文学创作，也是新时代改革开放文学创作的重要组成部分。东莞作家丁燕的长篇报告文学《岭南万户皆春色：广东精准扶贫纪实》，是"中国作家协会脱贫攻坚题材报告文学创作工程"作品之一。丁燕深入走访广东省连樟村、斜周村、海丰县等多个贫困地区，与当地贫困村民、扶贫书记亲切交流，以质朴真实的文字记录在国家精准扶贫政策指导下贫困村民摘掉"穷帽子"、过上新生活的巨大变化。火热的现实和身临其境的生活体验提供了大量崭新的文学素材，丁燕扶贫文学中不少故事都直接源于她的扶贫日记或访谈等第一手资料，这是时代与生活的馈赠。

袁振英与《新青年》《共产党》《劳动界》

一、袁振英早年的红色生涯

1894年7月14日，袁振英出生于东莞县温塘村。1918年7月毕业于北京大学西洋文学系。袁振英先后参加上海、广州的共产党的早期组织，在中国共产党和社会主义青年团的创建中做出过重要贡献。1920年7月，袁振英来到上海，遇到他的老师陈独秀。陈独秀此时正在筹建中国共产党，要求袁振英留在上海帮忙。袁振英晚年有回忆文字："回国经沪，见到了陈独秀。他要我帮忙他组织了共产党小组。"关于袁振英在上海、广州共产主义组织的活动，目前研究成果认为他的贡献是：参与密商组织共产党的办法，讨论共产党纲领草案；被陈独秀派往武汉开展建党联络活动，劝恽代英加入共产党早期组织，与恽代英到武汉三镇的工厂、学校调查劳工和学生情况；参与发起组织上海社会主义青年团；参加党的刊

袁振英照片

物的编辑和撰稿工作。1921年春，袁振英又跟随陈独秀在广州参加了重建广州共产党的活动。在中共中央党史研究室编著出版的《中国共产党历史》第一卷上册均有明确记载，中共上海市委党史研究室和中共广东省委党史研究室分别编著出版的《中国共产党上海史》《中国共产党广东地方史》均做了相应记载。袁振英是中国共产党早期的五十多个党员之一，这也成为党史学界公认的历史事实。（参见陈立平《袁振英传略》）

1920年8月，袁振英在上海参与创建中国社会主义青年团，是八个发起人之一，负责团务工作。社会主义青年团建立后，在上海开办外国语学社，吸收进步青年入团，培养革命人才。袁振英担任外国语学社教师，为建团工作和培养革命人才做出了贡献。1920年9月至1921年4月，袁振英在上海共产党机关刊物《新青年》月刊、理论刊物《共产党》月刊担任编辑工作，并担任《新青年·俄罗斯研究》的主编，在这两个刊物发表了许多译作，介绍俄国十月社会主义革命和苏维埃俄国的经验，宣传马克思主义。"俄罗斯研究"专栏共刊出介绍苏俄的译、著共三十八篇，其中译文三十五篇，袁振英的译文占二十四篇。1920年12月1日出版的《新青年》第8卷第4号，发表了13篇译文，全部由袁振英一人翻译。可以说，袁振英在《新青年·俄罗斯研究》上传播马列主义所发挥的作用，是当时

袁振英故居

任何一个共产主义者无法相比的。

1920年8月22日，在中国共产党上海发起组的领导下，袁振英与俞秀松、施存统、陈望道、李汉俊、叶天底、沈玄庐、金家凤等八名青年发起成立了中国第一个社会主义青年团——上海社会主义青年团。团的机关设在新渔阳里6号（今淮海中路567弄6号）。在这里，还诞生了党组织创办的第一所培养青年革命干部的学校——外国语学社，还有党组织领导的第一个通讯社——中俄通讯社。

1920年9月，上海共产党早期组织在上海法租界霞飞路（今淮海中路）新渔阳里6号的石库门房子里创办了中共历史上第一所培养革命青年干部的学校——外国语学社。外国语学社由杨明斋任校长兼授俄语，俞秀松任秘书管理行政事务，魏金斯基夫人库兹涅佐娃教授俄语，李达教授日语，李汉俊教授法语，后又聘王元龄任俄语教师。时年27岁的袁振英则在此教授英语。外国语学社名义上公开招生，实则由各地早期党的组织或早期共产主义者推荐，学生有刘少奇、罗亦农、任弼时、萧劲光、许之桢、汪寿华、柯庆施、韦素园、蒋光慈等五十余人。

在党的百年华诞到来之际，首本讲

1924年，袁振英与夫人黄式坤、长子袁昌法

《画说新渔阳里6号》，上海文化出版社

《画说新渔阳里6号》内页，左二坐者为袁振英

述青年团历史的连环画新作面世，八旬高龄的连环画画家程国英创作的水墨连环画《画说新渔阳里6号》于2021年5月由上海文化出版社出版，封面左二即为袁振英。

《画说新渔阳里6号》由程国英绘图、余阳撰文，共青团上海市黄浦区委员会、中国社会主义青年团中央机关旧址纪念馆、上海城市动漫出版传媒有限公司、上海海派连环画中心共同策划，在这册连环画里多次出现了袁振英的身影。

2009年8月22日，纪念袁振英诞辰115周年学术研讨会在上海中共一大会址纪念馆召开，会议由中共一大会址纪念馆、上海中共党史学会、中共东莞市委党史研究室、南湖革命纪念馆联合举办。2014年7月28日，中国共产党建党史暨纪念袁振英诞辰120周年学术研讨会在中共江苏省委党校会议中心举行，来自北京、上海、广东、江苏等8省市专家学者及参与建党的早期党员张太雷、俞秀松、袁振英等人的亲属冯海龙、俞敏、黄璧坤等108名代表出席了会议。

二、袁振英与《新青年》《共产党》《劳动界》

袁振英作为中国共产党上海早期组织的创始人之一、中国社会主义青年团八个发起人之一，《新青年》杂志、《共产党》月刊、《劳动界》周刊等报刊的编辑与撰稿人，为中国共产党的创建与马克思主义的传播贡献了一份不可或缺的力量。

1920年9月，第8卷《新青年》成为上海共产主义小组的机关刊物。中国共产党成立后，《新青年》一度成为党中央的机关刊物，陈独秀主编。《新青年》从第8卷第1号起，特设《俄罗斯研究》专栏，介绍俄国十月社会主义革命和苏维埃俄国的经验，袁振英担任这一专栏的主编。《新青年》开辟这个专栏，就是致力于把社会主义介绍到中国来，帮助中国人民了解俄国十月革命的胜利和成功经验，了解指导俄国十月革命的马克思主义学说，引导中国人民坚决走十月社会主义革命的道路。这是袁振英对创建中国共产党的最大贡献，也是他一生中最大的亮点。《俄罗斯研究》专栏从第一期到最后一期，共刊出苏俄的译、著三十八篇，其中译文三十五篇，袁振英的译文就占了二十四篇。

《共产党》月刊，1920年11月7日创刊，1921年停刊，共出六期，是中国共产党建党之初的重要文献，是中国共产党上

《新青年》杂志，第八卷第一号，1920年9月

《劳动界》周刊，1920年8月

海发起组创办的党内机关刊物,也是中国共产党的第一个党刊,其发轫、发展与中国共产党的筹建息息相关,带有鲜明的历史色彩与时代烙印。

1920年8月15日,上海共产主义小组陈独秀、李汉俊发起创办《劳动界》周刊,这是中共创办的第一份通俗工人读物。《劳动界》周刊内容设有演说、国内劳动界、国外劳动界、诗歌、小说、读者投稿等专栏。文章生动活泼,短小精悍,以生动的事例揭露了资产阶级压榨工人的罪行,启发工人的觉悟,共出版了24册,1921年1月终刊。

陈独秀在上海建立共产党之后,开始大力宣传马克思主义。《新青年》杂志从第八卷第一号起,成为中国共产党上海发起组的机关刊物,公开宣传马克思主义。1920年11月,陈独秀又创办半公开的党内理论刊物《共产党》月刊,专门介绍共产党的基本知识和发展状况。袁振英担任这两个杂志的编辑工作并以"震瀛"和"震寰"笔名发表了大量译作。《新青年》特设《俄罗斯研究》专栏,这个专栏就由袁振英负责,目的是帮助人们了解俄国十月革命胜利的意义及苏维埃俄国的政治、经济等各方面的情况,以此宣传马克思主义,引导中国走俄国十月社会主义革命的道路。《俄罗斯研究》专栏前后发表袁振英24篇译作,诸如《全俄职工联合大会》《劳农协社》《苏维埃的教育》《苏维埃政府的经济政策》《苏维埃俄罗斯的社会改造》《过渡时代的经济》《列宁与俄国进步》等。这些著作全面介绍了十月革命后苏维埃俄国的政策、法令、经济、文化、军事教育、艺术以及列宁的思想等各方面的情况。这些文章政治色彩浓,舆论导向明显,用袁振英的话说:"《新青年》赤化已现,北大一班教授已不敢投稿……所以我便不能不多翻译一些美国共产党机关报《苏维埃俄罗斯》周刊的稿件。"因此,袁振英主持的《俄罗斯研究》起了很好的"树旗帜"的作用,在当时进步青年中影响很大。在《共产党》月刊上,袁振英也发表了《列宁的著作一览表》《共产党第九次代表大会》《为列宁》《共产党未来的责任》《莫斯科第一次工人的自由市府》等大量译作。此时的袁振英俨然是一个宣传俄国十月革命的职业革命家,他工作繁忙,著作不断,他曾自豪地说:"日试万言,倚马可待,也不是一件难事!好不好是另一个问题!"袁振英为什么在当时如此热心宣传马克思主义?他认为是负一份责任,他曾经说:"我之所以参加了共产主义小组,就是在当时很少人提倡共产主义,假如我不负一份责任,对于主义的进展更多一些障碍。"他在坦白他和陈独秀的关系时还有这样一段话:"根本上陈独秀不懂得什么叫作马列主义、社会主义、共产主义等;又不懂得西文,所以他不能不要我帮忙,而且我也乐得担任这种职务。"从这段话可以看出袁振英认为自己对社会主义有长期研究和了解，又懂得外文，因而"乐得担任这种职务"。而当时能介绍苏维埃俄国情况的人也寥寥无几。因此，在中国早期宣传马克思主义的过程中，袁振英的贡献是不能忽略的。

袁振英刊于《新青年》《共产党》上的作品，多为译作。袁振英的中学学习是在香港进行的，他熟谙英文和法文，陈独秀留袁振英在上海的一个重要原因就是让袁振英发挥外文优势，充当他和共产国际以及其他国籍社会主义者之间的翻译。筹建共产党是一项秘密工作，只能任用信得过的人，袁振英是陈独秀的学生，外语又好，陈独秀要跟苏联共产党和共产国际代表魏金斯基等人接洽，袁振英是首要翻译人选。陈独秀把他介绍到《上海俄文生活报》担任英文译员，而该报馆就是苏联和共产国际开展东亚共产主义运动的秘密大本营，魏金斯基的公开身份就是该报的编辑。因此在上海的半年时间，袁振英利用记者身份公开活动，又在共产国际和中国共产党人之间担任翻译等秘密工作，参与了许多重要的建党活动。

袁振英在《新青年》《共产党》《劳动界》发表的作品一览

《新青年》

社会问题

结婚与恋爱（美国高曼女士著）	震瀛译　新青年第3卷　第5号	1917年7月1日

易卜生号

易卜生传	袁振英　新青年第4卷第6号	1918年6月15日

文　学

近代戏剧论（美国高曼女士著）	震瀛译　新青年第6卷第2号	1919年2月15日

马克思主义宣传

民族自决（列宁演说）	震瀛译　新青年第8卷第3号	920年11月1日
反动力怎样帮忙（杜威著）	震瀛译　新青年第8卷第4号	1920年12月1日

俄罗斯研究

全俄职工联合大会	震瀛译　新青年第8卷第3号	1920年11月1日
劳农协社	震瀛译　新青年第8卷第3号	1920年11月1日
俄罗斯的我观	震瀛译　新青年第8卷第3号	1920年11月1日
列宁最可恶的和最可爱的	震瀛译　新青年第8卷第3号	1920年11月1日
克鲁巴特金说"停战罢"	震瀛译　新青年第8卷第3号	1920年11月1日
我们要从那里做起？（杜洛斯基作）	震瀛译　新青年第8卷第3号	1920年11月1日
苏维埃的教育	震瀛译　新青年第8卷第4号	1920年12月1日
俄罗斯的教育状况	震瀛译　新青年第8卷第4号	1920年12月1日
彼得格拉的写真	震瀛译　新青年第8卷第4号	1920年12月1日
苏维埃俄罗斯的劳动组织	震瀛译　新青年第8卷第4号	1920年12月1日
革命的俄罗斯底学校和学生	震瀛译　新青年第8卷第4号	1920年12月1日
苏维埃政府的经济政策	震瀛译　新青年第8卷第4号	1920年12月1日
文艺与布尔塞维克	震瀛译　新青年第8卷第4号	1920年12月1日
赤军教育	震瀛译　新青年第8卷第4号	1920年12月1日

中立派大会	震瀛译	新青年第8卷第4号	1920年12月1日
俄罗斯的实业问题	震瀛译	新青年第8卷第4号	1920年12月1日
苏维埃俄罗斯的社会改造	震瀛译	新青年第8卷第4号	1920年12月1日
劳农政府召集经过情形	震瀛译	新青年第8卷第4号	1920年12月1日
过渡时代的经济（列宁）	震瀛译	新青年第8卷第4号	1920年12月1日
俄国与女子	震瀛译	新青年第8卷第5号	1921年1月1日
俄国底社会教育	震瀛译	新青年第8卷第5号	1921年1月1日
苏维埃政府底保存艺术	震瀛译	新青年第8卷第5号	1921年1月1日
俄罗斯	震瀛译	新青年第8卷第6号	1921年4月1日
列宁与俄国进步	震瀛译	新青年第8卷第6号	1921年4月1日

―――― **罗素介绍和评论** ――――

批评罗素论苏维埃俄罗斯	震瀛译	新青年第8卷第4号	1920年12月1日
罗素——一个失望的游客	袁振英译	新青年第8卷第4号	1920年12月1日
罗素与高尔基	震瀛译	新青年第8卷第5号	1921年1月1日

―――― **《共产党》** ――――

共产党第九次大会	震寰译	共产党第1号	1920年11月7日
俄罗斯的新问题（列宁演说）	震寰译	共产党第1号	1920年11月7日
为列宁	震寰译	共产党第1号	1920年11月7日
列宁底著作一览表	震寰译	共产党第1号	1920年11月7日
英国共产党成立	震寰译	共产党第1号	1920年11月7日
共产党未来的责任	震寰译	共产党第1号	1920年11月7日
俄罗斯的共产党	震雷译	共产党第1号	1920年11月7日
莫斯科第一次工人的自由市府	震瀛译	共产党第3号	1921年4月7日
无产阶级的哥萨克兵忠告世界的工人	震瀛译	共产党第3号	1921年4月7日
波兰共产党忠告世界工人	震瀛译	共产党第3号	1921年4月7日
中国与俄国	震瀛译	共产党第3号	1921年4月7日
赤军及其精神	震瀛译	共产党第3号	1921年4月7日

―――― **《劳动界》** ――――

旅汉一星期的感想（演说）	震瀛	劳动界第9册	1920年10月10日
罗素与工人（演说）	震瀛	劳动界第11册	1920年10月23日
无工无食（演说）	震瀛	劳动界第14册	1920年11月1日

三、袁振英与布尔什维克文学艺术

袁振英是最早关注布尔什维克文学艺术的中国学者之一。他翻译了《文艺和布尔塞维克》《苏维埃政府底保存艺术》《罗素与高尔基》等有关文章，还撰写了《俄国小说与布尔塞维克主义》。"布尔什维克"是列宁创建的俄国无产阶级政党。俄国社会民主工党于1903年举行第二次代表大会，布尔什维克党作为新型的无产阶级政党宣告诞生。布尔什维克党的建立是俄国工人运动史上的重大转折点，推动了俄国革命运动的发展，不但推动了俄国革命的历史进程，而且对后来的整个国际共产主义运动产生了深远的影响。苏维埃俄国建立后，在1918年改名为共产党，俄国共产党因此也叫布尔什维克党即俄共（布）。

袁振英用"震瀛"作为译名，在《新青年》第8卷第5号上发表的《罗素与高尔基》，关注并反驳了罗素对苏俄文艺建设的批评，甚至还专门解释了高尔基的健康问题。"罗素君到俄国时，看见高尔基病在床上，非常危险。罗素君的《游俄感想》一文，……登在纽约《国民杂志》说及自己见到高尔基时的情形，弄到高尔基和苏维埃俄罗斯的朋友，发生很大的悲观。"然后他引述德国无产阶级诗人巴达的信说："我只看见高尔基身体非常强壮，步行不倦，我同他握手。他强迫我到他家里。"进而认为这是一种错位的"误会"："当罗素君见高尔基时，他是病在床上，然而巴达见高尔基的时候，他又很强壮，随便走动了。"最后话锋一转，颇有意味地说道："高尔基的病，变幻不定，可惜罗素君说得太着急，弄到许多人失望，比他对于俄罗斯新纪元的失望更厉害。"这无疑是对罗素访俄之后，所发表的对布尔什维克异议的反批评。紧接着又把话题转到了高尔基与布尔什维克的矛盾以及立场的转变，"一九一七年，高尔基著了许多论文攻击布尔什维克派的要义"，但不久"便不是苏维埃政府的仇敌，却是一个最有用的工人，自从那种文字发表以后，三年来再没有一篇文反对苏维埃政府了"。

《新青年》第8卷第4号（1920年12月1日），袁振英用"震瀛"的笔名，发表了《文艺和布尔塞维克》："我们很知得的确，资本家的报纸，常常拿着愚民的政策，说什么布尔塞维克是生番野人，阻碍世界的文明进步。弄撒说摧残文艺和博物院的事情。凡有危险发生，必有一线的光明，但黑暗的势力，还把他尽力来摧残。所以教育部不肯受亨利（

Victor Henry)的布告,因为他对于俄国布尔塞维克的教育调查得很确切,并说他的进步很快。"这篇文章,表达对布尔塞维克文艺政策的捍卫。"虽然现在是无产阶级的狄克推多制度,但政府对于艺术家也视为一种正当的职业。所以他们很能够尽心竭力来做工。在莫斯科,由一九一八年至一九一九年,我最后经过这都城,我见得艺术会有十多处,制造许多有价值的艺术出品。""彼得格拉的音乐也大有进步,各博物院中都没有损坏。前者因为恐怕彼得格拉被敌人攻破,所以尽把著名的音乐完全搬到莫斯科,现在又搬回彼得格拉了。这事是发生于一九一四年至一九一八年。""Trel vakov的博物院,进步很好。从前的目录不大详细。现在由管理人Igor g rabar增订得很完美了。""布尔塞维克派对于艺术前人所不能做的,现在都弄得清清楚楚了。……"

1919年,袁振英在小吕宋《平民报》发表《俄国小说与布尔塞维克主义》,全文如下:

> 俄国在托尔斯泰以前的时代,可谓全无文学的价值。文学史上,无其位置。故世界人士,咸称之为"哑俄"(Dumb Russia)。然自托尔斯泰以来,百数十年间,文学不可谓非一时之盛。而例之欧西各国,仍不得不瞠乎其后。盖俄国政治不自由,历数朝之专制魔王,而其他宗教经济等,亦莫非十分束缚。其言论不能自由,故文学亦因之而不能发展。而文学家如托尔斯泰(Tolstoy)、谢克夫(Chekhov)、哥高尔(Gogol)、戴真纳夫(Turgenev)、高尔基(Gorky)等,乃不得不从事于小说戏剧,以描写俄国的社会,而避言论之制(掣)肘。故俄国的小说,独驾乎世界各国。虽法国的莫白霜(Maupassant)、曹拉(Zola)等,亦莫以过之。俄国小说,专从事于社会方面,发挥平民一切痛苦,或寄托于小儿,或形容于罪犯,其事实多出于无知小民,以掩政府党资本家之耳目。其宣发民隐,导达国情,影响之速,效力之大,诚非他种文字所能冀及。其人民日夕亲受万恶政治之痛苦,积而不宣;后乃为此新文学潮流,发扬激荡,涵蕴数十年之久,适遇亘古未有之战争,为之奋兴鼓励,于是社会革命潮流,为之一发不可收拾,至演成今日俄国的布尔塞维克主义(Bolshevism),为世界空前之巨观。压力愈重,反抗力愈大;因果相乘,毫末不爽:人民痛苦,急不暇择。前车之鉴,吾国终难逃此种现象。吾述是篇,不禁感慨系之。
>
> 一草一木,一山一水,皆有天然美景,不必艺术业中为然也。故俄国文学,纯在乎天籁的价值;其所描写,莫非素朴自然及写实等。且尚有一种异彩,能于贵族中产生平

民的文学（如托尔斯泰，是其一例）。使所谓上流社会的情感，与下流的无所轩轾，其描写穷民，不以特殊的文笔，只从人类方面着想。故平民主义之中，必含有人道，此所谓大同之世也。人类平等，智愚无别，性灵情操，只在于领会通达事理，决不能自居主动而治人，而他人则为被动，而治于人也。故欲论俄国文学，只能从小说入手。

一千八百三十四年，俄国文学家普士坚（Puskin）印行其巨作《纸牌的王后》（The Queen of Spades）及哥高尔发行其《外套》（The Cloak）二篇：前者为浪漫主义之陈旧式，后者为俄国特产之新式者也。此过渡时代之两篇小说，皆能令人十分愉快，然仍未达于完全天籁之境，而带有死文学之意味，当日之社会潮流使然也。迨至托尔斯泰及戴真纳夫两人，俄国文学始臻于完全发达之境，不过普士坚为此等文学之先导者耳！处于尼古拉斯一世时代，专制政体已达于极点，而其革命主义，全则在于创造，且含有最深之意义焉。

哥高尔之《外套》，为俄国小说的发源，如杜斯托斯基（Dostoyevsky）之小说《穷民》一篇，出版于十年后，亦不过摹傲（仿）哥高尔之巨著也。其对于平民之情操与人道的痛苦，可谓形容尽致。杜氏为一大心理学家，揣摩人类极深奥之灵魂，而于其非常腐败情形尤甚。如凄凉、穷困、专制、不法、恐怖等事，及人类种种大敌，使之难逃其笔尖。更以博爱思潮，传播社会，澄清秽浊，此杜氏之主旨也。自是以后，俄国文学，咸趋此点，其影响于社会，不可晌迩，社会的理想，人道之思潮，非常澎涨。小说原因，重于情节。其能发扬俄人之精神，而于智识界中尤然。而俄人之专心致志于文学，尤非他国人所能及。其研究文学，不仅在于娱乐；其视小说诗歌，为人生真正的返映，且为人生应尽之天职。故俄国之著作家，必具高深的理想，然后能为优美的认识，而其不必同时为美术家也。其有两要义，则为人道的情感，及人生的真义是也。此二者为俄国文学特殊朴素之秘诀也。至若为流丽浮艳之文章，则俄国文学家，敬谢不敏。盖死文学思想有穷尽，精神甚疲乏；若更以文法修词等学质之，为荒谬绝伦。至于为质实的文字，则两要义而已足矣。

戴真纳夫与托尔斯泰，尤为此种小说冠。彼辈有澈底的社会觉悟，纯对于人类幸福着想。以广义言之，彼二人固艺术家也。其描写人生，正确无伦。其小说体裁，尤为透达。其对于欧洲平民主义及思想进化，一依其正轨。而托氏则欲救人类于痛苦，则须正本清源，使其归真返璞。其生活宗教各务，莫不如是。

俄国小说界中最重要之著作，为戴真纳夫。《猎人日记》（A Sportman's Sketches），乃对于农奴而言。其有功于农奴之解放，极为有力。其最后的著作，由

《罗丁》（Rudin）至《父与子》及《新坯》（Virgin Soil），莫非描写当时俄国之现状，以解答新旧之思潮。其竞争、希望及思想，完全灌输于未来青年之社会。故其小说之全集，无异当时之社会史。诚足以推倒俄国之凯撒主义（Czarism），而建设一真平民主义：足以惊动环宇，此今日俄国之布尔塞维克主义所以欲改革世界也。

法国傅鲁堡（Flaubert）之称俄国大文豪托尔斯泰为"第二莎氏比亚"，以记者观之，不其小观托氏乎？余著《易卜生传》，已详论莎托二氏之价值。二氏同为己国最大之文豪，此为不虚。然莎氏之著作，对于社会人生的价值，远不如托氏。故莎氏之文艺，只应为 Art for Art's Sake "艺术为艺之故"，而托氏之价值，当超乎此，如 Art for the mirror or human society "艺术为人类社会借镜"及"艺术为人生"（Art for life's sake），论者以《Anna Karerina》一书，时人译为《婀娜小史》，决非莎氏梦想所能及。人谓婀娜问题，定非莎氏所能解决，余亦以为然。不惟此也，二人文章完全之宗旨，几绝对不同。其所同者，二人皆著作宏富耳。

且莎氏之著作，完全为贵族的文学，而迎合社会心理。故其所著者，类多帝皇贵族，文字浮艳，为其所长。其时一切之成见，皆为莎氏所见。其所描写者，皆为荒谬之道德、万恶之制度、腐败之陋习及社会之阶级，如此而已。若以近代社会价值观之，无关轻重。故易卜生有言曰："吾人今日之时代，非莎氏比亚之时代也！"洵哉！余于此篇，莎氏更无论列之必要。然托氏则为一社会革命家，为近代最新式者。其弃贵族如敝屣，以贵族为不屑道，此托氏又可名之为破坏偶像大家也。其意志之自由，完全不为死思想所笼络，只为真理之是从，不顾强权之压迫。其对于社会、宗教、道德诸问题，全以人类之幸福，及人道之思潮为其指归。

俄国著作家，全以短篇小说著名，信矣。惟普士坚则以诗学及长篇小说著名，足为俄国文学发达之先声也。俄罗斯为一少年文学之国家，小说可谓为其文学界独一无二之体制。俄国文学之能插足世界文学之林者，亦以其小说之故耳。亚奴氏（Mathew Arnold）谓俄国小说家为宣扬人性深奥之符咒，内外态度，俱能形容尽致也。以今日文学界中之各体裁而论，以小说为最流行，而俄国已执世界之牛耳。返观吾国人士，以小说等文字视为雕虫小技，无足轻重，而无赖文人，滥竽小说家，诲淫诲盗，藉以谋利。社会不良，无进化之希望，中国社会诚不足救药也！焉得布尔塞维克主义灌输全国，为之根本上推翻耶？余书至此，不能不掷笔三叹，为我国小说界痛哭者也。

俄国取缔著作极严，文章发表，不属易事，乃不得不借滑稽以出之，以箴规时事。其著作者，亦多戴假面具，不敢以其真姓名示人。然以是而受社会欢迎，毫无损伤其价值。

俄国文学界中革命的时期，科鲁李高（Korolerko）、嘉仙（Garshin）等辈，亦挺身而起，以尽瘁于短篇小说。至十九世纪之后半叶，则谢克夫、高尔基、安托里爱夫（Andreyev）等，莫不同趋是途。而戴真纳夫之能著长篇的小说，亦准备于此时矣。高尔基以平民出身，其体裁之雄伟，为俄国平民主义中之健将，固不亚于戴真纳夫也。

哥白莲（Kuprin）短篇小说大家，而略逊于谢克夫者也。其解答男女问题，可为最著。

洗尾安那夫（Semyorov）以农民而执笔政，可谓俄国文学界之特色。其初为小说，即令托尔斯泰悦服，愿与之为友，且勉励之。故其小说，全描写农民生活，勃勃然有生气。质朴文清，毫无矫揉造作之弊，虽同时著作家，亦不能及。

俄国之以短篇小说著名，已言之屡矣。其至此之原因，以谢克夫之功为最伟，谢氏以极寒贱之身，而能跻于世界一等著作之林，此余之所以欲介绍其著作于吾国社会也，今略言其平生焉。谢氏为农奴之子，以一千八百六十年生于锐克廉（Ukraine），其父愁苦一生，终乃得恢复自由。谢氏少时从事医学，后专从事于著作。而其科学智识，亦以是得之，为其一生之大助力。年四十四而卒，即一千九百零四年也。其生平著作极多，短篇小说，亦占十六大册；戏剧亦不少，各国无不有其译本焉。

托尔斯泰之以谢氏比之法国莫白霜，著者亦以为然也。然其最相同者，则以其皆足以冠其曹也。然法国以自由之邦，而产生一郁郁不得志之莫氏。而世界著名专制之俄国，反产生一和蔼可亲之谢克夫，真可莫名其妙。莫氏虽不以其情操示人，而人亦不知之，吾人只能推测之耳。谢氏虽不以情操示人，然人可不思而得。

今且将谢所异于莫氏之点，而一论之。其叙一事之情节、地位、景况、人物，莫不惟肖惟妙，毫无轻浮之笔。其描写个人，应手而得；欲笑则笑，欲哭则哭；阅者之心理随之而颠倒，且未尝有重复之处也。一人一事，然而一篇一段，亦莫不然也。故其思想之超群、其精神之迈众，可谓为空前绝后；人之以千言万语而不尽者，彼乃以极短之篇幅而尽之，《孤儿》（Vanka）一篇，可见一斑。其创作之特色，令人不可思议，然稍加考究，则普通庸俗，亦得而见焉。且有戏剧的趣味，而乃能以短篇了之。其天才超著，令人可怖。今所谓著作家，非有专门学识不可；然其只知社会之特殊状况者耳，恐未必有普遍的价值也。惟谢氏则不然！其材料虽限于人道方面，然其各方面，莫不取舍自如也。农民也，工人也，商家也，牧师也，文人也，军士也，男女也，老幼也，莫不形容尽致，能使各个独立自由，无一毫摹仿形迹。各篇中之人物，玲珑清楚：《傀儡》

（The Darling）一篇，最为明证，其以妇人无独立之性质，非依赖男人不可，无自存之道，以男子之思想为思想，以男子之感情为感情，以男子之言语为言语，既无男子之可依，乃不能不有小孩以尝其欲壑。有类于吾国女子之所谓三从要义，悲乎！

本文最早于1919年在小吕宋《平民报》发表，收入袁振英编译的短篇小说集《牧师与魔鬼》附录，香港受匡出版部1927年5月出版。小说是俄罗斯民族早已惯用的文学体裁，而在一些文化比较落后的民族中，也开始尝试创作这种体裁的作品。袁振英探讨俄国小说与布尔什维克主义之关系，在中国而言，无疑是开先河之举。

四、撰写中国第一部易卜生传记

易卜生（1828—1906），挪威戏剧家，欧洲近代戏剧的奠基人，是五四新文化运动中很有影响的外国作家。俄国早期马克思主义者普列汉诺夫把易卜生赞誉为"现代文学里最杰出最吸引人的作家之一，几乎高于跟他同时代的所有的人"。他的剧作在当时反对旧道德提倡新道德，反对旧文学提倡新文学的斗争中，起了不小作用。1918年6月，袁振英在当时中国新文化运动主要阵地——《新青年》杂志发表《易卜生传》，积极宣扬易卜生的民主思想和社会理想，对在新文化运动中人们反对旧封建礼教，争取人权自由和个性解放，起到了特殊的启蒙作用。这是袁振英发表在《新青年》上的最重要的作品。

袁振英的《易卜生传》是中国人写的第一篇易卜生的传记，发表在1918年6月15日出版的《新青年》第4卷第6期《易卜生号》上。《易卜生号》是《新青年》杂志创刊以来第一次以个人为主题来组稿出版的。它的出现不是一个独立的文化事件，而是1915年以后中国新旧思想交锋的产物。辛亥革命后，中华民国不仅没有使中国走上独立富强的道路，民主政治也没有实现，这使得当时知识分子中的激进民主主义者清楚地看到，要实现真正的民主政治，必须彻底铲除封建专制。

袁振英在《新青年》杂志上发表的第一篇文章是一篇译文，题目为《结婚与恋爱》，这篇文章是美国女无政府主义者高曼女士写的，文章批评没有爱情的婚姻，指责与抗议男性在社会与家庭里对女性的歧视与压迫。当时能够在《新青年》上发表文章的学生极少，

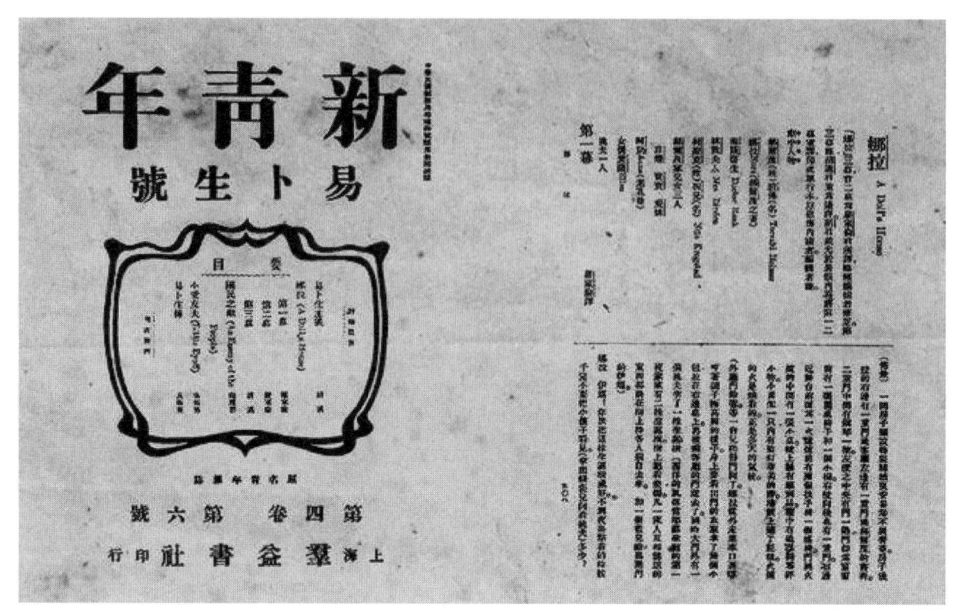

《新青年》杂志，第四卷第六号，1918年

袁振英曾自负地说："学生中亦我一人。"袁振英的英文水平与激进的思想令他的两位老师刮目相看，袁因此和陈独秀、胡适关系变得密切。陈独秀、胡适在策划《易卜生号》时，袁振英正在着手进行毕业论文的写作，胡适便建议他以"易卜生"为题。袁振英接受了建议，开始寻找并翻译与易卜生相关的资料，撰写易卜生传记。

作为新文化运动主阵地的《新青年》选择易卜生的原因是这样的："因为要建设西洋式的新剧，要高扬戏剧到真的文学底地位，要以白话来兴散文剧，还有，因为事已亟矣，便只好先以实例来刺戟天下读书人的直感：这自然都确当的。但我想，也还因为Ibsen敢于攻击社会，敢于独战多数，那时的绍介者，恐怕是颇有以孤军而被包围于旧垒中之感的罢，现在细看墓碣，还可以觉到悲凉，然而意气是壮盛的。"

易卜生的戏剧，尤其是他创作的一系列的现实主义的社会问题剧所传达的批判精神深深地吸引了袁振英。在撰写传记的过程中，易卜生日渐成为他推崇的英雄，极表钦慕与赞美。在他的笔下，"易氏虽为一有名之大剧曲家，然亦一大革命家也"。他高度评价传主的思想与为人，"易氏之新思潮，如好花怒放，甘冒天下之大不韪，果敢无伦，前人之不敢言者，彼乃如鲠在喉，以一吐为快；发聋振聩，天下为骇，此氏所以有'惟天下之最强者，乃能特立独行'之语沌"。

《易卜生传》以介绍易卜生的生平及著作为主，原文一万七千字，因篇幅所限，稍加删节。在这篇传记中，袁振英"不但根据于 Edmund Gosse 的易卜生传，并且还参考他家传记，遍读了易氏的重要著作，历举各剧的大旨以补 Gosse 缺点"。全文分三个部分：少年时代之易卜生，壮年时代之易卜生，五十以后之易卜生。袁振英把重点放在了第一部分，约占了五分之四的篇幅。之所以是这个结构，有两点原因，一是与易卜生的作品风格转变有关系。19世纪70年代以后，巴黎公社革命引起欧洲社会矛盾的激化，使易卜生对资本主义社会和制度的认识有所加深。他以日常生活为素材，从多方面剖析社会问题，《社会支柱》《玩偶之家》《群鬼》《人民公敌》等都是在这一时期创作的，胡适曾明确地表明过宣传易卜生的目的，他说："我们的宗旨在于借戏剧输入这些戏剧里的思想，足下试看我们那本《易卜生专号》便知道我们注意易卜生并不是艺术家的易卜生，乃是社会改革家的易卜生。"袁振英想介绍给读者的正是这些"社会问题剧"。袁振英在第三部分开头这样写道："易氏之寿数，仅欠一龄而八十。其暮年时期概略自五十后始。此二三十年中，其丰功伟业之所由创作也。"

袁振英十分推崇易卜生对个人的肯定，强调人格独立、意志自由、性别平等、尊己重人，对己负责亦对他人负责的"健全的个人主义"。《玩偶之家》是易卜生的经典作品，袁振英称它"为易氏生平最有名之杰作"。该剧女主人公娜拉终于认清了自己过着舒适生活却只是夫权的玩偶时，便毅然离家出走去追求做一个真正的人。从该剧演出以来，娜拉便成为全世界妇女争取权利和解放的化身，娜拉离家出走时"大门砰的一声响"便成了妇女奋起斗争的信号枪响。《玩偶之家》是一部三幕戏剧。故事讲述了女主人公娜拉为给丈夫海尔茂治病，瞒着丈夫伪造签名向柯洛克斯泰借钱，无意犯了伪造字据罪。多年后，海尔茂升职经理，开除了柯洛克斯泰，后者拿字据要挟娜拉，海尔茂知情后勃然大怒，骂娜拉是"坏东西""罪犯""下贱女人"，说自己的前程全被她毁了；而当危机解除后，又立刻恢复了对妻子的甜言蜜语。娜拉认清了自己在家庭中"玩偶"般从属于丈夫的地位，当她丈夫的自私、虚伪的丑恶灵魂暴露无遗的时候，最终断然出走。该戏剧是一部典型的社会问题剧，主要围绕过去被宠的女主人公娜拉的觉醒展开，最后以娜拉的出走结束全剧。通过女主人公娜拉与丈夫海尔茂之间由相亲相爱转为决裂的过程，探讨了资产阶级的婚姻问题，暴露了男权社会与妇女解放之间的矛盾冲突，进而向资产阶级社会的宗教、法律、道德提出挑战，激励人们，尤其是妇女为挣脱传统观念的束缚，为争取自由平等而斗争。袁振英这样评论《玩偶之家》:"易氏此剧真足为现代社会之当头棒,为将来社会之先导也","娜拉一剧,乃易氏为妇人建设其解放之途径之作也"。他称娜拉"为革命之天使,为社会之警钟"。《新青年》的《易卜生号》发表之后,各个剧社开始在上海、北京、天津和南京等地演出《玩偶之家》,娜拉的身影越来越频繁地出现在人们面前。这些演出也在无意中完成了中国戏剧现代化的启蒙。从这以后,娜拉在中国的戏剧舞台的火热程度达到了前所未有的高度,娜拉也一举风行全国,成为妇女解放、思想解放的楷模。"首先我是一个人,跟你一样的一个人——至少我要学做个人"。这是娜拉离家出走前的名言,娜拉的形象印在了众多女性的脑海里,而"惟天下之最强者,乃能特立独行"这句话,也成为众多追求独立思想与人格的年轻人案头的座右铭。

1881年出版的《群鬼》是易卜生最具争议的作品。一出版便引起了轩然大波,遭遇暴风雨般的谴责。但在1883年首演后却在世界迅速蹿红,一跃成为一个国际奇迹。《群鬼》问世后,西欧各国的新剧院都以它作为开业演出的剧目。从1889年开始,柏林的自由剧院、巴黎的自由剧院、伦敦的独立剧院先后上演此剧,促进了西欧的戏剧革新运动。但这部暴露丑恶现实的悲剧,在易卜生的祖国挪威却激起了卫道者的仇视。袁振英称""《群鬼》一曲,对于社会之组织,从根本上推翻,不留有余地,如迅雷不及掩耳。世界上剧曲,无出其右者","易氏此曲,为社会革命之首功"。对改造社会有着远大抱负的袁振英,在对主义的信仰上主张"不调和、不妥协",旗帜鲜明,不要"挂羊头,卖狗肉"。易卜生对现实的大胆揭示,使袁振英发出了这样的感慨:"真理,诈伪,两者决无调和之可言也。其得意自豪之挑战,果敢刚毅之热诚;宁为真理之牺牲,始终不变其操守。可爱哉,易氏可敬哉,易氏诚吾党青年之好模范也!"

《人民公敌》是易卜生1882年创作的散文剧。故事发生在挪威一个沿海小镇,主人公斯多克芒医生和担任市长的哥哥共同负责在小镇发展温泉浴场的计划。小镇投资了一笔为数甚大的资金支持发展,而众人亦预计具有医疗价值的温泉浴场可以带来旅客,而且令小镇大大兴旺,故浴场对小镇声誉非常重要。然而,当温泉浴场开始渐露曙光时,斯多克芒医生发现市内的制革厂污染温泉的水源,而且引致旅客患上严重的疾病。他认为这个重要发现是自己最大的成就,立即将一份详细的报告发送给市长,报告里包括一份解决问题的建议书,但建议会令小镇付出巨大的代价。斯多克芒以一句:"世上最强的人,就是那个最孤立的人。"剧中塑造了一位关心民众、勇敢正直的斯多克芒医生的动人形象。作品以

《易卜生传》

冷峻的讽刺手法,刻画了这个城市中官僚市侩虚伪自私的丑恶面目,整个作品充满了为真理而斗争的精神。对于此剧袁振英发出了这样的感叹:"惟天下之懦夫,乃以一党、一部之私利,置真理于不顾;故党章社约,仅足以窒塞真理之萌芽;政治生涯,常以颠倒黑白为事,道德正义,亦所不悉社会所由危险矣。"对易卜生此剧的创作意图,袁振英这样写道:"其目的在于解答前剧,并攻击政治上,及经济上之诈伪也。"

易卜生活着的时代,中国人无论知识分子还是戏剧家,更不用说是普通民众,对他几乎毫无所知。直到他被《新青年》专栏《易卜生号》当成偶像引进中国,才在极短的时间里,成为新文化运动的一位标志性的追慕对象。袁振英的《易卜生传》在知识界和广大青年中产生了很大的反响,对于消解当时中国传统伦理思想的禁锢、树立男女平等的新观点以及唤醒国人的个性与自主意识等发挥了特殊的启蒙作用。

1918年8月10日,广州的《广东中华新报》特地转载了胡适的《易卜生主义》和袁振英的《易卜生传》,文末附有编辑写的感言,题为《冷观附识》,他在文中写道,转载胡、袁两位的文章,"以博读者之欢迎,抑亦记者同情于文学改良思想之表示也"。

1918年,《易卜生传》在香港印刷单行本,曾经再版,后由孙受匡先生在香港成立的受匡出版部重印。1920年2月22日,广东"新学生"社将袁振英的《易卜生传》单独成书

《易卜生传》，受匡出版部印行版，1920年2月

出版，已经离开北京大学的袁振英为新刊的《易卜生传》写了题为《近代戏剧大家易卜生传序》，序中他这样写道："新学生把我这篇旧作，印成单行本，作他们的增刊，是我很赞成的。因为易卜生的生平和著述，不仅可以作我们'新学生'的模范，并可以针砭我们中国旧社会的'旧学生'！这篇从前在《新青年》'易卜生号'里头，登过一部分。因为当时听见胡适之和陈独秀先生说'易卜生号'快要出版，所以我快些把那一部分付梓。《新青年》只有这一个人是特别介绍的！那时我在北大刚刚是毕业的时期。毕业论文是用英文作的，当时想把他完全翻译出来，因为时间太迫，所以做不来。去年在小吕宋才把他完稿。现在付刊出来，依然是文言的，不过做毕业时的纪念吧！"

思想新潮激进的袁振英一开始对戏剧并没有更多的了解，但在撰写《易卜生传》的过程中，他逐渐认识到，新思潮要被更为广泛的国人所接触，从而达到启蒙国民觉悟的目的，戏剧是最有效的途径之一，因为它不受语言文字的限制能直接而又迅速地与观众进行交流。因而他说："近代思想之传播，不仅一派之文字所能成功。艺术文学上所表示之人生观，范围更为广大；故近代戏剧描写社会之弱点，较之他种文字，其功用亦特大也。"1919年2月，袁振英用笔名"震瀛"在《新青年》第6卷第2号刊翻译的美国学者高曼女士的《近代戏剧论》，文章中他用相当长的篇幅论易卜生剧本的内容及价值。

在陈独秀、胡适等人的引导下，袁振英同他们一起将易卜生带到了中国，在茫茫黑夜中点燃了新文化启蒙运动的火炬。易卜生的作品被越来越多的青年所知道和喜爱，在进步青年之中流行到了引领潮流的地步，并逐渐成为国民进行思想启蒙的重要的角色符号。袁振英后来曾这样说道："易卜生是一个少年的思想家，适合于现代的新思潮，……中国的恶社会底势力，还是很大，不知有多少的青年人，做他的牺牲，易卜生主义实在是战胜这种万恶的环境的很好的工具。"

1925年茅盾在《谈谈〈傀儡之家〉》的文章中忆述道："这几天，上海戏剧协社正在公演易卜生的名著《鬼》（又名《娜拉》）。易卜生和我国近年来震动全国的'新文化运动'是有一种非同等闲的关系；六七年前，《新青年》出'易卜生专号'，曾把这位北欧的大文豪作为文学革命家，妇女解放，反抗传统思想等等新运动的象征。那时候，易卜生这个名儿，萦绕于青年的胸中，传述于青年的口头，不亚于今日之下的马克思和列宁。总而言之，易卜生在中国是经过一次大吹大擂的介绍的。"易卜生对当时中国新文化运动的巨大影响由此可见一斑。作为第一位撰写易卜生传记的中国人，袁振英积极宣扬易卜生的民主思想和社会理想，这对于五四时代的人们反对旧礼教的思想斗争，唤醒当时人们冲破封建主义的束缚，争取人格独立，争取人权自由和个性解放起到了重要作用。

张松鹤的红色雕塑

一、张松鹤的红色艺术生涯

张松鹤（1912—2005），原名松发，东莞市清溪镇柏朗村人，是我国杰出的雕塑艺术家，是中华人民共和国雕塑事业的奠基人之一。张松鹤曾任中国美术家协会理事，第五届、第六届、第七届全国政协委员，中国书法协会会员。张松鹤是唯一一位亲历淞沪抗战、抗日游击战、解放战争，潜伏过敌后、毕生创作共和国领袖及革命英雄人物的著名"红色"艺术家，是人民英雄纪念碑的《抗日游击战》，毛主席纪念堂的《毛泽东坐像》，《毛主席像章》浮雕，军事博物馆的《新四军战士像》，国家博物馆的《运筹帷幄》，中国美术馆和鲁迅博物馆的《鲁迅像》，鲁迅全集一、二、三版《鲁迅浮雕像》的作者。其红色艺术生涯如下：

1930年春，到广州岗州美术馆当学徒，学画炭像，兼上中学夜校补习文化。岗州美术馆很可能是民国初年广州流行的教人画炭像的美术社，

张松鹤

这是目前所知张松鹤所受的最早的艺术训练。

1930年秋，考入广州市立美术学校西洋画系，兼修雕塑，1934年秋毕业。该校创办于1922年4月22日，至1938年暑假日军侵略华南而宣告结束，是全国第一所由政府正式设立的美术专门学府。创始人为毕业于日本东京帝国大学，时任广州市教育局长的许崇清，毕业于东京美术学校西画系的胡根天和留学美国归来的冯钢百。在四年的学习生涯中，张松鹤主修油画专业，师从的教师包括从墨西哥留学归来的油画家赵雅庭、毕业于日本东京美术学校的现代派洋画家谭华牧等。对张松鹤艺术生涯带来毕生影响的却是辅修的雕塑专业，引导他进入雕塑领域的领路人是陈锡钧。陈锡钧是现代艺术运动的积极参与者，曾为其时的广州市长刘纪文塑像。陈锡钧的教导，对张松鹤"一生的艺术事业起了决定意义的作用"。关于张松鹤入读广州市立美术学校的史料，1930年《广州市市立美术学校校刊》刊载了该校"西画系第一年级学生表"（民国十九年度第二学期），张松鹤的名字赫然在列，和他同班的知名同学还包括版画家陈烟桥、何白涛和梁兆铭。该校刊还刊登了张松鹤的《春光好·调寄忆江南》诗八首，这是我们目前所见张氏公开发表的最早诗篇。

1935年创办柏朗初级小学，任校长，兼教音乐，谱校歌。

1936年夏，加入国民革命军第二军（后整编为第六十三集团军）一五四师任政训处中尉科员。应召参加陈济棠部陆军师任艺术科员，编绘抗日宣传画报。

1937年夏，随军北上抗日，赴淞沪战场并参加南京保卫战，经历多次惨烈战斗后与少数幸存官兵溃退广东。以画笔做武器，进行抗日宣传活动。

1938年加入中国共产党。 10月，日军在广东大亚湾登陆，张松鹤在清溪组织"东莞县民众抗日自卫团卅二大队"并当选为大队长。 12月中旬，和林锦华、黄高阳带领自卫大队与石马、约场自卫大队会合，到白花洞嶂阁集中，部队整编为"惠东宝边区人民抗日游击队"第二大队，张松鹤任副大队长，这支部队成为东江纵队前身的一部分。同年，参加广东人民抗日游击队，曾主编《行军画报》和《行军快报》。

1941年任东江纵队司令部政工队副队长、东江纵队大岭山中山书院政治教员，后随叶锋率领的广东人民抗日游击总队第五大队向宝安县转移。

1942年任惠阳大队武工队员，以龙岗中心小学教师身份为掩护，在东线协助营救及护送从香港撤离的大批进步文化人士。该年冬，任广东人民抗日游击总队惠阳大队政治科油印室主任，负责宣传出版。

张松鹤在解放战争时期,1948年

1944年初,回清溪建设抗日民主政府,当选为乡长。后联合石马、凤岗、塘沥、雁田、约场等地组建统一抗日民主政权——"路东新三区"并任区长。

1945年8月,日本投降后将区、乡抗日民主政权重组成立联区,任联区主任、东江南岸第三战线副指挥员。

1946年6月,随东江纵队主力部队北撤至山东解放区,在华东党校学习一年后,在两广纵队负责出版工作,绘编《行军画报》《行军快报》和小型画册。10月,辛莽为张松鹤于华北军区旅途车厢中画下了一张戎装头像。整个战争时期,张松鹤仍然以画笔和刻刀为工具,宣传画绘下了华南东江游击区和华东晋冀鲁豫解放区。《兵工厂一角》《动员大会》《会议记录》《迫击炮手》《文工团员》《日记》《阅读的战友》《哨兵》等速写都是他宣传画创作灵感来源的重要部分。

1947年,在华东军政学校学习一年,创作《胶东乡情》(版画)。

1948年秋,转业到华北大学文艺三部任研究员、班导师、教授。曾参加太原前线和解放天津入城美工队。在新组建的中国人民解放军两广纵队司令部任《行军画报》《行军快报》《进军新闻》主编。到华北解放区，与彦涵、古元一起担任华北联大美术系教员。接受华北军区的委托，参加了石家庄解放纪念碑的创作。

1949年4月，张松鹤随华北大学迁入北平，受命参与组建北京人民美术工作室，并随即开始了领袖浮雕及圆塑创作。同年夏，创作《毛主席像》（青铜浮雕）。10月11日，北京市人民美术工作室在北京《新民报》创办《新美术》周刊。同年，开始创作《中华人民共和国缔造者——毛泽东》（青铜浮雕，中国国家博物馆藏），于1950年完成。同年底，创作的《毛主席胸像》（石膏圆雕）是张松鹤调入北京人民美术工作室后创作的第一座毛主席胸像，以当时为数不多的图片资料塑造了毛泽东在解放战争时期的形象，成为在中国尚未完全解放时由专业美术家创作的迄今发现的最早的毛主席大型胸像。

1950年5月1日，毛泽东主席免冠画像挂上天安门城楼。担任主笔的是人民美术工作室的辛莽，左辉、张松鹤协助绘制。1950年年初，胡乔木将辛莽邀请到中南海，布置绘制毛主席巨幅新画像的任务。辛莽曾是延安鲁艺的美术教员，中华人民共和国成立后任北京市人民美术工作室副主任。辛莽接到任务后，查阅了大量的历史资料，翻看了许多不同时期的毛主席的照片，经过认真挑选之后，辛莽选了一张毛主席免冠、双眼略上看的半侧面像。辛莽从解放区来的画家中挑选了左辉、张松鹤等人，在共同研究制订绘画方案后，左辉、张松鹤站在脚手架上，辛莽站在稍远一点的地方，边看边指挥，经过他们的不懈努力，毛主席画像画好了。

1950年，张松鹤与毕业于中央美术学院的陈淑光结婚。先后任华北军区烈士陵园雕塑创作主任、人民英雄纪念碑美术组副组长、北京人民美术创作室副主任兼雕塑组长、北京艺术学院美术系教授、北京美术公司党委委员兼创作室主任。创作的《人民领袖》（石膏圆雕）是中华人民共和国成立后第一件毛主席胸像，在各地被大量复制成为党政军工教机关必备的红色艺术陈列品，一直流行了约二十年，并成为各地美术工作者创作毛主席雕像的模本。

1951年创作的《空军英雄王海像》（炭笔速写），是张松鹤被抗美援朝战场上志愿军的战功和英雄事迹所感动，亲自去为他所敬慕的志愿军空军英雄王海画像。张松鹤创作的毛主席浮雕像发表于建党三十周年的《人民画报》，并被选用制成中华人民共和国第一枚毛主席浮雕纪念邮票。张松鹤担任华北军区烈士陵园纪念雕塑群的雕塑艺委会主任时，

张松鹤与辛莽等在天安门城楼绘制毛主席巨像,1949年

第二章 张松鹤的红色雕塑

033

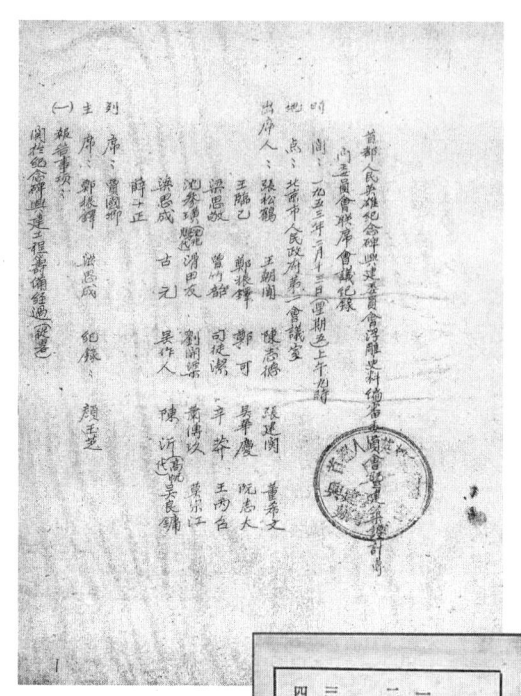

1953年2月13日，首都人民英雄纪念碑兴建委员会浮雕史料编审委员会暨建筑设计专业委员会联席会议记录，刘开渠已经到任，开始主持兴建纪念碑工作

张松鹤参加人民英雄纪念碑兴建的工作证，1954年

1951年至1953年主持烈士陵园纪念雕塑群创作，创作了《协同作战》（又名《埋雷》）、《冲锋陷阵》（又名《战斗》）、《参军》、《支前》四座雕像，在独立完成《冲锋陷阵》（又名《战斗》）塑造后与夫人陈淑光及其他参与者蒋兆和、宋泊、徐沛贞、温庭宽、钱绍武、陈天等共同塑造这座群雕，他也因此项目成为中华人民共和国雕塑事业奠基人之一。7月1日，首次发行《中国共产党三十周年纪念》邮票，原图作者张松鹤，设计者孙传哲。受国家文物局委托，张松鹤与陈淑光共同为故宫博物院塑造了中华人民共和国第一件约1.8米高的毛主席雕塑胸像，发表于7月庆祝建党三十周年的《人民画报》（第七期特刊）。

1952年5月18日，《人民日报》第三版，刊登了张松鹤作的招贴画《保卫孩子，坚决粉碑美国细菌战》。6月19日，纪念碑兴建委员会美术工作组成立，组长刘开渠，副组长滑田友、张松鹤。同年，张松鹤作为纪念碑兴建委员会委员参与了雕画史料编审委员会。11月26日，出席首都人民英雄纪念碑兴建委员会雕画史料编审委员会暨工程事务例会联席会议。

1953年2月13日，张松鹤出席首都人民英雄纪念碑兴建委员会浮雕史料编审委员会暨建筑设计专门委员会联席会议。3月19日，与刘开渠、萧传玖、滑田友、吴作人、阮志大、莫宗江出席了在左府胡同2号召开的会议，会上正式成立了设计处，并讨论碑形问题。六月至七月间，纪念碑浮雕改为八块，其中《抗日游击战》主稿是张松鹤。

1956年7月，纪念碑浮雕创作主稿艺术家在一起研究设计方案（左起：张松鹤、萧传玖、王临乙、滑田友、刘开渠、王丙召、曾竹韶）（张祖道摄）

张松鹤在塑造人民英雄纪念碑浮雕，1956年

张松鹤与夫人陈淑光在列宁像前留影，1957年

1954年，张松鹤被评为"北京市优秀艺术工作者"。同年，《抗日游击战》四分之一创作泥塑初稿完成；《抗日游击战》二分之一创作泥塑定稿。同年，与王朝闻等为中国革命历史博物馆创作了《民兵》《游击战》等作品。

1955年至1956年完成《抗日游击战》1∶1等大浮雕泥塑稿。

1956年4月，首都人民英雄纪念碑兴建委员会关于历史浮雕标图的函中，张松鹤所创作的雕塑标题为《抗日游击战争》。同年，开始正式创作人民英雄纪念碑浮雕《抗日游击战》（汉白玉石雕），于1957年完成。同年，受冯雪峰之托，创作《鲁迅像》（青铜浮雕，鲁迅全集第一版），为其主持的人民文学出版社《鲁迅全集》第一版发行创作封面浮雕像。同年，第一件《鲁迅胸像》（铸铜圆雕，北京鲁迅博物馆藏）深受时任人民文学出版社社长兼总编辑、鲁迅学生和战友冯雪峰的喜爱，后来创作的鲁迅圆雕、浮雕及版画、素描等达十余件之多。

1957年，创作的《马克思胸像》（青铜圆雕，中央马列主义编译局藏）是第一座马克思胸像，马克思形象的起稿与创作工作都是由张松鹤完成，随后又开始了恩格斯、列宁雕像的创作，受到广泛好评。

1958年，任北京市美术公司党委委员、创作室副主任，兼任北京艺术学院教授、雕塑考古组组长。为纪念中苏建交十周年，创作《毛泽东与斯大林像》（石膏圆雕）。与陈淑光合作创作了《鸡毛信》（中国国家博物馆藏）、《新四军像》（中国人民军事博物馆藏）。

1959年，人民美术出版社出版了《首都人民英雄纪念碑雕塑集》。同年，创作《运筹帷幄》（青铜圆雕，中国国家博物馆藏）。

1960年，作品《亚非拉战鼓》（青铜圆雕）是张松鹤于60年代初有感于广泛的非洲民族独立解放运动而创作的，是他创作的唯一一件外国主题的圆雕作品。

1962年，创作《毛主席扶犁图》（青铜浮雕）。作品《马克思与恩格斯》（汉白玉浮雕，德国特里尔马克思故居纪念馆藏）作为20世纪80年代中期中国赠给联邦德国的礼物，永久镶嵌于马克思故居纪念馆内一层廊下的墙壁上。

1962—1963年，担任北京艺术学院美术系教授兼雕塑教研组组长。

张松鹤与夫人陈淑光在《新四军战士》的创作现场，1958年

张松鹤在其创作的浮雕像前留影，1977年

张松鹤与叶毓山在塑造毛主席纪念堂毛主席坐像，1977年

1964年，在迁安铁矿体验生活。

1965年，创作的《毛主席胸像》（青铜圆雕）曾被大量签名发售。

1966—1967年，借调清华大学、北京师范大学、北京邮电学院、山东师范学院、湖南大学等高等院校塑造毛主席汉白玉像工作。

1967年5月4日，由张松鹤主持塑造并负责雕像头部，清华大学建筑系教师宋伯、郭德庵及程国英等塑造像身部位的清华大学《巨型毛主席塑像》（圆雕）落成，总高8米，成为"文革"第一座室外毛主席雕像，也是中国第一座大型广场毛主席雕像。6月11日，使用清华大学版模具的雕像在北京解放军政治学院落成。之后，"清华版"塑像被多处复制，张松鹤也开始了"文革"初期最繁忙的领袖大型广场雕塑塑造、指导及审定工作。

1968年，张松鹤创作了表现毛泽东青年时期形象的《谁主沉浮——青年毛泽东》（陶瓷圆雕），这件作品被湖南醴陵、山东淄博、河北邯郸、广东佛山、江西景德镇等多处陶瓷厂大量复制和仿制。

1968年，完成山东项目后回到北京，"文革"时期被诬陷为国民党军统特务、土匪部队成员、反动学术权威而遭到批斗、监禁及强制劳动。

1972年冬，调北京画院从事专业创作，潜心研习中国画及书法，其间创作出大量书画作品。

1973年，《拦惊马》（汉白玉圆雕）是张松鹤调到北京画院不久后接到北京军区政治部的委托，塑造因临危不惧拦惊马牺牲的"欧阳海式"干部——咸乐诚像。同年，作品《沉思中的鲁迅》（套色版画，中国鲁迅博物馆藏）是张松鹤调到北京画院后重拾刻刀创作的中华人民共和国成立后唯一一幅木刻作品。同年，创作《王国福》像。

1974年4月1日，中国发行了《革命圣地——人民英雄纪念碑》邮票。

1975年，创作雕塑《老支书》（青铜圆雕）。作品《东方红》（年画），全国大量印刷发行。为北京鲁迅博物馆创作《鲁迅半身像》并委托曹崇恩完成刻石。

1977年，中国发行了《纪念刘胡兰烈士英勇就义三十周年》邮票，其中第二枚邮票图案的主体为毛主席的题词"生的伟大，死的光荣"，下方即天安门广场上的人民英雄纪念碑。作品《毛主席坐像》（汉白玉圆雕，毛主席纪念堂藏），这是张松鹤参与创作、塑造全部过程的最后一个毛主席塑像。

1978年，当选第五届全国政协委员、中国城市雕塑艺委会委员、中国书法家协会会

张松鹤在书法创作，1986年

员、中华诗词学会会员，北京画院一级画师，至去世前享受国务院专家特殊津贴。

1979年，当选中国美术家协会第三届理事会理事。任中国人民政治协商会议全国委员会委员。当年冬，参加了中国雕塑家考察团，参观考察了意大利的罗马、佛罗伦萨、米兰、威尼斯、卡拉拉、彼得山达、那波利等七个城市和法国的巴黎。发表《西方现代雕塑艺术》《古希腊、古罗马的雕塑艺术》等论文。

1980年，创作雕塑《风云南海》（石膏圆雕）。建造的清溪革命烈士纪念碑，碑身高八米，碑身正面是张松鹤书写的"革命烈士纪念碑"七个大字。碑身尖顶一个五角红星照耀，碑身底座是张松鹤撰写和亲笔书写的碑文。张松鹤的文章《西方现代雕塑艺术观感》在1980年第四期《文艺研究》上发表，文章主要论述了自己随中国雕塑家考察团到意大利和法国考察当时的西方雕塑后的感想，以及自身对印象主义、后印象主义、立体主义、未来派、超写实主义等一些西方流派及现象的独到看法。

1982年，进行深圳革命烈士纪念碑雕塑创作工作。碑体作品包括《抗日》、《解放》（青铜浮雕）。

1983年，当选第六届全国政协委员。创作雕塑《开拓者》（青铜圆雕，广东东莞清溪镇政府广场）。

1984年，设计《深圳革命烈士纪念碑》碑型并创作《抗日烽火》《解放凯歌》等浮雕。

1985年，与著名雕塑家潘鹤、李汉仪、梁明诚、陈淑光合作，主持广东惠州《东江人民革命烈士纪念碑》雕塑群设计，创作群雕之一《抗日战士》。共创作了从鸦片战争到解放战争六个时期石刻圆雕和铜铸浮雕十二件作品，这些雕像成为华南雕塑的代表性作品。

1986年，为家乡创作雕塑《开拓者》（圆雕，清溪镇市民广场）。

1987年，《人民英雄纪念碑》获首届全国城市雕塑优秀作品奖最佳奖（名列第一）。为宝安县的龙江镇设计塑造了金龙仙女的雕塑石像。

1988年，被聘为华南师范大学美术系名誉教授，当选为第七届全国政协委员。创作雕塑《荔枝女》（铸铜圆雕，东莞中学藏）。

1989年9月，出版《松鹤诗集》。11月，出国举办个人画展。在一年零八个月的时间里，先后在苏里南、圭亚那（法属）、美国洛杉矶和圣弗朗西斯科、加拿大的多伦多等地，共举办了七场书画展，受到了各方面人士的高度评价。

1990年10月，在美国洛杉矶做巡回画展。10月6日，画展在天龙画廊开幕，我国驻洛杉矶副总领事张国强亲临道贺，并主持剪彩。11月，在三藩市中国画廊举办在美国的第二次画展。同年，张松鹤应法国皆因（海外）省侨团华侨公所专人邀请，作品到皆因展出。

二、张松鹤的雕塑艺术成就

张松鹤的雕塑艺术成就主要体现在以下几方面：

一是代表性雕塑作品《人民英雄纪念碑·抗日游击战》浮雕（与陈淑光合作）具有深刻的思想内涵及极高的艺术价值，是我国现代雕塑艺术的经典之作。

人民英雄纪念碑是中华人民共和国成立后第一个由国家兴建的大型纪念碑，它不单是一个建筑物，也不仅仅是一件城市雕塑作品，它是与天安门及广场周围建筑融为一体的历史文脉的载体和国家精神的象征。位于天安门广场中心的人民英雄纪念碑，是中华人民共和国政府为纪念中国近现代的革命烈士而修建的纪念碑。1949年9月30日，中国人民政治协商会议第一届全体会议决定，为了纪念在人民解放战争和人民革命中牺牲的人民英雄，在首都北京建立人民英雄纪念碑。1949年9月30日奠基，1952年8月1日开工，1958年

《虎门销烟》浮雕

4月22日建成，1958年5月1日揭幕，1961年被国务院公布为第一批全国重点文物保护单位之一。雕塑创作在纪念碑设计中占有重要的地位。雕塑的内容经由范文澜领导的小组认真推敲，并由中央审定，包括八个题材、十块浮雕，内容分别是虎门销烟、金田起义、武昌起义、五四运动、五卅运动、南昌起义、抗日战争及解放全国（支援前线—胜利渡江—欢迎人民解放军）。八个题材的雕塑是由八位精选出来的雕塑家完成的，他们都是有声望的雕塑家。十块汉白玉的大浮雕，镶嵌在大碑座的四周。这些大浮雕高两米，合在一起共长40.68米。据地质学家化验证明，这些浮雕至少能耐久八百年到一千年之久。每幅浮雕里有二十个左右英雄人物，每个人物都和真人一样大小，他们的面貌、性格、思想、感情和姿态形象都不相同。八块浮雕的创作者分别是：

1. 《虎门销烟》，画稿艾中信，雕刻曾竹韶，助手李祯祥。
2. 《太平天国》，画稿李宗津，雕刻王丙召。
3. 《武昌起义》，画稿董希文，雕刻傅天仇。
4. 《五四运动》，画稿冯法祀，雕刻滑田友。
5. 《五卅运动》，画稿吴作人，雕刻王临乙。
6. 《南昌起义》，画稿王式廓，雕刻萧传玖。
7. 《抗日游击战》，画稿辛莽，雕刻张松鹤。
8. 《胜利渡长江》，画稿彦涵，雕刻刘开渠。

八块浮雕，有两块与东莞有关。第七幅是东莞人张松鹤雕刻，第一幅《虎门销烟》见

《人民英雄纪念碑——抗日游击战》浮雕，泥塑，1957年，张松鹤与陈淑光合作

证了东莞虎门作为近代史的开篇地，描述鸦片战争前夕，1839年6月3日，人民群众在东莞虎门销毁鸦片的事迹。浮雕上，愤怒的群众正在把一箱箱毒害中国人民的鸦片运到海边，倾倒在放有石灰的窑坑里焚烧，一股股浓烟从石灰池上升起。人群后面，有炮台和千百只待发的战船，准备随时还击英帝国主义的挑衅。画面上人物的形象，表现出中国人民反抗帝国主义的坚定决心。雕塑家曾竹韶在完成纪念碑第一块浮雕《虎门销烟》的过程中，坚持从中国传统雕塑表现手法和西方写实主义两方面入手，寻找一个最佳的表现方式来叙说和呈现这一重大的历史场景。在真实再现历史人物和情景方面，中国传统雕塑表现手法显然是做不到这一点的。曾竹韶参考了大量欧洲文艺复兴时期历史题材的浮雕作品之后，决定采用写实手法来表现《虎门销烟》这一凝重悠远的主题。在整体构图上划分为三个历史片段，通过三组人物群体来表现群众斗争的故事场面：浮雕中左侧一组表现的是正在搬运鸦片箱子的群众，右侧表现正在紧张焚烧鸦片的群众，正中间的一组表现正在进行对话的一组人物。整个画面通过强调大面积的对比和联系，从而突出人们的精神面貌。

人民英雄纪念碑的浮雕创作塑造过程极为严谨，整个学习、创作、塑造历时五年，为中华人民共和国，乃至世界近代雕塑之最。由刘开渠、滑田友、萧传玖、曾竹韶、傅天仇、张松鹤、王丙召、王临乙等集体创作的《人民英雄纪念碑》浮雕，是20世纪中国雕塑史上当之无愧的巅峰之作，概括表现了从鸦片战争到中华人民共和国成立以来中国人民争取民族独立和人民自由的艰苦历程。其风格写实，手法朴素，构图虚实结合、张弛有度。作品并未以伟人、领袖作为表现对象，而是刻画了大小近于真人的人民形象，其面貌、性格、思想、感情和姿态各具特征，共有约一百七十个人物形象，生动而有力地勾画出我国近百年来可歌可泣的革命历史，成为中华人民共和国里程碑式的雕塑。

  人民英雄纪念碑浮雕《抗日游击战》是张松鹤1953年至1958年与陈淑光合作创作的雕刻，浮雕上显现出抗日战争时期太行山区敌后游击战的场面，描绘了中国共产党领导人民进行艰苦卓绝的抗日游击战争。远远望去，在一座雄伟峻峭的半山腰里，游击队员们正穿过高大的树林和茂密的青纱帐，去和敌人战斗。画面上，青年男女农民拿着铁铲背着土制地雷；白发的母亲送枪给儿子去打击日本侵略者；小伙子站在指挥员身旁，等候命令，准备随时投入消灭敌人的战斗。这幅作品中，作者为了强调游击战的典型环境，加入青松、高粱等形象，以及铲、锄、鞭等农具，生动刻画出中华儿女团结奋进的情景，展现了抗日游击战争植根于广大的人民群众。画面中，人物姿态各异，但都朝向他们的眼前，即敌寇所在的方向，从右到左的人物体态有前仆后继之势，展现了中华儿女奋勇向前的无畏身影。《抗日游击战》不仅人物精雕细刻，对于器物和背景也极为考究，右下角老大爷装地雷的篮筐，出身南方的张松鹤特地考察了华北地区农民使用的篮筐样式。张松鹤在创作手稿中写道："在崇山峻岭的茂密松林中，出现了一群英勇机智的游击队员，前头队伍已进入浓密的青纱帐里，以高度的警惕隐伏下来等待着敌人。后续部队以急速的动作，弯腰运动进发。手持马枪的通信员小战士站在指挥员身旁，待命出发。男女民兵腰挂着地雷手持铁铲，在指挥员的统一指挥下分路前进。壮年农民跟着队伍把弹药送上火线。老爷爷愤恨地端出地下埋藏的武器，慈祥的老妈妈把枪支交给青年的儿郎，像在嘱托他们必须坚决地消灭敌人复仇雪恨。"《抗日游击战》画面采用平视构图，没有特别强烈的空间纵深感，但是巧妙地利用了十四个人物之间丰富的叠压关系，使画面形成了有机整体。画面人物分配大致可分为三个部分，从最右边的四个人物都是蓄势待发的准备状态。在最右面的老伯正在准备着土制地雷。白发的母亲为儿子背枪，前面的游击队员目光坚定地望着前方。在构成上，每个人物的手臂姿势都形成了节奏感，肘部的动态加上头部的朝向都引向前方，包括最右面树的造型都以线性的形式推向画面中央。画面的中间部分也是由四个人物组成，主体中央的指挥员手指向前方，身影如同卡拉瓦乔的作品《圣马太蒙召》中手的状态。仿佛充满神性的一指，已经蕴含着战争胜利的信心，同时这个动态具有强烈的指导性。两侧青年男女手握钢枪、铁锹，坚韧的眼神朝向前方，准备随时投入战斗。后侧的一位老伯虽只露出一个头，但在画面构成上打破了同顺的朝向，完善了画面整体。画面的最

《人民英雄纪念碑——抗日游击战》浮雕写生稿,汉白玉,1957年

左侧,整体人物的高低呈现曲线走势,准确地体现了游击战时的紧张气氛。游击战士们小心谨慎,弯下身来,专注地注视前方,人物安排合理传达了战时的状态。太行山区背景,茂密的青纱帐既能起到隐蔽的作用,也能反映农民对于侵略者的抵抗之情。从画面整体来看节奏变化丰富准确,营造的氛围恰到好处。

与《抗日游击战》浮雕以其稳定的构图、严谨的人物造型、精心组织富有层次的画面,体现了作为抗日游击战争亲历者的理解和雕塑家高超的艺术水平。浮雕右下角老农从树洞掏出手榴弹,即是张松鹤亲历游击战争时所见的真实一幕。与其他的雕塑家不同,随东江纵队转战南北十余年的戎马生涯,使张松鹤对其所表现的主题,有着更多的感悟。《抗日游击战》就是根据张松鹤自己长期参与抗日游击战的经历和体验完成的。在抗日战争期间,中国共产党领导的八路军、新四军深入敌后,开展了大规模、长时间的游击战,为取得抗日战争的胜利做出了巨大贡献。浮雕以军人为主,民兵群众为辅,展示了太行山战场上,中国军民开展敌后斗争,打击日本侵略军的历史画面。那些鲜活的记忆又让张松鹤再次融入了游击战火,他将先烈的英魂融入刻刀,为石雕注入灵魂。

陈淑光是著名雕塑家张松鹤的夫人,是中华人民共和国培养的第一批女雕塑家,也是人民英雄纪念碑八组浮雕作品中的唯一一位女性共同作者。从《抗日游击战》浮雕素描初稿的创作绘制到塑造完成,陈淑光协助时任雕塑组副组长的主创者张松鹤完成了《抗日游击战》的创作及塑造。今天，人民英雄纪念碑已经成为中华人民共和国雕塑史的经典之作，但当年艺术家们付出的努力却是难以想象的。陈淑光介绍，画稿定了以后，雕塑家们要开始学习近代史，听历史学家范文澜的讲座。之后去大同、平遥、四川大足、甘肃麦积山等地进行考察研究。小泥稿定了以后，要先后制作四分之一、二分之一大小的稿子，不断修改后才能定稿。今天的《人民英雄纪念碑·抗日游击战》这块浮雕，观众可以看到的是青纱帐里，抗日游击战士奋勇向前。但据陈淑光介绍，由于张松鹤强调了典型环境，在雕塑中加入了青松、高粱等形象，曾被其他一同创作的几位雕塑家认为绘画性太强，主体人物不突出，但事实证明，这件作品准确把握了历史的尺度，有机组合深化主题，为人物形象赋予风采和张力，为细节加工彰显特色和精髓。

抗日游击战争浮雕壁画除了重要的历史地位以外，在艺术表现形式当中也有着重要意义。在同战争主题壁画的描绘中，它借鉴了西方表现人物形象的手法，塑造了结实的人物形象。它以中西结合的形式阐释了战争时候的紧张气氛以及独特的画面构成。包括对人民精神的传达都有着重要的意义。同时也对后世中国战争主题的壁画发展有着重要的借鉴意义。

2005年7月28日，张松鹤因病去世，北京鲁迅博物馆主办的中文核心期刊《鲁迅研究月刊》，便在该年第八期刊出张松鹤同志逝世的报道。这是该刊创办以来，唯一一次报道一位雕塑家去世的消息。由此可见，张松鹤与鲁迅的关系非同一般。张松鹤喜爱并擅长雕

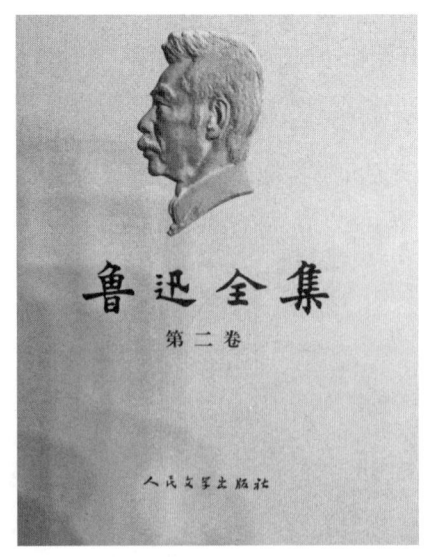

《鲁迅全集》，人民文学出版社，2005年

《鲁迅诞辰一百周年纪念》邮票

《鲁迅诞辰一百周年纪念》币

塑鲁迅像，源于他与鲁迅硬骨头的战斗性格相近，他以自己的艺术方式表达对鲁迅的热爱与怀念。1956年10月，野夫编《纪念鲁迅选集》刊登了张松鹤浮雕《鲁迅像》，从此之后，张松鹤创作了大量鲁迅塑像。不同版本的《鲁迅全集》封面所用的鲁迅浮雕像即为张松鹤所创作，现立于北京鲁迅博物馆大院内的鲁迅汉白玉半身像亦为张松鹤所创作。张松鹤所创作的鲁迅像，是迄今为止所公认最能体现鲁迅思想与精神的雕像，参与了革命话语体系中的鲁迅形象建构，丰富和延展了鲁迅形象的精神内涵。

　　1972年，张松鹤调入北京画院后，为《鲁迅全集》创作鲁迅浮雕像，将精雕细刻和粗犷奔放的技法并用，塑造出鲁迅形象，成为我国现代雕塑艺术的经典之作。1973年12月，人民文学出版社出版了20卷的《鲁迅全集》。1981年，人民文学出版社出版了16卷的《鲁迅全集》，目前一般教科书所选用的鲁迅的文章大都出自这个版本。2005年，人民文学出版社出版了18卷的《鲁迅全集》新版本。《鲁迅全集》不仅名列中国文学论文引用国内学术著作第一名，外国文学论文引用国内学术著作第一名，文化学论文引用国内学术著作第一名，还进入其他五个学科论文引用国内学术著作的前十名，成为影响力最大的著作。2005年版《鲁迅全集》第一卷版权页，明确说明封面鲁迅浮雕像的作者是张松鹤。这幅浮雕像，人物神态倔强，突出了鲁迅鲜明的"骨感"，将坚毅睿智、傲骨铮铮的鲁迅形象表现得淋漓尽致，塑造出的伟人形象神形兼具。

1976年10月19日，正值鲁迅逝世40周年纪念日，国家邮电部发行一套《纪念中国文化革命的主将鲁迅》纪念邮票，全套3枚。其中第一图"鲁迅像"采用张松鹤的浮雕原作。这枚邮票使用了简洁素净的设计风格，置于画面正中的浮雕像，端肃沉静，胜过一切华丽装饰，凸显了人物形象效果，在方寸天地间树立起一座精神丰碑。浮雕作为雕塑艺术的表现形式之一，在邮票画面的设计上也时有运用，其空间造型以三维立体形态呈现，既有平面结构，同时又有明暗光影的各角度形象。

位于北京鲁迅博物馆院中位置的一尊汉白玉雕刻的鲁迅胸像雕塑，也是出自张松鹤之手，是该馆的"门面"，起着"点睛"作用。北京鲁迅博物馆是首批中国国家一级博物馆，是迄今在北京保存最完整的一处鲁迅旧居。鲁迅在1924年5月25日从砖塔胡同移居阜成门内西三条二十一号，直到1926年8月26日离京南下，他的《野草》中的全部散文诗和《彷徨》中的部分小说都是写于这处旧居。张松鹤应邀为鲁迅博物馆创作的《寒风傲骨》汉白玉石雕，是他对鲁迅表达情感和敬仰的经典作品。1972年，为了创作这件作品，塑造好鲁迅的形象，更准确地把握鲁迅形象细节，张松鹤把鲁迅的儿子周海婴请到工作室，详细了解鲁迅的音容笑貌。他还请模特写生，以体会鲁迅的形象。通过细致深入地把握和娴熟精湛的技法，使鲁迅深邃的思想凝结于这尊雕像中。这尊作品在旧居陈列厅前的草坪上竖立着，已经成为鲁迅精神的一种形象诠释。这尊雕塑写实与写意风格相整合，在细腻的汉白玉石上刻画出了在寒风中围着围巾，目光凝视前方，迎风前进的鲁迅形象，人物造型精确，形象饱满圆润，线条细腻流畅，生动浑朴大气，而雕像下方的粗放剁斧錾刻刀痕，则给人以震撼的冲击力，有着"横眉冷对千夫指"之势。李波在《鲁迅雕像艺术风格浅析》（《鲁迅研究月刊》2021年第7期）一文中高度赞赏张松鹤的这件作品："由于整个院落空间体量不大，因此雕像采用胸像的形式。雕像静置于优美恬静的传统中式庭院中，显得庄重、典雅而协调。暖白色的石雕像与特定空间的建筑相互形成了烘托和对比。在建

《鲁迅胸像》 铸铜 1956年 北京鲁迅博物馆藏

《鲁迅半身像》，青铜，1974年，中国美术馆藏

《运筹帷幄》，青铜，1959年，现存中国国家博物馆

筑的灰瓦、红柱及绿色植物烘托下，石雕像成为庭院环境中的亮点和视觉焦点，既点明了博物馆作为公共艺术场所的功能，又突出了鲁迅爱憎分明的高洁品质，给人以亲切感。同时，整块白色的雕像与灰色传统的北方建筑屋顶及大屋檐下阴影形成的强烈对比，由此打破了压抑的环境空间。寒风中的人物形象使静谧的环境充满着动感，仿佛有了活力四射的生命律动。……这尊鲁迅汉白玉胸像雕塑，精准捕捉到了鲁迅的鲜明特征和内在性格，既有对敌横眉冷对的严峻表情，又有对人民甘为孺子牛的慈祥和蔼的亲切感，成为鲁迅的经典形象符号而深入人心。"

三是领袖像与伟人像。

1949年秋，张松鹤调任北京人民美术工作室任美术创作组副组长，创作《毛泽东》

《毛主席立像》，花岗岩，1967年，湖南大学东方红广场

《中华人民共和国缔造者——毛泽东》《毛主席与朱总司令》等多款浮雕像并在全国大量复制发行。毛泽东同志是伟大的马克思主义者，伟大的无产阶级革命家、战略家、理论家，是马克思主义中国化的伟大开拓者，是近代以来中国伟大的爱国者和民族英雄，是党的第一代中央领导集体的核心。毛泽东这位改变了中国历史的伟人，在历史上也留下了难以磨灭的印记。曾经一度遍布中国的毛泽东塑像，可以说是这种印记具体而形象的象征；而每一尊领袖像都是一个立体索引，联结着一段历史的前世今生。1950年，张松鹤即创作了第一个毛主席浮雕像，其后在不同时期创作了多种版本的毛主席像，受到广泛的认可。今天的年轻人很难想象当年中国人对毛主席像的狂热。对毛主席这位开国领袖，张松鹤发自内心地崇拜。毛主席像对张松鹤来说，并非仅仅是政治任务，而是他投入巨大热情，严

肃认真创作出的艺术作品。张松鹤在军队期间，就多次为会议和宣传绘制过毛主席像。1950年，张松鹤还参与了天安门城楼毛主席画像的工作。其所创作的毛主席浮雕像不但被制作成无数的像章广泛发行，"文革"时期立于各地的毛主席圆雕多是复制自张氏的版本，甚至毛主席纪念堂的毛主席坐像和纪念堂门前群雕旗帜上的毛主席浮雕亦出自张氏手笔。1976年，清华大学的毛主席立像总高八米，采用了毛主席穿军大衣、戴军帽，向群众挥手的形象。今天，国防大学二号院的毛主席像还保留了清华大学版的原貌。清华大学毛主席立像一经推出，立即风靡全国，多所高校和单位掀起了立毛主席像的高潮，全国各地邀请张松鹤做主席像的人纷至沓来。张松鹤赴各地创作了戴帽、不戴帽，着军大衣、大衣和中山装各种形象的毛主席立像。除了创作毛主席像外，中国革命的精神导师如马克思、

《中华人民共和国缔造者——毛泽东》，中华人民共和国首枚毛主席浮雕，青铜浮雕，1949—1950，中国国家博物馆藏

《中国共产党卅周年纪念》邮票

《马、恩、列、斯浮雕像》，泥塑，1960年

恩格斯、列宁、斯大林和中国革命领袖如周恩来、任弼时等名人，也被制成雕塑作品。

为了纪念中国共产党成立30周年，中国邮电部于1951年7月1日发行了《中国共产党卅周年纪念》邮票，这也是我国发行的第一套纪念建党的邮票。《中国共产党卅周年纪念》全套邮票共三枚，由张松鹤所创作，图案颜色分别为棕色、绿色和红色，画面均以毛主席侧面头像浮雕作品为主图，画面的上端是"中国共产党卅周年纪念"的字样，左下角由中国共产党党徽将"1921""1951"的字样紧紧地联结到一起，体现了我党30周年的伟大历程，橄榄枝、镰刀和铁锤以示对共产党生日的热烈祝贺。画面以深色衬底，通过鲜明的色彩对比，突出了浮雕凸起的质感。左下角装饰中国共产党党徽图案，左右边框镶有寓意吉祥的如意花纹，上面有"1921—1951"字样，象征中国共产党在毛泽东的带领下，经过三十年艰苦奋斗，领导人民推翻了旧制度，建立了中华人民共和国。为了适应集邮事业的发展需要，邮电部于1955年10月1日再版发行。原版和再版都是使用同一雕刻版模，分别在于纸张和色泽。再版纸薄而硬，原版纸厚而松；再版为深红色，原版为大红色。

中国共产党第一次全国代表大会于1921年7月23日召开，而党的诞生纪念日却是7月1日，把7月1日作为党的诞生纪念日，是毛泽东主席于1938年5月提出来的。当时，毛泽东主席在《论持久战》一文中提出："今年七月一日，是中国共产党建立十七周年纪念日。"这是中共领导人第一次明确提出"七一"是党的诞生纪念日。"七一"作为党的生日，最早见于中央文件是在1941年6月。当时，中共中央发出了《关于中国共产党诞生二十周年抗战四周年纪念指示》。指示说："今年七一是中国共产党诞生的二十周年，七七是中国抗日战争的四周年，各抗日根据地应分别召集会议，采取各种办法，举行纪念，并在各种刊物出特刊或特辑。"这是以中共中央名义做出的把"七一"作为党的生日进行纪念的第一个文件。从此，"七一"就作为党的生日固定下来。每年的7月1日，全党都要热烈庆祝党的诞生纪念日。"七一"这个光辉的节日已经深深地铭刻在全党和全国各族人民的心中，它成为中国人民每年进行纪念的一个重要节日，也成为中国节日文化的一

《列宁胸像》，青铜，
中央马列编译局藏，1957年

《恩格斯胸像》，青铜，
中央马列编译局藏，1957年

《埋雷》，青铜，中国国家博物馆藏，1951年

部分。1951年，中国革命终于取得了全面胜利，建立了工人阶级领导的以工农联盟为基础的中华人民共和国，中国开始走上社会主义道路。以张松鹤的毛主席雕像所设计的《中国共产党卅周年纪念》邮票，在中国红色文化历史上占有重要地位。

四是烈士陵园雕塑。

1951—1953年，张松鹤任北京师范大学美术系教授，同时任华北军区烈士陵园纪念碑雕塑委员会主任，主持创作《胜利》群像，亲自创作、塑造了《协同作战》（又名《埋雷》）、《冲锋陷阵》（又名《战斗》）、《参军》、《支前》四座雕塑，这是张松鹤最早参与创作的烈士陵园雕塑。纪念碑位于石家庄1949年兴建、1954年落成的华北军区烈士陵园内，有两幅圆雕《埋雷》《战斗》和两幅浮雕《参军》《支前》。《埋雷》这件青铜圆雕塑创作于1951年，现藏于中国国家博物馆，生动展现了游击战士凛然的英雄形象。抗战时期，地雷大显神威，在人民革命斗争史上写下了光辉的一页。画面中，两位游击战士目光坚毅，作者采用写实主义手法描绘人物的服饰、战斗装备等细节，塑造出了当时游击战士不畏牺牲的精神面貌。

北京市档案馆收藏了一批有关北京人民美术工作室的档案，其中有不少关涉张松鹤的资料。如胡蛮《北京人民美术工作室一九五二年业务工作总结报》（档案号：011-001-00116）提到了华北军区烈士陵园纪念像的工作进度，张松鹤的雕塑工作受到1952年秋季北京市文艺的好评奖励。晚年，张松鹤返回家乡，主持了跟其早年参加革命相关的三座烈士陵园的建设，它们分别是清溪革命烈士纪念碑、深圳革命烈士纪念碑和广东惠州东江人民革命烈士纪念碑，张松鹤既参与了碑形的设计，也参与了雕塑的创作。

1991年，张松鹤定居故乡清溪，先后设计《清溪革命烈士纪念碑》碑形及浮雕，创作《曾生将军》《王作尧将军》《蔡子培》《何与成》等东纵战士雕像。清溪革命烈士纪念碑位于清溪镇中心南面的大窝山上，碑高9.9米，正面镌刻着"清溪革命烈士纪念碑"九个金色大字。碑座长6.5米、宽4米，碑文正面记载了抗日战争和解放战争时期清溪人民革命斗争的光荣历史，其余三面以浮雕的形式描绘了革命前辈们前赴后继、冲锋陷阵及军民鱼水情深。这座纪念碑沉淀了清溪人民太多的情与义。每年，少先队员、团员青年代表会在这里庄严宣誓，表示要继承先烈的遗志，弘扬英烈精神，为家乡的建设、为祖国的繁荣富强而努力学习，共创美好清溪。而这座纪念碑就是张松鹤为家乡人民留下的最为珍贵的遗产。

张松鹤的红色雕塑作品，造像雕刻精湛，内容题材丰富，比较出名的还有《鸡毛信·儿童团员》《风云南海》等。

《鸡毛信·儿童团员》，玻璃钢，1950年

第三章

黎冰鸿的油画《南昌起义》《秋收起义》

一、黎冰鸿的红色艺履

黎冰鸿（1913—1986），原名炳康，生于越南，原籍东莞两渡河圩，即凤岗镇竹塘村两渡河。1941年春，太平洋战争爆发，黎冰鸿曾逃难到东莞乡下两渡河圩。2016年11月17日，黎冰鸿的女儿黎小冰、儿子黎江、孙女黎峻等一行五人专程到凤岗镇两渡河寻根，这是他们第一次踏在父辈曾经生活过的土地。黎冰鸿被艺术界称为中国革命艺术家、著名油画家、美术教育家，因其艺术上师从留法画家阮有悦，与常书鸿、徐悲鸿并称为"留法三鸿"，其名字列入2013年国家文物局公布书画作品限制出境的现代书画家总名单。小学课本中《南昌起义》的插画是中国人心中的经典，其作者正是黎冰鸿，以人民军队可歌可泣的历史和现实为蓝本，塑造了被人民群众铭记在心的历史场景和英雄形象。

黎冰鸿少年侨居越南，早年师从留法的越南画家阮有悦。1931年到香港师从李铁夫，开始形成个人风格。1937年抗日战争爆发，黎冰鸿参加"香港青年回国服务团"，奔走于粤湘黔桂等地，从事抗日美术宣传，创作了《游击队在敌人后方壮大起来了》《袭击》等大批抗日宣传画，并先后在香港、曲江、长沙、桂林、上海等地举办宣传抗日的个人画展。1939年任广东省教育厅社会教育工作团艺术指导员。1939年年底，黎冰鸿在香港适逢叶浅予、张光宇、张正宇、特伟、郁风、丁聪等人筹备组织"中国漫画家抗敌协会香港分会",同时筹办一个抗日漫画展。当时,《大地画报》邀请《西行漫记》的作者——美国记者斯诺和编辑、记者们进行访谈,参与的有马国亮、叶浅予、陈烟桥等人,黎冰鸿便在小叙之时为斯诺画了一张速写,请斯诺签了名。马国良就此写了一篇采访报道,说明了此次访问的情况,配了黎冰鸿所绘制的斯诺的速写头像,在《大地画报》上刊登。

1946年,黎冰鸿到达苏北根据地,参加新四军,任华东建设大学教授。

1947年9月12日,黎冰鸿加入中国共产党,成为一名光荣的中国共产党党员。其后不久,黎冰鸿与一部分同志从胶东转到大连,在共产党设在大连的文化宣传组织"大连关东

黎冰鸿

《自画像》,纸本油画,
1955年,中国美术学院美术馆藏

《毛主席像》，黎冰鸿，1949年

公署社会教育工作团"里工作。1948年，黎冰鸿返回山东，画了一些解放区军民生活的速写，创作了组画《蒋介石是中国人的公敌》，与江有生、涂克、陈叔亮、沈柔坚、黎鲁、胡考等共同办了画展，先后在农村和解放后的济南展出。

1949年5月，黎冰鸿随军南下，在上海军管会文艺处美术室工作；9月，任《华东画报》记者及制片室负责人。在此期间，黎冰鸿创作了以解放战争为题材的，反映时事的漫画、连环画《白衣战士李兰丁》，肖像画《爆炸英雄王先明》，反映土地改革的连环画《圈套》，等等。其中有的作品参加了全国第一届美展，或发表在刊物上，在当时产生了较大影响。特别是《中华人民共和国开国纪念》邮票，采用了黎冰鸿的毛主席速写像，反映了开国大典这一历史时刻的盛况。

1949年8月1日，华东邮政管理总局发行的首套邮票，主图为戴八角帽的毛泽东头像，一套九枚，由上海三一印刷公司承印。邮票由中国邮票设计大师孙传哲设计。孙传哲根据黎冰鸿的素描像改画而成，邮票图中毛主席头戴军帽，流露着胜利和自信的微笑。

1949年11月，中华人民共和国邮政总局正式宣布成立，但是完全属于中华人民共和国自己的邮票还来不及设计印制，于是就将一部分民国和解放区邮票加盖"中国人民邮政"字样和新的面值后，重新发行。这时期加盖的唯一一枚毛主席像邮票，就是华东邮政管理总局发行的首套邮票。这枚邮票较其他"毛主席像"邮票的印制质量更为高超,因此将邮电部库存的全部邮票均重新加盖改值,于1950年11月10日正式发行。直到1954年8月,这版加字改值的"三一"毛主席像邮票才停止使用,成为中华人民共和国改值邮票中最后停止使用的一套。

《中华人民共和国开国纪念》邮票中的毛主席像,是邮票设计家孙传哲根据黎冰鸿对毛泽东的正面戴八角帽的素描创作的。由黎冰鸿同志创作的戴八角帽毛主席标准像被广泛认可,第一张毛泽东同志标准像由此诞生。1949年开国大典时,天安门城楼上悬挂的也正是这个戴八角帽的毛主席像。《中华人民共和国开国纪念》是国家邮电部为纪念中华人民共和国和中国共产党诞生,而于1950年7月1日发行的纪念邮票。《中华人民共和国开国纪念》票面图案均为中华人民共和国开国典礼阅兵式的场景,庄严的五星红旗第一次在中国邮票上出现;毛泽东主席和宏伟的天安门以及接受检阅的人民解放军的坦克、飞机,都形象地记录了中华人民共和国开国盛典的这一伟大的历史时刻。

《中华人民共和国开国纪念》邮票

《白衣战士李兰丁》，素描，中国美术学院美术馆藏

1953年，黎冰鸿从华东画报社调到上海文管会博物馆筹备处工作。这时期，莫朴动员他到杭州参与中央美术学院华东分院（现中国美术学院）的教学工作。1953年年底，黎冰鸿调任华东分院教授兼油画系主任。莫朴作为中国美院的老院长记载了与黎冰鸿相见并成为同事的过程：

> 一九四九年，在北京一次文代会上，我第一次见到黎冰鸿同志。当时，他在上海军管会文艺处美术室工作，在从老解放区来的美术工作者中，他是比较成熟的一个，他待人热情，性格开朗，谈吐诙谐，所以在那次会上，给我留下很深的印象。文代会结束后，领导上决定江丰、彦涵和我一起南下到杭州，参加国立艺专（后改中央美术学院华东分院）的教学和行政领导工作。这样，我和上海美术界有了较多的交往，和冰鸿也相熟起来。一九五三年，我与冰鸿在一次相见时，他谈起了自己的工作问题。当时他已从华东画报社调到上海文管会博物馆搞筹备工作，对嗜画如命的人来说，这工作实在太不如意，我想到当时学院的学生在增加，学员规模要扩大；同时，也正在考虑把绘画系分细，成立中国画、油画、版画三个专业。当时学校教员不多，加强师资力量势在必行，而冰鸿正当盛年，艺术和思想都较成熟，于是我向他介绍学院情况，动员他来杭任教。

《历史的教训》，黎冰鸿，纸本漫画，20世纪50年代，中国美术学院美术馆藏

对黎冰鸿来说，调入中央美术学院华东分院，是他人生的一个重大转折。1954年，黎冰鸿访问保加利亚，途经莫斯科、布加勒斯特，参观许多著名美术馆，大开眼界，艺术上有了飞跃。1956年，苏联著名画家马克西莫夫举办油画训练班，黎冰鸿有机会与之交流并一起作画。通过这些活动，黎冰鸿西洋画的水平有了进一步提升。在创作《南昌起义》之前，黎冰鸿的社会题材画《水电站发电了》已经创作完成，曾参加1959年莫斯科社会主义国家造型艺术展览。

"文化大革命"后，黎冰鸿任浙江美术学院副院长、教授、中国美协理事，浙江文联常委、美协副主席、科普美协理事长、政协常委。晚年时，竭力恢复"文化大革命"期间被荒废的技艺，到海南、新疆等地写生，创作了《水乡》《天池》《黄昏出击》《版纳艳阳》《总理和新旅的小团员们》等作品。晚年所作油画风景，尤重意境创造。

二、红色经典《南昌起义》《秋收起义》

1927年8月1日,周恩来、贺龙、叶挺、朱德、刘伯承等率领中国共产党直接掌握和影响下的军队两万多人在南昌举行起义,打响了武装反抗国民党反动派的第一枪,标志着中国共产党独立领导革命战争,创建人民军队和武装夺取政权的开始。8月1日后来被定为中国人民解放军建军节。在中国重大革命历史题材美术创作中,黎冰鸿关于"南昌起义"题材的经典作品,在中国当代美术史中产生了深远影响,有着极为重要的意义,展现了黎冰鸿先生作为红色艺术家的杰出成就。

黎冰鸿先生生前曾三绘《南昌起义》,分别藏于中国国家博物馆、中国人民革命军事博物馆、南昌八一起义纪念馆,时间从1959年直到1977年。

黎冰鸿先生于1959年为中国革命博物馆创作了一幅《南昌起义》的油画,尺寸为260×200厘米,此画收藏于中国国家博物馆。画面所表现的是黎明前的夜晚,起义官兵聚精会神地聆听中共前敌委员会书记周恩来讲话,做最后的部署。画面中起义的五位领导人周恩来、朱德、贺龙、叶挺和刘伯承处于相对靠左的位置,相对集中地出现,并且通过画面光线的处理,达到了突出的效果。且周恩来的空间位置正处于整个画面的黄金分割点上。起义的集会地点江西大旅行社的基本外观与环境表现得精准。

1984年5月,南昌市集邮公司发行的南昌市集邮协会成立纪念张,1994年朝鲜发行的一套纪念周恩来的邮票,以及1999年古巴发行的《中华人民共和国成立50周年》邮票中,图案均采用了现藏于中国国家博物馆的黎冰鸿油画《南昌起义》作为主图。

1960年,黎冰鸿再次为中国人民革命军事博物馆创作了一幅同样尺寸的油画《南昌起义》,此画由军事博物馆收藏。两幅画总体构图和风格相同,细部有差别。1959年的《南昌起义》,与1960年的《南昌起义》,除了整体色彩上有些差异外,还有一些细微的不同之处:1.左下角一个战士背的斗笠边沿亮部不一样;2.台阶前散落的纸片不一样;3.中间那挺重机关枪枪口与后面台阶对应的位置不一样;4.最大的不同是贺龙左边第四个战士(即右手横在胸前的战士)。国家博物馆油画上的这个战士脸型偏圆,军事博物馆的油画上的这个战士脸型偏方。

《南昌起义》，布面油画，1977年，南昌八一起义纪念馆藏

《南昌起义》，布面油画，1960年，中国人民革命军事博物馆藏

1976年,为了迎接南昌起义50周年,南昌八一起义纪念馆为了搞好陈列,将黎冰鸿先生请到南昌来,为该馆再创作一幅反映南昌起义的油画,油画大约在1977年5月前后完成。画面描绘了战斗结束的黎明时分,南昌起义的领导者之一周恩来召集军队所有将士,在总指挥部大楼前宣布战斗胜利的情景。人物紧握的拳头和慷慨激昂的神态极大地鼓舞士气、振奋人心。作品通过凝重的笔触和色彩冷暖的强烈对比强化了当时的气氛,以史诗般的宏大场面再现了"八一起义"这个庄严而具有纪念意义的历史瞬间。主要构图同国家博物馆和军事博物馆收藏的两幅画类似,但有细处明显不同:表现的时间是黎明以后,所以整个画面色彩更为明亮;其次,这幅画上贺龙位置改在与朱德、叶挺、刘伯承一起,那两幅画则单独把贺龙画在周恩来的左边;第三处是周恩来右手叉腰左手握拳,那两幅是周恩来左手叉腰,右手握拳举起;第四处是这幅画的画面中央有一个挽起袖口手持武器的工人纠察队员。因为这幅油画表现的是黎明之后起义战斗取得了胜利,大家在总指挥部欢庆的场景,所以八一馆一行人员都把这幅油画称为《欢呼胜利》。

　　1927年8月7日召开的"八七会议"之后,中共中央派临时政治局候补委员毛泽东、彭公达前往湖南省,传达"八七会议"精神,改组湖南省委,发动秋收起义,并指定毛泽东为中央特派员,彭公达为省委书记。改组后的湖南省委决定成立以毛泽东为书记的前敌委员会,负责领导湘东、赣西地区的工农武装发动起义;同时成立了以易礼容为书记的行动

《秋收起义》,布面油画,1957年,中国人民革命军事博物馆藏

委员会，负责领导长沙的城市暴动。与南昌起义比较，秋收起义不仅是军队的行动，而且有数量众多的工农武装参加，它第一次公开打出了工农革命军的旗号。

黎冰鸿的另外一幅油画代表作《秋收起义》，是对秋收起义这个伟大的革命历史事件的描绘，用奔放而简练的笔法凝聚了永恒的历史瞬间。1927年9月9日，以毛泽东为书记的中共湖南省委前敌委员会在湖南、江西两省边界地区领导农民武装、工人武装和革命士兵举行秋收起义。黎冰鸿的《秋收起义》表现了起义武装用大刀、长矛等消灭敌人的场面，充分显示出作者对于人民军队的深厚情感和高超的绘画技巧，在人物造型、色彩运用、景物安排上均匠心独运，于平淡、真实、自然、朴素之中焕发出一股神奇般的力量。

第四章

王作尧的《东纵一叶》与文化名人大营救

一、王作尧的红色生涯

王作尧（1913—1990），原名伯尧，东莞厚街人。1926年随父迁居广州，1931年初考入广东军事政治学校（燕塘军校）。1935年10月加入中国青年同盟。1936年9月，加入中国共产党。1938年10月，日军在大亚湾登陆后，东莞党组织成立东莞抗日模范壮丁队，王作尧任队长。随后，壮丁队与活动在宝安一带的张广业等抗日武装联合，整编为东宝惠边人民抗日游击大队，王作尧任大队长。1940年9月，曾生、王作尧的部队改编为广东人民

1942年10月，王作尧与何瑛结为夫妇，这是两人在抗日战争时期的合照

1989年12月，王作尧（前排左二）、王启光（前排左三）与东莞市厚街镇干部合影

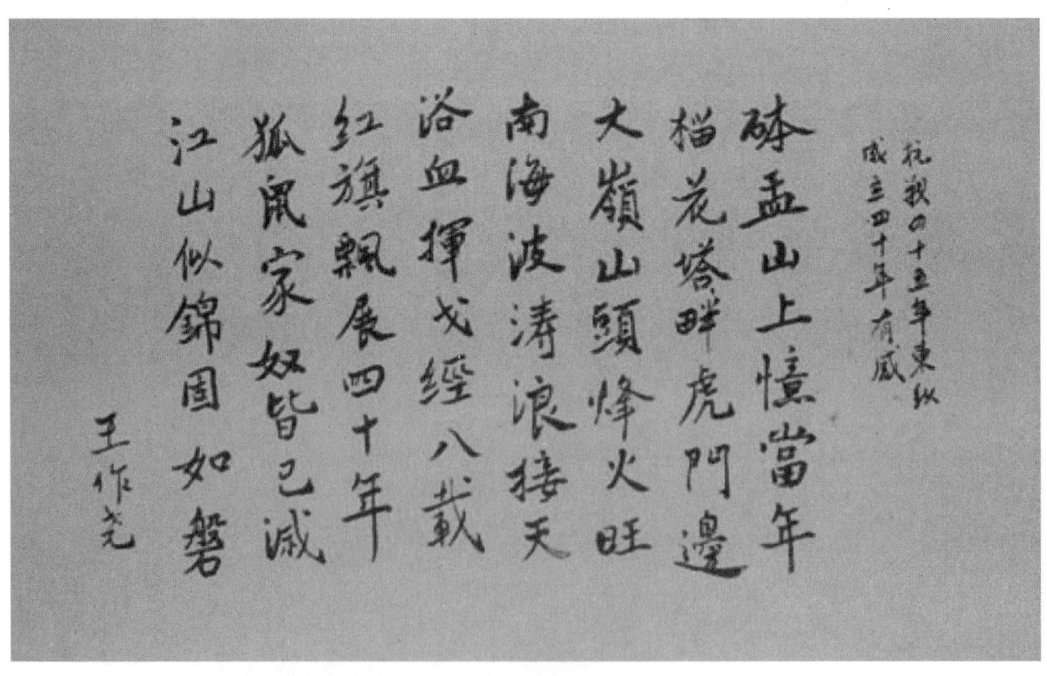

王作尧题诗

抗日游击队，王作尧为第五大队队长。

1942年1月后，王作尧任中共广东军政委员会委员和广东人民抗日游击总队副总队长兼参谋长，后又兼任主力大队大队长。1943年12月，王作尧任广东人民抗日游击队东江纵队副司令员兼参谋长。次年8月，与杨康华建立以罗浮山为中心的江北根据地。1945年1月，率部扫除东江沿岸的日伪军据点，控制石滩至苏村沿江地带。2月从企石附近渡过东江，进入博罗境内，会同第四支队和增（城）龙（门）博（罗）独立大队，横扫日伪势力，初步建立起以罗浮山为中心的江北抗日根据地。7月14日，王作尧率领第三支队和第五支队一部，攻打博罗公庄，重创国民党顽军，解放公庄橘子坪和獭子坪，并在杨梅水乘胜追击，歼灭梁桂平一个大队。同时，还组织柏塘保卫战，保证了中共广东省临时委员会罗浮山会议顺利进行。罗浮山会议后，王作尧当选为中共广东区委委员，任粤北指挥部司令员。旋率部北上，开辟五岭根据地。

1946年6月，王作尧和曾生率领东江纵队主力北撤山东。次年5月，任华东野战军第十纵队副参谋长，1948年任华北军政大学教育部副部长，1949年5月调任两广纵队副司令员。7月，和曾生率部队渡江南下。

中华人民共和国成立后，王作尧任广东军区江防司令部副司令员。1950年后，历任广东军区司令部副参谋长兼广州市防空司令部司令员、广东防空司令部第一副司令、沈阳军区防空军副司令员、武汉军区空军副司令员。1961年授少将军衔。"文革"期间遭诬陷，被关押审查，1974年平反。1979年12月王作尧当选为广东省人大常委会副主任。1988年8月，中共中央军委授予一级红星功勋荣誉章。

2002年，位于厚街镇的松山公园委托省邮政局用"马踏飞燕"邮资片为载体印制门票，片背印有王作尧将军雕像。

1936年9月，王作尧加入中国共产党。抗日战争爆发后，王作尧先后担任中共东莞中心支部宣传委员、中共东莞中心县委宣传部长兼武装部长，其间举办抗日青年军事训练班。

二、《东纵一叶》：一部珍贵的党史读物和红色教育的好教材

1983年6月，广东人民出版社出版了王作尧的《东纵一叶》，1984年第二次印刷。

2009年，该书作为广东省庆祝中华人民共和国成立60周年重点出版物，又由广东人民出版社重新出版。本书通过作者自己的亲身经历，完整记述了东江纵队从无到有，从小到大，为革命事业做出巨大贡献的发展壮大过程和重要历史事件，生动而深刻地描写了革命斗争中的许许多多革命战士的可歌可泣的英雄事迹和高尚品质，是一本集史料性、思想性、文学性于一体的好书。

东纵故事是百年党史的精彩片段，东纵精神是共产党人精神谱系的组成部分。东江纵队，全称是广东人民抗日游击队东江纵队，是抗日战争时期中国共产党在广东省东江地区创建和领导的一支人民抗日军队。1943年12月2日，广东人民抗日游击队东江纵队成立。曾生任司令员、尹林平任政治委员、王作尧任副司令员兼参谋长、杨康华任政治部主任。朱德在"七大"军事报告《论解放区战场》中将包含东江纵队在内的华南抗日纵队和八路军、新四军并称为"中国抗战的中流砥柱"。

东江纵队的前身之一东莞抗日模范壮丁队，是华南沦陷后中国共产党在华南组建的第一支人民抗日武装，东莞榴花阻击战是中国共产党领导的华南人民武装对日军的较早的有组织的典型战例。1938年10月12日，日本南支派遣军在惠阳大亚湾登陆，开始全面入侵华南。在日军登陆当天，中共东莞中心县委决定组建一支直接领导的人民抗日武装，抗击日军入侵。中心县委通过统战工作，以东莞县社会壮丁训练总队（全县的地方武装）名义，组建了"东莞抗日模范壮丁队"（简称"模范队"）。10月15日，东莞抗日模范壮丁队成立大会在县城中山公园举行。模范队队长由中心县委宣传部部长兼武装部部长王作尧担任，指导员由中心县委组织部部长袁鉴文担任，队员基本上是党员及爱国青年、中小学教师和中学生。全队一百多人，编为三个小队和一个留城分队。10月19日，日军占领石龙，东莞县城告急。中心县委指挥东莞抗日模范壮丁队以及另一支已经掌握的抗日武装——东莞常备壮丁队（简称"常备队"），开往石龙附近东江南岸的榴花、峡口、西湖、京山一线布防，历时一个月，击退了日军多次渡河进犯。1938年11月下旬，日军从莞城、石龙等地向南扫荡，模范队摆脱日军追击，以大岭山区为基地，坚持抗日游击活动。模范队先期在大岭山开辟的游击基地，为后来大岭山抗日根据地的形成和发展做出了重要贡献。1939年元旦，模范队与其他抗日武装整编为东（莞）宝（安）惠（阳）边人民抗日游击大队，王作尧任大队长。在日军扫荡时撤到深圳的部分模范队队员，编入惠（阳）宝（安）人民抗日游击总队。1940年9月中旬，这两支部队合编为广东人民抗日游击队。1942年1月，广

《东纵一叶》，广东人民出版社，1983年6月版

《东纵一叶：东江纵队副司令员王作尧将军回忆录》，广东人民出版社，2009年8月版

东人民抗日游击队扩编为广东人民抗日游击总队。1943年12月2日，以广东人民抗日游击总队为基础，成立广东人民抗日游击队东江纵队。1946年6月，东江纵队主力北撤山东省烟台解放区，留四百余名武装骨干分散坚持斗争。

《东纵一叶》共分二十章，从东莞建立抗日武装成立模范壮丁队写起，一直写到东江纵队北撤，史料丰富翔实，故事感人至深，生动表现了东江根据地军民在艰苦的战争中同呼吸、共命运的情形，真实再现了东江纵队从无到有、从小到大、由弱到强、不断发展壮大的波澜壮阔的历史，是一部珍贵的党史读物和红色教育的好教材。作为东江纵队的主要领导人之一，王作尧在这部作品里融入了真挚的情感，掌握了第一手的鲜活素材，以厚重的笔墨书写人物，挖掘出崇高的精神世界，唱响共产党好的主旋律，体现了为人民抒写的责任担当和自觉的艺术追求。这是一部有筋骨、有道德、有温度的历史报告，具有强烈的艺术感染力。王作尧的这本书，在东纵题材的文学作品中无疑是最具历史价值的。王作尧在前言中说：

中国革命胜利以后，同志们常常催促我，要我写有关东江纵队革命斗争回忆录。但是，以前我总认为过去的斗争生活已成陈迹，戎马倥偬的旧事没有重提之必要，故迟迟不想动笔。

在"动乱"的十年间，林彪、"四人帮"之流把东江纵队诬蔑为"土匪部队"，把各种各样莫须有的罪名强加在广大东纵干部的身上，这和抗战胜利后国民党反动派否认广东有东江纵队，并把华南所有抗日游击队都说成是"土匪"，如出一辙。在林彪、"四人帮"之流肆虐之下，东江纵队的干部遭到了残酷迫害。

好在历史是人民写的。十年浩劫过去了，东江纵队的名字终于又和我们党的光荣历史联系在一起。

雨过天晴了，但十年的腥风血雨在我心中激荡起的感情波澜却不可抑止。我改变了过去的想法，为了那些浴血沙场、为国捐躯的东纵烈士，为了那些在"四人帮"淫威下坚贞不屈的同志，也为了让年青一代正确地认识这段历史，我终于拿起笔来，写成此稿。

我之所以称这部小书为《东纵一叶》，意思是指它仅仅记录了我自己所接触到的那一部分，和整个东纵斗争史相比，只是一叶而已。

愿此一叶，能起抛砖引玉的作用。

写作之时，我想力求让史实说话，但因时隔三四十年，虽然尽力而为，难免有挂一漏万之疏、张冠李戴之误；至于词不达意的地方，一定不少。望读者们，特别是东纵的同志们不吝指正。

在我回忆和搜集材料过程中，得到许多老战友的支持和帮助，在此，我表示衷心的感谢！

《东纵一叶》虽然是革命回忆录，但却采用文学形式描述中国共产党领导下的革命群众斗争史，具有很大的教育意义和历史价值。《东纵一叶》的开头，使用的便是文学笔法，与一般的回忆录有所不同："'当当……当当……'除夕夜，大钟楼的钟声刚刚敲响九下，我乘搭的一艘'花尾渡'，便拉响了汽笛，在浓雾中缓缓地离开了广州长堤码头。"《东纵一叶》从历史的角度，用文学的笔触重现了当年的东纵岁月，再现了日军侵略中国华南期间，这支游击队的诞生、成长、壮大的过程，是给后人留下的一笔宝贵精神财富。《东纵一叶》不是一部纯粹的文学作品，但它比文学作品更感人。

三、第十章《紧急抢救》与中国红色文化史

在《东纵一叶》的二十章中，第十章《紧急抢救》，放在整个中国的红色文化史中，都具有极其珍贵的文献价值。

1941年12月，太平洋战争爆发，日军攻陷香港。中共中央以及南方局对滞留香港的文化界人士和爱国民主人士的处境十分关心。在日军进攻香港当天，中共中央急电周恩来、廖承志、潘汉年等，要求多方设法保护并帮助旅港文化人和民主人士撤离港九，将他们转移到东江抗日游击区等地。按照党中央和南方局的指示，八路军驻香港办事处主任廖承

丁聪反映游击队员营救文化界人士和爱国民主人士的木刻画《护送》（原作刊于1942年2月广东人民抗日游击总队的《东江民报》）

志等，与中共南方工作委员会、广东人民抗日游击队领导同志紧急部署营救工作。随即，广东地方党组织和广东人民抗日游击队迅速投入营救、护送、接待工作。当日军攻占九龙时，游击队即派两支精干的短枪队进入新界和九龙市区活动，并建立起陆路和海路两条秘密交通线。当时绝大多数的左翼文化名人和爱国民主人士，都是通过陆上交通线转移的，现属深圳龙华新区的白石龙社区（村）是他们从香港脱险后在内地游击区停留的第一站。"香港—九龙—白石龙"营救路线是抢救文化名人最多的一条线路。经这条线路被营救的文化艺术界名人，有邹韬奋、茅盾、胡绳、戈宝权、胡风、廖沫沙和丁聪，还有张友渔、沈志远、宋之的、金仲华、刘清扬、胡仲持、周钢鸣、张铁生、黎澍、蓝马、于伶、凤子等。这些文化名人，有的在白石龙村只待了十几天，有的待了一个多月，惊心动魄的营救给他们留下了极其深刻的印象。茅盾、戈宝权、柳亚子、乔冠华等人在解放后还多次撰写文章和诗歌，回忆并纪念这次营救以及在白石龙村的日子，其中茅盾在其所著的《脱险杂记》中称："这次营救工作，是难以想象的仔细周密，是抗战以来（简直可以说是有史以来）最伟大的'抢救'工作。"可以说，这次大营救为中华人民共和国保存了文脉。

1942年初，部分文化人在东江游击区合影，前排右三为茅盾，后排左二为戈宝权

这场由中共中央指挥部署、广东人民抗日游击总队（东江纵队前身）作为主力实施救援的"文化名人大营救"，历时五个多月，不费一枪一弹，八百多名文化名人和民主人士全部顺利逃出，无一人被捕，也因此被后人称为"胜利大营救"，这在中国革命历史上具有重大意义。1941年12月8日，廖承志召集紧急会议。次日，尹林平与曾生、王作尧等人，在白石龙村一座教堂里，秘密制订营救方案。王作尧"负责布置九龙到白石龙的沿途上的警戒，设法筹款，解决吃饭问题"。作为这场大营救的直接领导者之一，王作尧的《紧急抢救》，对历史事件进行了最大限度的还原。

著名文学翻译家戈宝权在《忆从香港脱险到东江的日子》（1995第4期《源流》）曾回忆起王作尧和他正在撰写的《东纵一叶》："正记得1981年9月中旬，我在美国加利福尼亚州参加了'鲁迅及其遗产'学术讨论会之后，取道香港回内地。当18日从九龙乘上火车，路经旧日的宝安、今天的深圳时，看到车窗外面的一山一水、一草一木，就有如回到了阔别多年的家乡似的，因为它们使我回想起四十年前在太平洋战争爆发和香港沦陷以后，从香港脱险来到东江游击区的那些难忘的日子！及至到达广州，我高兴地又在20日先后见到原东江游击纵队的政委尹林平、副司令员王作尧和政治部主任杨康华等同志，老友重逢，倍感亲切。当时王作尧同志正撰写《东纵一叶》的革命回忆录，承他把回忆录中的《香港脱险记》一章签名送给我，还为我画了一张东江游击区的示意图，在上面标明出梅林坳、望天湖、白石龙、深坑、龙华圩和阳台山等许多地名，这都是我当年曾经到过和生活过的地方。"

1981年第7期《广州文艺》，刊发王作尧的《香港脱险记》。1981年9月20日，王作尧把回忆录中的《香港脱险记》一章签名送给戈宝权。该文后来收入《东纵一叶》（广东人民出版社1983年6月版）时，标题变为《紧急营救》，内容也经过了较大幅度的修改，与历史细节更加吻合。《东纵一叶》第十章《紧急营救》，全文如下，照片与说明文字，系笔者所加：

一

一九四一年十二月八日拂晓，日本法西斯悍然发动太平洋战争，派出大批轰炸机偷袭夏威夷群岛珍珠港的美军基地之后，随即向美、英宣战，由陆海空三军进攻香港、马尼拉、暹罗、新加坡。

在港九地区，日军早已陈兵边境，一阵炮击轰炸后，步兵、骑兵便从元朗至荃湾的一条荒僻的山路直趋九龙市区。日军看准了英军的疏忽地带，从中路突破英军大雾山防线背后，英军不击自溃，士兵弃阵而逃，英兵丢弃了不少枪支弹药。日军开炮扫清了英军在路上布下的层层地雷，就如入无人之境，长驱直进。十二日，日军占领了新界和九龙半岛，未撤退的英国兵、印度兵、尼泊尔兵都成了俘虏。

接着，日军从海上把香港包围起来，每天炮轰一阵，威迫英军投降，香港危如累卵。

在日军进攻香港的时候，第三大队的黄冠芳、刘黑仔武工队和第五大队的曾鸿文武工队已随日军之尾相继进入新界。曾鸿文从元朗派林冲、苏光两同志回来，向我汇报了情况：他们进入港九以后，通过曾鸿文的社会关系很快就和当地的一些老朋友联系上了。他们拾得英军逃跑时的一些枪支弹药，组织起一支武装，进入新界山区活动。新界山区不同于市区和交通要道，日军暂时无暇顾及，是我们开展活动的好地区。但是，由于战争动乱，许多土匪、流氓地痞趁机起来，在这一带到处打劫，闹得人人自危。曾鸿文说，在那个复杂的环境里，要使我们的力量得到发展，首先要赶跑或消灭那班东西。林冲从身上取出曾鸿文给我的一封信，说："现在我们已赶跑了一些地痞流氓，但是新界大雾山有一股大土匪盘踞着，为首的叫黄慕容，粉岭带也有一股土匪，为首的肖天来。要赶走或消灭他们，我们的力量还不足。"曾鸿文信中的意见是要我派武装部队前去支援，逼走他们。

曾鸿文到元朗才几天，就初步站稳了脚跟，我心里非常高兴，立即找周伯明一同商量，决定由他和黄高阳率领二十多名精干的武工队员，前往新界支援曾鸿文，并和第三大队那边派去的黄冠芳、刘黑仔武工队取得联系。

周伯明他们到元朗后，马上就和曾鸿文带着全副武装的武工队员陈兵于大雾山下，派钟清同志单身赴匪巢，与黄慕容交涉。在大雾山上的观音庙，钟清见到了土匪头黄慕容，便说，曾鸿文是本地老一辈的"大哥"，现在为了抗日，重新"出山"，要在此地立足，请他委屈一下，暂时退出大雾山。黄慕容一听有人争夺他脚下的宝地，脸上青一阵白一阵，但又慑于曾鸿文的威名和山下武工队的来势，在权衡了利害关系之后，只好摆出一副讲义气的神情说："既然曾大哥要用这块地方，我们只好让出来了。希望日后井水不犯河水，各走各的道。"说罢，收拾细软，带着人马，快快地离开了大雾山。

曾鸿文他们控制大雾山之后，积极开展工作，影响很大。老百姓支持他们，一些商人为了免于土匪抢劫，也前来要求保护。曾鸿文他们见时机已到，就在元朗十八乡的大庙里召开了有各界人士参加的大会，号召大家支持抗日，有钱出钱，有力出力。这一举动很得人心。肖天来也不得不服，主动派人找曾鸿文联系，很快便撤走了。曾鸿文部队又肃清了一些小股土匪，为开辟港九游击区扫除了障碍。于是，在新界、沙头角、大埔各地都迅速打开了局面。

黄冠芳、刘黑仔的武工队也在九龙城以东的西贡村、沥尾一带打好了群众基础，迅速站稳了脚跟，并且深入到了九龙城活动。

经过了在港九开展斗争的同志们的努力，很快地打通了我们游击区与香港之间的水陆通道，使我们在香港陷入日军手中之前未及撤退的干部、进步的文化人和工人一批批通过秘密交通线回到游击区来。

日本侵略者万万想不到，正在他们节节胜利、骄横跋扈之际，抗日的游击队已将一把把锋利的尖刀，悄悄地插向他们的心脏。

二

一九四一年十二月二十五日圣诞节下午，港督杨慕琦宣布投降，香港地区被日军占领了。

中共中央书记处和设在重庆的中央南方局从十二月八日起，就一连几次向香港的潘汉年、廖承志发出电报，说明由于国民党反共倒退政策，对进步人士和一些著名的新闻、文学、文艺界人士残酷迫害，致使几百知名民主人士及文化界人士留在香港，处境危殆。要我们想尽一切办法，不怕困难，不怕牺牲，将他们抢救出来。并指示尽可能协助一些国际友人逃出虎口。

廖承志收到第一个电报时，正好是中共南方工作委员会副书记张文彬在香港召开会议，参加会议的有广东人民抗日游击队政委尹林平、中共粤南省委书记梁广等人。廖承志他们对整个营救工作做出部署：（一）从香港岛到九龙的营救工作，由八路军办事处刘少文负责，潘静安具体执行；（二）从九龙到东江游击区的护送工作，由尹林平布置，指定李健行、何升华、何启明等人率领部队派出的交通员具体执行；（三）从国统区惠州到韶关沿途的秘密护送工作，由连贯向各县的中共党组织部署；（四）从韶关到大后方桂林、重庆的交通，则由乔冠华到韶关后利用社会关系来完成任务。

一月六日，林平同志在九龙送走廖承志、连贯、乔冠华三人之后，及时地赶回到白石龙。接着，梁广、曾生以及省委派到我们部队负责工作的杨康华同志等也都先后来到，共同开会研究紧急抢救工作。

会议决定利用我部队与港九地区原有的两条非主要交通线进行：那些在国内外有影响的民主人士、国民党左派元老等，将从西贡村坐船到上洞，由彭沃大队接应送到坪山，然后到淡水坐船往惠州；其他绝大部分的文化人，为免受国民党迫害，则走宝安这条交通线，即从荃湾到元朗，与难民一起通过沦陷区的日军封锁线到白石龙游击区来，然后再设法分散送到后方去。为此，我们决定把领导机构设在白石龙。荃湾到元朗，是我们三年来与港九联系的路线，现在作为最重要的一条交通路线，为了保证这条交通线上的工作顺利进行，我把我们部队中的最能干的交通员沈标、谢偈照、麦容、赵林等调来专门负责接送的工作。

从香港到白石龙有一百多里路，沿途有日军的封锁线，有大大小小土匪占据的山头，必须派出足够的警戒人员才能确保安全，而那时我们进入九龙的武装队伍还很少，不得不借助一些稍有正义感和民族感的绿林好汉，这就需要我们做通这方面的工作。同时，在部队经费不够开支的情况下，怎样才能使几百位著名文化人沿途不挨饿？他们有人病倒怎么办？路上走不动又怎么办？许许多多的问题，每个细小的环节都得周密地考虑。我们作了明确细致的分工：梁鸿钧负责军事总指挥，在白石龙至龙华圩之间，集结三个中队和一个小队，随时听候调遣；曾生负责整体的接待工作，并由杨康华协助。我则负责布置九龙到白石龙的沿途上的警戒，设法筹款，解决吃饭问题。

时间非常紧迫，我们必须趁日本在香港立足未稳，社会处于一片混乱，九龙正在不

中国文化名人大营救纪念馆，位于广东省深圳市白石龙村

断疏散居民的情况下，把那些影响最大的知名人士首先抢救出来。因此，我们明确分工后，立即分头行动了。

当时，筹款是最伤脑筋的。战乱期间，行商减少，我们部队的经费主要来源——税站，收入自然也少了。因此，我发动同志们向附近的商人、地主借粮借款，并把税站收税的地区和范围扩大。同时，让港九地区活动的部队也承担起搜集物资、借粮借款的任务，帮助解决九龙新界地区交通线食宿供应。当时，我们决定接待文化人的伙食标准为每天吃两顿干饭，每人每天生油一两，菜金二角。至于我们部队的战士，为了节约粮食，每天两顿饭减为7.5两，生油半两，菜金一角。另外，由于战乱，梅林坳这个交通要地，不但停止了税款收入，我们还要担负救济每天路过的成千上万名难民的工作。

三

敌后紧急抢救的工作开始了。

在香港担负组织抢救工作的同志们，很快地和一批著名的文化人士联系上，帮助他们化装成客商、海员、医生、太太、工人、小贩等，避开敌人的耳目，摆脱敌人的监视追踪。一月九日夜晚，第一批化装成难民的文化人来到铜锣湾上了小船。在月光朦胧的海面上，小船绕过密密麻麻的大小船只，将客人送到铜锣湾最外头的大驳船内，静候着偷渡的时机。第二天拂晓前当铜锣湾出口处守卫的日军哨兵换岗时，小船就冲出湾口。小船上摇橹的都是熟悉当地情况的船工，他们让文化人都藏在舱板下，沉着应付各种突然出现的情况，终于不失时机地把小船划出敌人封锁线。天蒙蒙亮，小船就到达九龙红磡了。上岸后，再掏出钱来应付一下那些专向偷渡者索取"买路钱"的"烂仔"，"偷渡"就成功了。就这样，几天之内，在香港的几百名文化人，安全地转移到九龙我们部队的交通站来了。接着，交通站的同志便负起带他们来白石龙的任务。十一日清晨，第一批文化人离开九龙向青山道出发，这一队有茅盾、邹韬奋、戈宝权、叶以群、于伶等数十人。青山道是难民们的必经之路，他们化装成难民的样子，有的身上背一小袋米，有的带些简单的包袱，把眼镜、钢笔这些知识分子用的东西都收藏起来，在我们最好的交通员谢偶照、赵林的带领下，经荃湾出元朗。我们设有茶水站，休息、用饭站。其中一大段荒无人烟的山路有土匪出没，但我们在事前已经打好了招呼，他们都不敢妄动。有些地方偶尔跳出几个拦路打劫的"烂仔"，都被我们的警戒人员缴了械。因此，这段路还是比较顺利地通过了。

在赤尾过了河，要通过日军的一道封锁线，这是比较危险的一关，因为这些文化人

1948年，文艺界人士在香港浅水湾萧红墓前合影。前排左起：丁聪、夏衍、白杨、沈宁、叶以群、周而复、阳翰笙。后排左起：张骏祥、吴祖光、张瑞芳、曹禺

中有像邹韬奋这样的著名人士，不但是国民党顽固派密令"就地速捕与惩办"的对象，日军对他们也是恨之入骨的。在这段路上，就由我们的"白皮红心"的伪维持会会长出面掩护，替他们办理证件，证明他们是回石龙镇去的难民，在伪维持会会长的照应下，通过一段七里路的沦陷区到达梅林村，接着登上梅林坳，走下山坡就到了望天湖村。这时候，领路的交通员轻快地哼起大家熟悉的《游击队歌》，文化界的同志们立即醒悟到这是到家了！他们欣喜若狂，忘记了长途跋涉的疲劳，直奔上前面林木茂密的山冈上大声欢呼起来，就连在路上扭伤了脚的邹韬奋先生也不例外。

他们像一群冲出了牢笼的自由鸟，无法抵制脱险后激动的心情。前面，在密密的林荫下，出现了一间小小的两层的白色楼房，那就是我们设在白石龙的指挥部，我们就在这间小楼里迎接了第一批脱险的文化人。

就这样，在这一条秘密交通线上，我们的同志冒着生命危险往来穿梭般地奔走其间，克服了重重困难，终于一批接一批地把文化界人士安全地送到白石龙。

在抢救文化人的过程中，我们遇到了很多困难，如经费不足，敌情发生变化，与外省的文化人之间语言不通，等等。但是，无论遇到什么艰难险阻，我们都想尽办法完成

党交给的任务，甚至牺牲自己的生命，也在所不惜。一路上，文化人为了减轻负担，往往把行李一件一件地丢掉，战士就一件一件拾起来自己背着，一直送到目的地。他们的一举一动，使许多文化人为之感动。有一次，我们有一个姓郑的小交通员，在大鹏半岛一个秘密交通站掩护两位作家，等候接应的同志到来。可是，出现了意外情况，日伪军开始了连续三天的"扫荡"，他们二人被困在一个山洞里，无法出去取粮食，小郑把身上仅带的五条番薯全给了两位作家，自己推说吃过了。待到第四天，他刚刚把两位作家交给来接应的同志，就眼前一黑，饿昏过去了。许多著名的作家拿起笔来，热情赞颂了这些平凡的战士。

一批批文化界的名人接踵而至，僻静的阳台山周围山村变得热闹非凡。在杨尾、蕉窝、泥坑、深坑等山沟里，我们盖起了一间间草寮。在这里，安置着我们接回家的瑰宝。

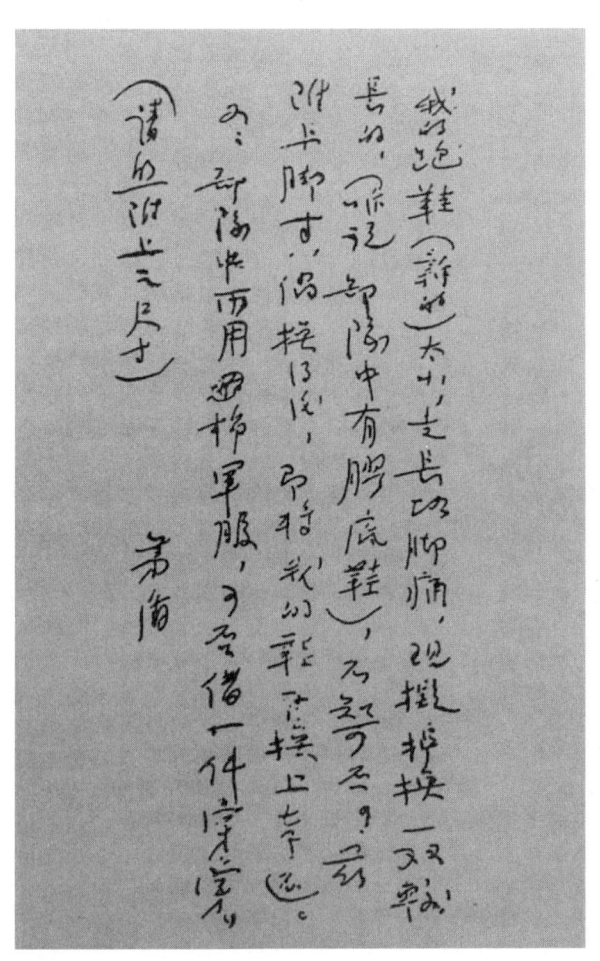

茅盾所写的便条

就在这小小的山村之中,我们接待过三百多位名闻中外的作家、艺术家、记者,以及各方面的民主人士。除了上面提到的以外,还有张友渔、胡绳、沈志远、宋之的、刘清扬、杨刚、胡仲持、胡风、廖沫沙、周钢鸣、张铁生、黎澍、蓝马等。

第一批文化界名人到来的当天晚上,我们请他们吃了一顿美味的肉饭后,篝火在山腰上点燃起来,大家围着火席地而坐,一个野外联欢会就开始了。篝火映红了战士们的脸庞,晚风传送着战士们悠扬的歌声。

那高谈阔论,吸引了好几个战士,围在身边的是评论家,那即兴朗诵的无疑是诗人了。但那又会唱京戏,又会说大鼓书的,谁也料不到是剧作家于伶。

给战士们留下印象最深的当然是一个年轻美丽、表演出色的姑娘,她获得了全体同志最热烈的掌声,虽然很少人知道她就是当时的名演员风子。

白石龙的绿水青山,留下了爱国文化名人纷至沓来的足迹。白石龙清风明月,又伴随着他们的笑语欢声渡过东江,转移到内地去了。谁会想到这满山荆棘的白石龙,偏僻荒凉的阳台山上,曾经住过这么多闻名中外的名流学者呢?

茅盾在东江游击区时,因跑鞋太小走长路脚痛,写了便条要求部队给换一双较长的鞋,又要借一件棉大衣。参与接待文化人士工作的杜襟南满足了他的要求并在条子背后写上"40码胶鞋一对,棉衣一件"。

四

邹韬奋、戈宝权、胡绳、沈志远等几位著名的文化界人士由于身份比较暴露,不容易通过国民党统治区。因此,他们在我们部队逗留了两个多月。在他们到达白石龙不久,国民党就配合日军两面夹攻白石龙,被我们打退了。接着,国民党又使出谈判的花招,在布吉要与我们谈判,说与我们合作反攻香港。其实,"醉翁之意不在酒",他们的贼眼总是盯住脱离日军虎口的这批文化人的去向。邹韬奋他们待在部队的时间越长,经受的风险就越多。不久,为了保证他们的安全,我们决定将一批文化人交给报社接待,一同住进深坑村的山窝里。这批文化人包括:邹韬奋、茅盾和夫人孔德沚、胡风、刘清扬、杨刚、沈志远、于伶、章泯、宋之的和夫人王萍等。至于胡绳和夫人吴全衡、黎澍等人,则随部队在阳台山经常转移。这样,他们就得和战士们一起跋涉于山路溪涧之间,出没于荆棘草丛之中。碰上无星无月的风雨之夜,那就更艰苦了。要知道,他们都是从未有过这种训练的知识分子啊。但是在这样艰难困苦的环境中,他们却是那样积极愉快,真令人钦佩!他们在部队逗留期间,对部队的政治工作帮助很大,经常到政治

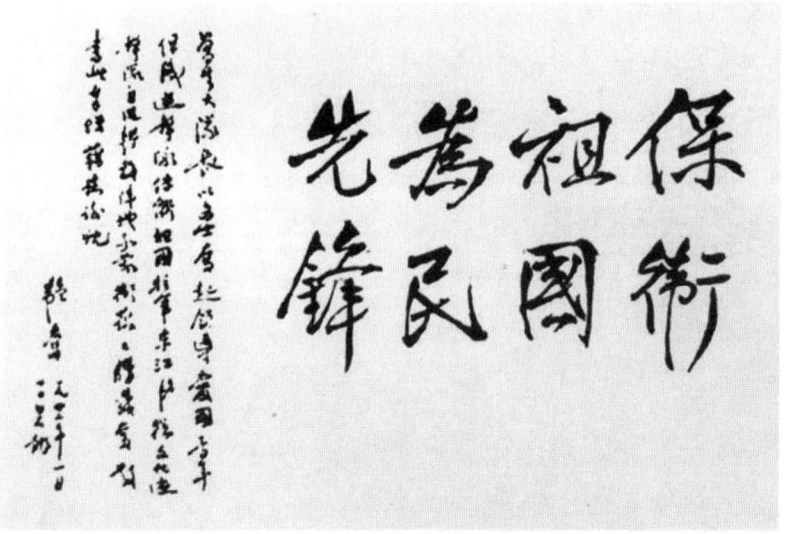

1942年1月,邹韬奋从香港脱险后,在白石龙的题词

部和附近单位写些传单、标语,给战士们上文化课,教唱歌,讲故事,介绍文化界人士在蒋管区的斗争,等等。胡绳、黎澍等同志还直接协助了政治部的工作,为我们部队起草了《坚持团结抗战的告示》《告余汉谋书》等文件。他们不但适应了游击区的艰苦生活,而且还以极大的兴趣关注着游击区的活动,向我们提出了不少有益的建议。在他们和许许多多从香港回来参加我们部队的知识分子的帮助下,我们的干部、战士的文化水平有了很大的提高。这许多文化界著名人士都很喜欢我们的战士,经常与战士们一起促膝交谈。特别是邹韬奋先生,他非常关心我们部队的《新百姓报》(后改为《东江民报》)的工作,翻阅那张小小的报纸来总是爱不释手。宋之的说,邹韬奋有"办报瘾",真是一点不假。有一次,邹韬奋一口气读了几段《新百姓报》的报道,激动地跷起大拇指说:"真不简单,你们四处为家,艰苦创业,为民族解放而大喊大叫,真是可喜可嘉。只有共产党员才有这样的胆识和远见!"接着又说道:"我在二十年前想做个新闻记者,在今天我还是想做个新闻记者,提起自己的秃笔与黑暗势力作斗争。唤醒国人,奋起救亡御侮,是我平生之愿!在你们的报纸上,我看到了我应该学习的东西。"谁都知道,在抗战初期,邹韬奋先生主办的生活书店出版的进步刊物,在全国杂志中是声望卓著的。他这样夸奖我们的报纸,真使我们办报的同志受到莫大的鼓舞。

邹韬奋先生刚到白石龙不久,就兴致勃勃地同十多位文化人到报社参观。离开前在同志们的请求下,韬奋先生欣然挥毫,写下了"东江民报"四个浑厚有力的大字。茅盾先生也为副刊《民声》写了挺秀的墨迹。

两个很有名望的作家为我们的报纸题了字，《东江民报》自此影响也更大了。这个报纸为了适应军队的性质，后又改名为《前进报》，杨奇任社长。

当大批文化精英到达游击区以后，我们部队正处在敌、伪、顽军三面夹击之中，形势日趋严峻。我们经过研究，决定加快进行护送文化人前往大后方的工作。最后离开的是：邹韬奋、沈粹缜夫妇和三个女儿，胡绳、吴全衡夫妇，以及黎澍八个人。这时已是四月中旬，是国民党一八七师开始进攻宝安游击区的时候。

邹韬奋先生一家五口到达老隆后，本来是派人送往桂林的，由于重庆当局已密令特务机关在老隆一带加紧搜捕，不得不改变计划。经过韬奋先生同意，派人先护送他的夫人和女儿到桂林郊外暂住，韬奋先生本人则由地下党员胡一声、郑展护送，到梅县山区江头村陈启昌家中隐居。直到九月二十二日，才在胡一声、郑展、冯舒之护送下，辗转长沙、武汉等地，抵达敌占区上海市，最后在十一月初进入苏北解放区。

人离情在，他们对我们部队的帮助和鼓励，是每个东江游击队员都永难忘怀的！

这次规模宏大的敌后抢救工作，前后经历了三个多月时间。被从日本占领军统治下的香港抢救出来的，除了著名民主人士、知名文化人三百多名以外，还有数千名工人、学生以及国民党军官、英印军官和各国留港人员。其中帮助脱险的有国民党军政官员及其家属，如国民党第七战区司令长官余汉谋夫人上官德贤、南京市市长马超俊的夫人等十余人。同时，还救济了途经游击区的难胞一万人以上。在全国，在海外华侨中，以至在国际上都很有影响，成为举世瞩目的事情。为此，我们得到了党中央来电嘉奖。

第五章

李任之的《李任之日记》和传记

一、李任之的革命生涯

李任之（1919—1983），东莞常平人。1936年，李任之在东莞县城私立莞光小学做教员，加入了"县学生救国会"，进行抗日救亡宣传活动。"七七"卢沟桥事变爆发后，他参加了广州市举行的抗日救亡运动。1938年到延安入抗大学习，加入中国共产党。抗大毕业后，到安徽大别山做地下工作和进行公开的合法斗争，先后任六安县抗日人民自卫军训

李任之照片

李任之在安徽六安（1939）

红色记忆 东莞文艺百年图志（1921—2021）

淮海战役后的李任之

解放战争时期的李任之

1949年，李任之与夫人黎涛

李任之晚年与家人合影

第五章 李任之的《李任之日记》和传记

李任之故居

班学生中队长兼指导员,六安县"青抗会"秘书和中共六安第三区区委武装部长兼毛坦乡党支部书记、中共霍邱县委宣传部、统战部、组织部部长等职。1948年7月,李任之担任中共江淮三地地委书记兼军分区政委等职,后又兼任江淮区后勤司令部副政委。中华人民共和国成立后,曾任中共中央华东局委员、中共安徽省委书记、中共湖北省委书记兼武汉市委第一书记、市长,中共第十届、第十一届中央委员。

1940年3月初,中共皖西省委迁至霍邱县洪集刘家仓房。李任之时任中共霍邱县委组织部部长,发展国民党霍邱县长谢骙秘密加入共产党,与李任之保持单线联系,显示了李任之卓越的统战才能。

李任之是安徽工业发展的卓越领导与推动者。中华人民共和国成立后,李任之在安徽担任领导工作,为两淮煤矿、马鞍山钢铁公司和"三线"建设倾注了大量心血。1974年由毛泽东、周恩来批准建设的安庆石油化工厂开始兴建(李任之任第一总指挥),填补了安徽工业的一大空白。二十七年的工业领导工作,李任之在安徽经济发展中起了重要作用。

《李任之日记》，李任之著，安徽人民出版社1988年8月版

二、《李任之日记》作为革命的同步书写

《李任之日记》由安徽人民出版社出版，由张震上将作序，是李任之1947年4月至1948年10月，在任淮北挺进支队八十一团政委、华中七地委副书记和江淮三地委书记处书记期间写下的。他以朴实生动的笔触，详细真实地记录了这一期间淮北地区敌后斗争的情况和自己的思想活动情况，字里行间洋溢着对革命的坚定信念和对人民对同志的诚挚感情。《李任之日记》不仅是研究淮北这一时期党史、军史的重要史料，而且是进行革命传统、艰苦创业精神教育的好教材。从一行行手写文字中回望那样一个时代，让人着迷与沉思。

李任之的战友——时任国防大学校长、后任中央军委副主席的张震同志在为《李任之日记》撰写的《序言》中深情回忆道："黎涛同志（李任之同志的夫人）把《李任之日记》书稿寄我，约我为它作序。当我翻阅这本书稿时，就想起我与任之同志一起在解放战争时期淮北艰苦斗争环境下工作生活的场景，任之同志艰苦工作英勇战斗的历程，一一浮

李任之日记

现在眼前。""1937年抗日战争爆发后,他毅然放弃学业,千里迢迢从广州辗转奔赴延安,投身革命。1938年4月,他光荣地加入了中国共产党。从此,任之同志就把毕生精力都贡献给了中国人民的解放事业。"

"1938年8月,年仅19岁的李任之同志在抗大学习结业后,即受党的派遣到安徽从事党的地下活动,开展武装斗争、群众工作和统一战线工作。"

三、李任之的几种传记

《李任之传》是有关李任之的第一部传记,作者朱文根曾任安徽省地方志编纂委员会办公室主任、党组书记,省政协常委、文史委副主任。他在卷首语中说:"李任之的一生,从伟大的五四运动到实行社会主义的改革开放,经历了一个个翻天覆地的时代。本书

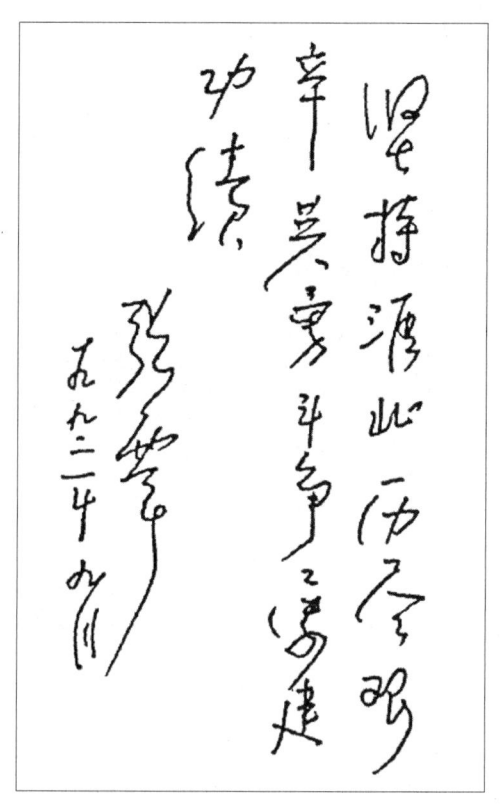

张震上将为《李任之传》题词

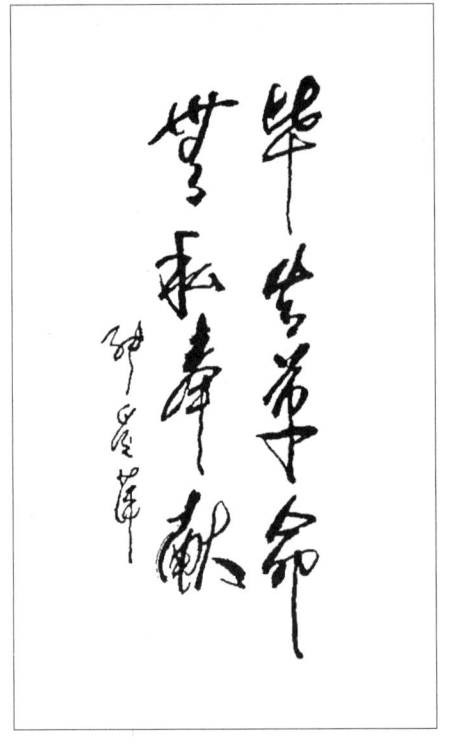

张爱萍上将为《李任之传》题词

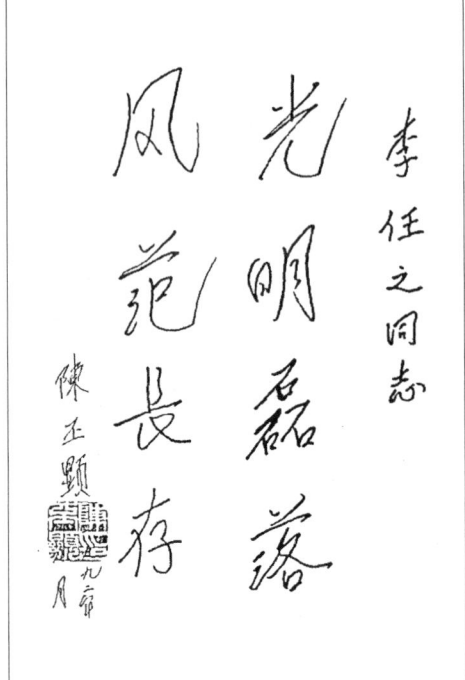

陈丕显为《李任之传》题词

以人民利益为重，
敢挑革命重担。

李德生
1992.9.30

李德生上将为《李任之传》题词

不仅记述了主人公的一生,而且力求真实地反映他所处的各个历史时期,让读者能够从中了解中国呼啸而过的历史发展进程,感受中国人民的苦难、追求与奋斗。与他的同时代革命者一样,李任之把自己的一生献给了祖国和人民,献给了中国革命事业和社会主义现代化建设事业。愿本书主人公和老一辈革命家所为之奋斗终生的伟大事业,后继有人;愿中华民族的未来,更加灿烂辉煌。"在本书撰写过程中,朱文根得到了李任之夫人黎涛的支持和帮助。初稿形成后,由原中共安徽省顾问委员会常委欧远方邀请王光宇、郑锐、崔剑晓、孟亦奇、邵明、黎涛、季家宏、徐则浩、王乐平、黄德服、王传厚举行座谈,对本书提出了重要的修改意见。因此,《李任之传》是一部史料较为准确的人物传记。

《李任之评传》一书为"东莞历史名人评传丛书"中的一本。书稿从李任之同志的成长环境、抗战经历、抗战胜利前后的事迹、参加淮海战役、开发淮南煤矿、为安徽工业奠基等方面对其一生进行综合评述。全书图文结合,内容翔实丰富,体例清晰完整,语言简洁流畅,评述中肯客观,可读性较强,具有一定的学术价值和史料参考价值。

《中共党史人物传》第82卷,中共党史人物研究会编,中央文献出版社2002年4月版,中国人民大学出版社2017年7月版。该书共收十篇传记,传主依次为郭沫若、刘晓、钱信忠、陈瑾昆、李昌、伍云甫、王如痴、李任之、彭述之、高岗。传记内容丰富,重点突出,真实地反映了人物一生的本质特点;写作方法符合历史人物传记体例要求;语言朴实、通顺、感人。充实和补充了党史,成为进行社会主义精神文明教育的生动教材,是一部党史教科书。中共党史人物研究会以编纂党史人物传记为中心任务,研究五四运动以来各个历史时期中共著名领导人、著名革命先烈和部分一贯支持中共、与中共亲密合作的爱国民主人士,以及部分参加中国革命并为中国革命做出突出贡献的外国朋友的思想发展、生平事迹,宣传他们对中国革命和中华人民共和国建设的丰功伟绩。《李任之》由蒋晓钟撰写,占了全书三十个页码,比较全面地讲述了李任之的生平事迹。

《回忆李任之》收文八十余篇,记述李任之同志战争年代和和平年代建设时期的足迹。欧远方在序中说:"李任之是我所尊敬的领导人之一。此书编竣,通览书稿,掩卷沉思,他的音容又出现在我的眼前。我于1943年在淮北抗日民主根据地认识李任之,至今快四十年了。我在他的直接领导下工作时间也不短,他对我的影响和教育很大。本书所收的回忆文章,内容是比较丰富的,其中很多材料我未接触过,所以,看了这些文稿,使我对李任之的个人品格和精神风貌有了更深一层的认识。"

《李任之评传》,广东人民出版社,2016年

《中共党史人物传》,中国人民大学出版社,2017年10月

第六章

罗立斌的革命纪事

一、罗立斌的红色生涯

罗立斌（1917—2009），东莞茶山人。1936年10月加入中国共产党。历任西安东北军学生队队员、军官差遣队政治教员、抗日先锋队教导员、编辑，八路军120师宣传部干

罗立斌1958年10月援朝归国照

1958年罗立斌与夫人白晓琪合影

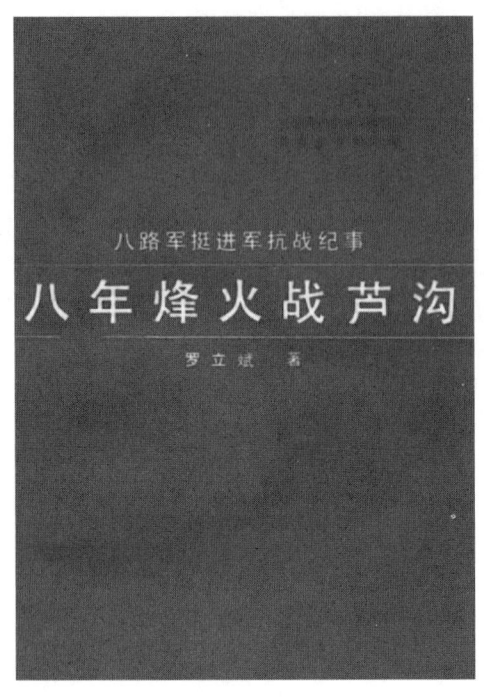

《八路军挺进军抗战纪事——八年烽火战芦沟》一书的扉页

事,八路军挺进军司令部秘书(萧克秘书)、宣传部副部长、部长,晋察冀北方分局党校学员,晋察冀平西地委宣传部副部长、平西军分区政治部组织科科长,晋察冀军区26团政委、四纵队政治部宣传部部长、随营学校政委,12旅政治部主任、副政委,64军192师副政委、191师政委,志愿军政治部文化部部长、20兵团政治部副主任,解放军政治学院学员,国务院对外文委一司司长,广西壮族自治区党委宣传部副部长、农村政治部主任,广西壮族自治区革委生产工交计划小组副组长、生产政工组副组长,自治区革委文教办公室主任、党组书记,自治区党委常委,自治区政府副主席。

二、长篇纪实文学《八路军挺进军抗战纪事——八年烽火战芦沟》

罗立斌的长篇纪实文学《八路军挺进军抗战纪事——八年烽火战芦沟》,写的是抗日战争时期八路军的挺进军从1939年起,在河北、察哈尔、热河三省边界,开展对敌斗争

1937年9月，罗立斌在由贺龙师长、萧克副师长领导的八路军120师任师政治部宣传部干事。图为1986年秋，罗立斌与萧克上将交谈

的历程和胜利。通过细节和意象的描摹，这部长篇纪实文学传递出强烈的爱国主义情感。这么多年过去，我们还是会为作品所表达出来的爱国主义激情和英雄主义精神所震撼。

八路军冀热察挺进军，是抗日战争时期八路军总部直属的坚持冀热察地区抗日的一支人民军队。1939年2月，八路军第四纵队与冀东起义部队合编成立冀热察挺进军，直属八路军总部，编制序列由晋察冀军区代管。萧克任司令员兼政治委员，程世才任参谋长，统一指挥平西、平北、冀东地区的抗日武装斗争。挺进军下辖两个支队和一个抗日联军。同年，创办了《挺进报》。1942年，晋察冀军区精简整编，八路军冀热察挺进军番号取消，所属部队转隶晋察冀军区。《八路军挺进军抗战纪事——八年烽火战芦沟》这一部书的引题《八路军挺进军抗战纪事》，还可以简称为"挺进军史"。重点写它从成立到与晋察冀军区合并，即1939年初至1942年夏这三年多的历史，这在全书十三章中就占去七章（即第四至第十章），应该算是比较突出和充分的。不过，历史长河又是不能截然分割的，所以，挺进军的前身第四纵队及其后继冀察与冀热辽两个军区，也在本书的首尾占有相当的章节。

三、最早进行《白毛女》创作

《白毛女》是我国歌剧史上第一部里程碑式的作品，它是中国民族歌剧成熟的标志和发展的奠基石。它的成功演出在我国近现代音乐史上具有承前启后的重要意义，并为我国歌剧创作的发展开辟了一个新的阶段。这部作品不仅对中国歌剧和其他艺术形式的创作产生过广泛影响，而且对他后来的创作也具有重要意义。1945年5月，《白毛女》在延安公演，向党的第七次代表大会献礼，取得极大的成功。在此后的演出过程中，剧本又不断修改，日臻完美。由于思想上和艺术上的高度成就，《白毛女》在土改运动和解放战争中充分发挥了艺术作品的感染力量，起到了巨大的宣传教育作用。延安时期的红色经典《白毛女》，是由延安鲁迅艺术学院集体创作。贺敬之、丁毅执笔，马可、张鲁、瞿维、焕之、向隅、陈紫、刘炽等作曲。剧本情节是地主恶霸黄世仁逼死佃户杨白劳，污辱其女喜儿，喜儿被迫逃入深山成了"白毛女"。八路军来到了该地区，喜儿重见天日。其主题是"旧社会把人变成鬼，新社会把鬼变成人"。《白毛女》采用中国北方民间音乐的曲调，吸收了戏曲音乐及其表现手法，并借鉴西欧歌剧的创作经验，剧中的《红头绳》《漫天风雪一片白》《我说、我说》等，都是音乐会上的保留曲目。

《白毛女》根据广泛流传于晋察冀边区一带的"白毛仙姑"的传说改编而来，但最早挖掘并创作成歌剧的作者，却是罗立斌。罗立斌创作的歌剧《白发女神》，是"白毛女"的最早版本，该剧概括旧社会亿万农民备受压迫的苦难历史，赞扬了劳动人民的反抗精神。据罗立斌《关于歌剧〈白发女神〉写作的回忆——答晋察冀抗战文艺研究编委》一文记载，1941年罗立斌在晋察热（平西）"担任挺进军司令部宣传部长，又是全国文艺界抗敌协会晋察冀分会的委员，下属有一个表演水平还可以的挺进剧社。那年夏秋之交，他听到"白毛仙姑"故事后，"觉得既可作为反封建的政治宣传，又有破除迷信的教育意义"，于是"在感愤之余，很快构思、动手写了一个两幕的小型歌剧——《白发女神》"。该剧本中，罗立斌不仅将《战斗生产》《二月里来》《大刀进行曲》等红色歌曲加入，还创作了主题歌《报冤仇》及其他插曲，有效烘托气氛，推动情节发展。次年春，《白发女神》开始在平西各地演出，影响颇大。1945年，鲁迅艺术学院集前人所长，构思、创作完成新歌剧《白毛女》。该剧比1941年罗立斌《白毛女神》的内容、场次、故事情节、人物性格等方面都更加丰富。对此罗立斌表示，抗日战争中期，民族矛盾仍是主要矛盾，因此《白毛女神》与后来的大型新歌剧《白毛女》，时代背景虽有所不同，但反映"旧社会把人逼成鬼，新社会让鬼再为人"的主题思想是一致的。

罗立斌在《关于歌剧〈白发女神〉写作的回忆——答晋察冀抗战文艺研究编委》中的回忆，与他的战斗经历是吻合的。1938年，八路军邓华支队和宋时轮支队先后来到野三坡，并于1939年2月7日在这里成立了以萧克将军为司令员的冀热察挺进军以及冀热察区委，随后在平西、平北、冀东等地领导了轰轰烈烈的抗日暴动，建立了各级抗日民主政府和大量的抗日武装。抗战十四年，野三坡作为平西根据地的政治、军事、文化中心，为挺进军的发展壮大做出了巨大牺牲。1942年，冀热察挺进军番号和冀热察区委取消，野三坡成为晋察冀军区的重要战斗力量以及晋察冀根据地的重要组成部分。《白毛女》的原始素材版本"白毛仙姑"喜儿的原型是从野三坡发掘而来，之后走向了全国，走向了国外。"白毛仙姑"是在野三坡紫石口村一带流传的民间故事。1941年秋，罗立斌在平西担任挺进军司令部宣传部长期间，搜集到涞水野三坡民间传说"白毛仙姑"的故事，编写出了二幕歌剧《白发仙姑》并在1942年公演，将"白毛女"的故事首次搬上舞台。1943年5月初，西北战地服务团文学队的负责人邵子南在阜平写成歌剧《白毛女》，到延安后完成了

2011年6月30日，新版民族歌剧《白毛女》在国家大剧院演出

1937年1月,东北军学兵队在彬县,二排左一为罗立斌

1956年,罗立斌任20兵团政治部副主任、代理主任,图为罗立斌(前排左四)和中国人民志愿军20兵团干部合影

1945年罗立斌（右二）率部队出长城大龙门，时任晋察冀军区8团、26团政委

1950年年末，时任191师政委的罗立斌（右一）与抗战时期在东北军学兵队工作的谷牧（中间，时任济南市委书记）和韩克（左一，时任济南市委秘书长）

剧本。1944年4月8日，西北战地服务团演出的《白毛女》受到中央领导人的接见后，鲁迅艺术学院决定构思大型歌剧《白毛女》，邵子南为初稿执笔人。9月下旬完成初稿，修改本由贺敬之、丁毅等执笔。最初经过罗立斌之手，歌剧《白毛女》从平西野三坡演到全中国，苏联、捷克、斯洛伐克、匈牙利等东欧及奥地利等国家都有演出。1950年，以大型歌剧《白毛女》改编拍摄为电影《白毛女》，成为红色经典。

四、罗立斌的其他文艺著述

罗立斌不仅是革命家，同时也是诗人、作家、作曲家、剧作家和理论家。他曾兼任广西诗词学会、书法家分会、中外文学学会等名誉会长。除了重点考论他的纪实文学《八年烽火战芦沟》、歌剧《白发女神》（"白毛女"原型）外，有必要回顾一下他的文艺著述生涯。

1934年后，罗立斌（笔名：李冰、寒溪、惊蛰）陆续发表散文、小说，并常在报刊上发表短论、散文、自由诗。

1936年，罗立斌在东北军学兵队时，曾参与即兴创作诗词，教唱歌，指挥合唱和器乐队，以及指导墙报编辑等文娱工作。谷牧曾夸他："你真是我们的百宝箱。"

1937年2月，罗立斌在西安抗日先锋队当大队指导员，兼任《解放日报》副刊《士兵呼声》的主编，此时他创作了第一首音乐作品《抗日联军军歌》

1937年7月，罗立斌被党中央派到归绥（今呼和浩特）在由顾颉刚主持的《通俗读物编刊社》任编辑。在任期间其创作了动员东北军民收复家乡的歌曲《拼他一场》，并结识了音乐家吕骥。

1937年9月，时任八路军120师政治部宣传部干事的罗立斌，负责编写及出版刊物，同时执教唱歌和戏剧，后兼写政治教材、文化教材，并给特务营等直属单位的干部上政治课，得到当时贺龙师长和甘泗淇主任的高度称赞。

1940年，罗立斌被选为全国文协晋察冀分会执行委员。

1950年，罗立斌在《人民日报》大幅连载《大军西进记》《宁夏金灵之战》等纪实性报道。

1982年1月，漓江出版社出版了罗立斌诗词集《溪海集》，收进186首诗词。

1981年3月,罗立斌在《溪海集·序》中云:"革命事业中之个人与集体,文艺创作中之诗歌与其他,格律诗在古今诗库中之地位与作用,均如溪流之于大海然。我出生于广东东莞县之寒溪乡(现属茶山公社),村前一湾清洌,名曰'月溪',颇富诗意。我对前一时期诗歌讨论中之'有我派'基本赞同,但认为必须首先是'为众派'。因将此册题名《溪海集》。"

从爱读诗到喜欢写诗,再到不时迷于抄诗和改诗,对罗立斌来说经历了一个不短的过程。第一首七绝是1948年秋写的,大量诗作则是后面写成。整理旧作,在我是一件"苦差事"。有些篇章原来写得比较成熟,当然费工夫要小些,但这毕竟是少数。多数随记、追记下来的东西,或是草率成篇,或是断章零句。想把它们弄成像个样子并加以必要的说明,常常一天只成两三首甚至半天还未弄成一首。去秋,我在为诗集定名《战迹游踪》之

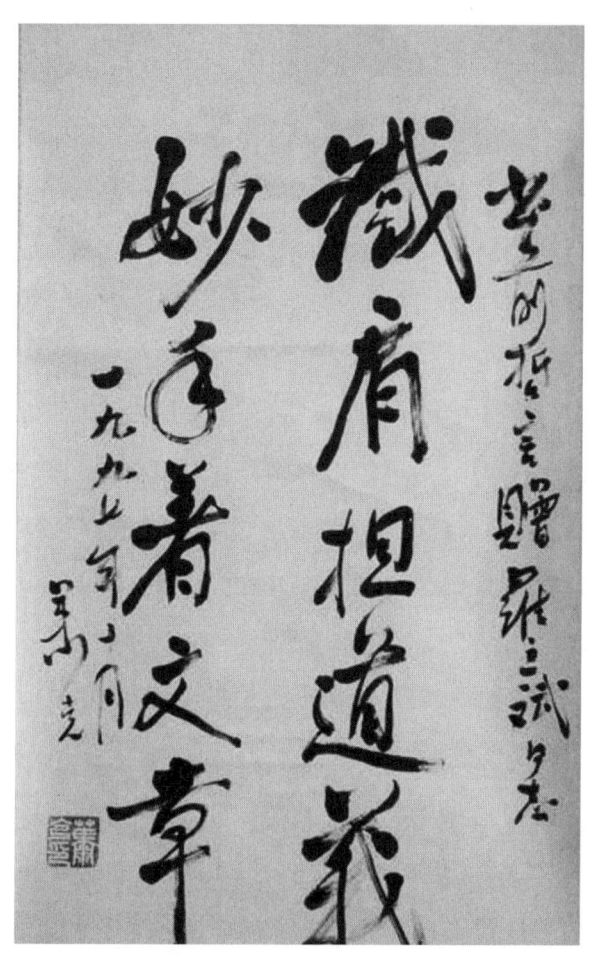

萧克题词

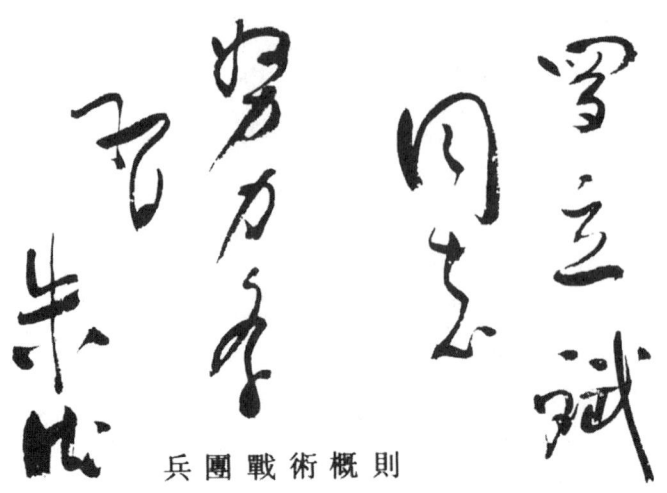

1950年，朱德总司令视察部队工作时，给罗立斌学习的《兵团战术概则》题词

后，曾经写过一首七律"战迹游踪千首诗，白头无愧少年时。旅程初发珠江愤，万里征途国运熙。踏遍九州霞客早，留痕八桂步苏迟。感时论事情皆注，咏物抒怀志不迷"，就是打算以时间为经，以空间为纬，但又基本上以地域分章节，编为"旅程初发""万里征途""踏遍九州""留痕八桂""杂诗选载"等五编。"旅程初发"主要是有关广东的诗，"留痕八桂"当然主要是写广西，各有诗百余首。为了充分歌颂人民战争与祖国河山，全集重点放在第二、第三编上，各有诗300余首。第二编"万里征途"从时间上说是包含了抗日战争、解放战争和抗美援朝三次战争的过程，从地区说主要是三北：华北、西北和东北（抗美援朝的大后方）。第三编"踏遍九州"，主要内容是到各地参加会议、访问、旅行、观光的记录，从地区上说主要包括华东、中南与西南。以三次战争来贯串北国辽阔的疆场，用三座山、三条江、三种地形来概括南疆秀丽的土地，当然不是尽善尽美，但大体上还切合实际。第五编"杂诗"是从500余首中选出百首，含感时、论事、咏物、喻世、影评、悼念等六章，多为"文革"后之作。

罗立斌出版的个人著作还有《峥嵘岁月稠》《战迹游踪》《伏枥集》《曾经作为武器》《罗立斌政文杂论》等。罗立斌在《南方文坛》《广西文学》等刊物发表的《关于剧作〈白发女神〉的回忆：答晋察冀文艺研究会编委》《血与火的历史启示——重读萧克将军近著〈浴血罗霄〉》《悼秦似同志》等文章，也具有重要的历史价值。

第七章

王匡的报告文学《跃进大别山》

一、王匡的红色生涯

王匡（1917—2003），东莞虎门人。王匡又名王卓培，笔名尚吟。

1931年9月至1937年，在东莞中学读书，并积极投身于爱国进步活动。

1937年年底，奔赴延安抗日根据地，曾先后入延安抗日军政大学、马克思列宁主义学院、中共中央党校学习和工作。

1938年3月，加入中国共产党。

1941年至1944年10月，任中共中央研究院哲学研究室研究员。

1944年11月至1945年9月，随同359旅南下支队从延安到中原解放区，历任江汉军区政治部宣传科长、部长。

1945年，任中共南京办事处秘书，兼任新华社南京分社采访主任。

1946年至1949年，到太行山筹备新华社临时总社，并任国内部副主任。其后又参加刘邓大军前线

王匡照片

王匡1949年9月于郑州

1950年摄于新华社武汉分社（左起王匡、华青禾、陈笑雨、谢冰岩、李普、张铁夫）

记者团，两次随军挺进中原，进军江汉。在这期间，发表了《南征散记》《跃进大别山》《蒋管区农村见闻》等反映刘邓大军胜利进军及揭露蒋管区黑暗统治的新闻通讯。

1949年11月至1966年，历任新华通讯社华南总分社社长、南方日报社社长，中共中央华南分局委员、宣传部部长，中共广东省委常委、候补书记，中共中央中南局委员、宣传部部长。参与创办《羊城晚报》。

1965年，杂文、散文集《过门集》出版。

1966年至1976年，被打成"三反"分子，备受迫害。

1977年以后复出，先后任国家出版事业管理局局长、中共港澳工委书记、新华通讯社香港分社第一社长、国务院港澳办公室顾问。是中共十一大、十二大代表，全国政协第五、第六、第七届常务委员。

2009年，王匡当选"中华人民共和国六十年杰出出版家"，王匡在国家出版局任职的时候，做出了对出版事业有重大影响的四大决策：1.清查"四人帮"及其在国家出版局的

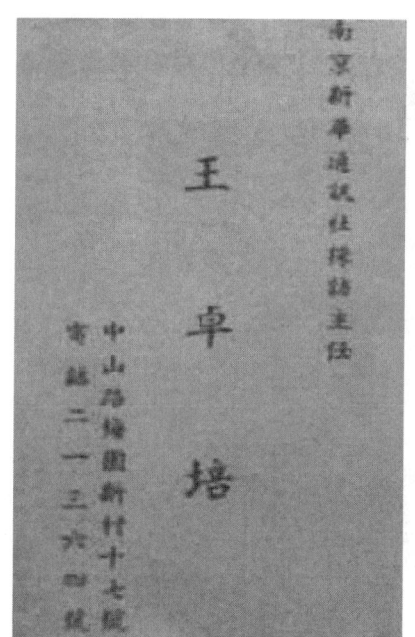

日本投降后，王匡被派往中共南京办事处任秘书，他兼任南京新华分社采访主任时使用的名片

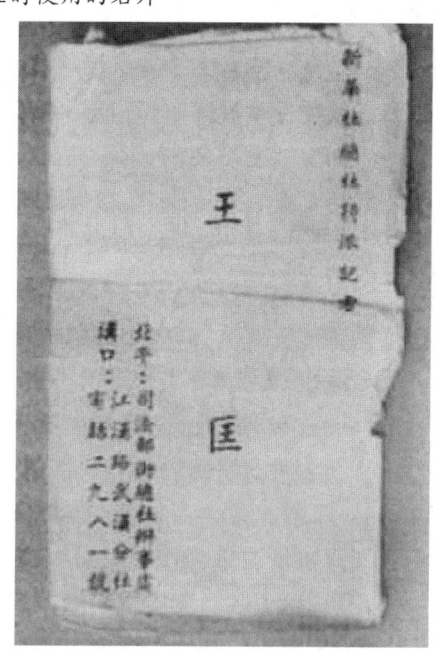

王匡任新华总社特派记者时使用的名片。解放战争期间，王匡到太行山解放区任新华社临时总社国内部副主任，并参加刘邓大军前线记者团，随军挺进中原，进军江汉。在革命战争时期，他是新华社的四大著名记者之一

王匡作品《皖西一瞬》

1956年于北京（左起郭小川、李季、王匡）

影响；2.恢复在"文革"中停止的稿酬制度；3.重印中华人民共和国成立以来出版过的三十五种中外著作；4.策划新版《鲁迅全集》的注释出版工作。

20世纪50年代初，著名诗人郭小川在武汉担任中共中央中南局宣传部宣传处长，王匡担任新华社华南总分社社长的时候，他们就经常接触。1953年郭小川调北京中共中央宣传部以及后来调中国作家协会工作期间，他们来往仍很密切。1964年年中的时候，王匡分管新华社香港分社时，就向中共中央中南局第一书记陶铸推荐郭小川接任自己的中南局宣传部部长一职。郭小川于当年6月25日来到广州，向陶铸报到，随即跟随陶铸参加了中南局常委扩大会议。7月访问了东莞的茶山公社，写作了报告文学《穷不怨命富不变色——茶山公社见闻》。到8月下旬近两个月时间里，他随陶铸走访了广东花县、虎门、深圳及广西南宁等许多地方，也参与了几份陶铸所做报告和中南局文件的起草工作。

1977年5月，中央委派王匡同志到国家出版局担任党组书记和局长。但是到1978年7月他就离开了，他又被调到香港担任中共港澳工委书记、新华社香港分社第一社长。王匡在国家出版局任职只有一年多时间，但做出了几项对出版事业发展有重大影响的决策：恢复在"文化大革命"中停止的稿酬制度，并报请国务院批准后于1977年9月发文实施；调动全国出版、印刷力量，集中重印中华人民共和国成立以来出版的35种中外文学著作；直接领导和策划了新版《鲁迅全集》的注释出版工作。1975年11月1日，毛主席对周海婴关于鲁迅著作注释出版问题的信做了批示。但由于"四人帮"的干扰破坏，这一重大出版任务未能顺利进行。　在王匡主持下，国家出版局主要做了两方面的工作：一是加强对编选新版《鲁迅全集》的领导，恳请"冷藏"家中的胡乔木出山，主持新版《鲁迅全集》的注释定稿工作。将"文化大革命"中受"四人帮"迫害，尚在江西一工厂劳动的林默涵调回北京主持编选工作，并借调冯牧、秦牧来加强原注释工作的班子；约请郭沫若、沈雁冰、周建人、王冶秋、曹靖华、李何林、杨霁云、周海婴担任鲁迅著作注释工作的顾问。二是确定全集收书范围和编选注释原则，除1958年版的内容外，拟增入全部书信、日记，辑录古籍和译文的序跋，以及1958年以来所发现的全部佚文，并附鲁迅年谱和注释索引于末卷。新版全集注释以1958年版为基础，原注释凡能用的尽量采用，错误的加以改正，不足的加以增补，烦琐的加以删减，体例不一的加以统一。总之，力求准确、简明、通俗易懂。　人民文学出版社于1981年出版了新版《鲁迅全集》（16卷本），这是学术界、出版界有关专家卓有成效工作的结果，而王匡对此事的策划与决策所起的作用也是很重要的。

1978年，王匡在任新华通讯社香港分社第一社长时，与著名画家林风眠（左一）、黎雄才（左二）、赵乃光（右二）等人合影

1988年，王匡与关山月在一起

王匡和夫人田蔚与美国作家赫曼·沃克（著有《战争风云》）合影

二、报告文学集《跃进大别山》

1949年8月，王匡的报告文学集《跃进大别山》由武汉人民艺术出版社编辑出版，上海杂志总公司发行，发行人为现代著名出版家张静庐。这部报告文学集共收入《跃进大别山》《南征散记》《进军江汉》《蒋管区农村见闻》四篇作品，封面标明为"人民艺术丛刊"之"4"，体裁为"报告文学"。

《跃进大别山》书前附王匡1949年6月20日所撰写的《前言》：

民国卅六年（1947年）七月——人民解放战争第二年的第一个月，刘伯承、邓小平两将军率领的人民解放军，在毛主席英明的战略方针指导下，渡过天险的黄河，以连续不断的作战，二日至二十八日，于鲁西南之运城、巨野、定陶地区，歼灭国民党军九个半旅及四个整编师师部，毙伤俘敌六万余人，胜利地揭开大反攻的光荣序幕。

八月七日，大军即挥戈南下了。经越黄泛区、沙河、颍河、洪河、汝河、淮河，千里跃进至大别山，又不到二十天的时间，以秋风扫落叶的气势，攻占了豫东南、鄂东、皖西大部县城，直迫长江沿岸，完成了战略展开。紧接着，陈毅、粟裕两将军率领的解放大军南越陇海，陈赓、谢富治两将军率领的解放军反攻豫陕。三支强大的反攻大军，在中原形成了战略犄角之势。

这三支大军的南进，就根本改变了整个内战形势，不仅粉碎了蒋介石匪军进攻解放区的阴谋，而且使它们从此处于被动的战略防御，一天一天走向死亡；人民解放军则从此转入战略进攻，奠定了全国胜利的基础。这是中国人民解放历史上一件值得大书特书的事情。大别山的跃进，就是这样一个极可纪念的历史壮举。

记者随军南下，目睹我军奋勇前进的勇猛姿态和深入国民党统治区进行无后方作战的不怕艰难险阻的精神，以及新区广大人民和游击队对我军的热诚帮助与爱护，内心异常感奋！当时因行动频繁，常处于六十至一百里的不断奔驰中，想记下些什么都颇困难。现在，时间已经过去近两年了，革命战争的胜利发展，更是出乎意料地快。而这个人民战争的战略根据地——大别山，在我军民的艰苦卓绝的坚持下，胜利的红旗已永远飘扬了。这些勇敢的英雄，正继一个跃进后又一个跃进，从胜利走向新的胜利；但他们所写下的每页的光辉史迹，在人民心中将都永远是那么新鲜的。所以，我也很愿意将已往的几篇随军札记搜集整理，望借此能提供出一些真实的事例或影像，并作为这个伟大的历史壮举中的一点小小纪念。

《王匡通讯选》，新华出版社1990年4月版

《长明斋诗文丛录》，王匡著，花城出版社1994年1月版

王匡在前言中将四篇作品称为"已往的几篇随军札记"，其中《南征散记》最初刊发于1947年9月18日《人民日报》。1990年4月，新华出版社出版了《王匡通讯选》，收进了《跃进大别山》《南征散记》《进军江汉》《蒋管区农村见闻》四篇作品。1994年1月花城出版社出版的《长明斋诗文丛录》，2020年5月广东人民出版社出版的《长明斋诗文集》，均将以上四篇作品归类于"通讯"。但《跃进大别山》具有多姿的文学性特点，强调在真人真事的基础上注意文学手段的运用，语言具有鲜明的文学性，在真实的基础上特别强调艺术性，使用形象化、生活化的语言。如《跃进大别山》开头的一段描写："无数的人，无数的马，无数的车辆，无数的行列……从村庄上，从丛林中，从四面八方……汇集而来，看哪！到处跃动着人流！到处跃动着人流！像潮水泛滥似的，漫浸着整个黑夜的原野。在平静的世界里，忽然出现了千军万马，这是一种不可捉摸的艺术，是战争史上的一种奇迹。"这种描写用完全形象化的艺术方式表现客观事实，给人以强烈的形象感。

千里跃进大别山，是解放战争时期晋冀鲁豫野战军按照党中央的决策部署进行的一次重大军事行动。1947年，刘邓大军千里跃进大别山，居高临下，俯瞰长江，威慑江南，像一把利剑刺向国民党反动派的心脏，从而开始了人民解放战争的战略大反攻。反映这一重大革命历史的文学作品，有王玉彬、王苏红的长篇报告文学《大势中原》，《当代》曾刊发电视连续剧剧本《千里跃进大别山》，最近则有徐怀中荣获茅盾文学奖的长篇小说《牵风记》。徐怀中先生1945年参加八路军,是晋冀鲁豫野战军千里挺进大别山的亲历者。此次获"茅奖"的《牵风记》,就是以1947年千里挺进大别山为历史背景,讲述了三个人和一匹马的故事。刘、邓野战军千里跃进大别山,揭开了我军战略反攻的序幕。在过去,只看到其豪迈的一面,通过《牵风记》,我们看到了为此而付出的惨烈代价。小说以独特的视角切入这场战役,让我们了解到那些牺牲者的人品格局是怎样的平凡和伟大,他们的精神世界是怎样的普通和丰富。

在所有反映千里跃进大别山的作品中,只有王匡的《跃进大别山》是完成于革命的进行时,其余作品均产生于革命之后的回顾。在革命的发生现场,有文学的位置和可能吗?自法国大革命和浪漫主义运动以来,革命与文学之间的时间错位就一直刺激着现代文学的神经。法国大革命的同时,英国浪漫主义诗人威廉·布莱克曾写过长诗《法国革命》,然而那是隔岸观火的想象。浪漫主义研究名家M. H. 亚布拉姆斯更早已以威廉·华兹华斯为例指明,英国浪漫主义诗歌不仅常常是"革命之后"的诗,而且是"革命失败之后"反思、理解和消化这场"失败"的诗。在马克思主义的革命浪漫主义文学史表述中,从雪莱到高尔基,革命诗与其说是革命中的诗,不如说是革命之前的预言诗。预言模式也在最近的浪漫主义研究中激起了更多关于现代诗的政治意识的理论思考。具体到俄国革命,托洛茨基的《文学与革命》在当时就挑衅性地说道,在革命的震中,俄国文学停止了存在。回到我们的中文语境,鲁迅先生——受过托洛茨基的影响——在国民大革命时期也尖锐地指出,所谓革命文学,只是革命前和革命后的文学,真正革命的时期,革命者和反革命者都忙于斗争而不暇,哪里有文学?王匡的《跃进大别山》就是诞生于革命进行时的革命文学。

附录:

跃进大别山(节选)
王匡

一 当夜色降临的时候

我们记者团一行六人,是在七月底到达鲁西南前线的。

在想象中，歼灭蒋军九个半旅的大战场，它一定是炮火连天、烽烟四起的了，但是，在大白天，给人的印象却并不如此。

在广漠的绿野里，在平直的大路上，以及在树林荫蔽下的大小村庄内，看不见大量军队的行动和军需品的忙碌运输，听不到轰隆的大炮声，紧密的机步枪声或人喧马啸声，连担架粮秣之类的战时勤务工作，也不多见，反之，有时还只看到一辆辆的牛车，拖着二三十斤重的大西瓜、黄梨、红枣，赶着上市，偶尔也遇到成群的农民，不过他们是到黄河岸边去修堤抢险的。要不是天空中不断地传来"嗡—嗡"的敌机声，及火线传来稀落的爆破声，使人还不知道这是个大战场呢！我们寻找刘邓前线司令部时，从门口走过去了还不知道，因为那里还看不出一些战时指挥部的样子。

真是那么令人难以想象的，一切都似乎在沉睡着，和激烈的战斗状态比较起来，这简直就是死一般的静寂了。

蒋军的美式机，整天地在空际回旋，说为寻找目标，不如说是漫无目的地云游吧，在这个青葱的世界里，原野与村庄，大路与河流，都和平常一样，能找到什么特征呢？它们常在大路上扫射行人，在小集镇上扔弹，这是对无辜的平民散布仇恨的种子，不是什么战斗。

可是，当夜色降临的时候，一切，都像突然地变化了！

无数的人，无数的马，无数的车辆，无数的行列……从村庄上，从丛林中，从四面八方……汇集而来，看哪！到处跃动着人流！到处跃动着人流！像潮水泛滥似的，漫漫着整个黑夜的原野。在平静的世界里，忽然出现了千军万马，这是一种不可捉摸的艺术，是战争史上的一种奇迹。

我曾在一个晚上，选择一个靠近路旁的小高墩，过细地检阅了一下这支突然出现的队伍。最引我注意的，是拖着榴弹炮的十轮卡，吉普车和弹药车组成的车炮大队，当它们从队伍中穿过去时，银白的电炬，交相辉映，把原野都照亮了。战士们总是笑着迎接它们，他们身上的机枪、步枪、刺刀，在灯光下起来，和高粱秆子一样，密密丛丛地竖立着，他们还笑车子走得慢，大声喊着"加油"。成百成千的大车队，是在队伍的后面走的，马蹄声外，还夹杂着太行的翻身小调，这是赶大车的同志唱出来的。还有，那成千成万的参战民工，他们也跟队伍一样有次序地前进着，他们有的抬着担架，有的抬着刚从羊山集缴来的胜利品，在星光下，还可以看到他们一个个穿着白色的单衣，哼着"一二""一二"的口令，左手随着整齐的步伐有节拍地摆动着。

整个大平原都活跃起来了！整齐的步伐像在黑夜里歌唱。

我们的部队就是这样迅速运动着，愚蠢的敌人还蒙在鼓里呢。我们全部过了黄河，敌人还以为我们只有万把人，想不到我们一下赶到了郓城、定陶，将守敌五十五师等部全部消灭了，我们到了巨野一带，敌人六十六师还以为我们在定陶，结果又被我全部歼灭。

二 蒋军的"泛滥战术"

七月天，黄河北岸，田地都长着好庄稼。展眼望，绿油油的一片，多么可爱！但是一到了南岸，便是一幅枯萎凋零的图画。只隔一条黄河，虽然气候人情一般，由于政治条件的不同，竟然如隔天地。

敌军刘汝明部控制着黄河南岸，除兵丁粮款的无厌抽剥外，还在大小堤坝上挖了工事，我们刚过河时，堤上的明碉暗堡，朗然在目，郓城仲固堆险工，过去民主政府积聚的木桩资材，敌军到时，已将其焚毁了，约二百尺的堤坝上，即被挖有十六道一公尺半宽的深阱和两个暗碉，堤都给挖透了，在刘汝明部的淫威下，人民不但无心于稼穑，而且还有因堤坝倾塌而至丧失生命之忧。

解放军来后，居民即以全力修堤抢险，才在解放军过河的第二天内，即有十万人上堤，我们从修堤的地方走过，看到密集的人群，像蚂蚁搬家一样，有的忙着搬运木石，有的忙着挖泥送土，打桩的打桩，计工的计工，大小车吱吱喳喳地叫喊着，喧嚷之声，十里可闻。一堆一堆的，无数黑白点在波动着，千百万个长久被蒋军压榨下的生命，在为生存而斗争。

但是，蒋军在被歼九个半旅后，阴险的计划又被想出来了，他们想决堤放水，荡平鲁西南，淹死老百姓，赶走解放军，即用所谓"泛滥战术"。蒋军一面以飞机轮番轰炸扫射修堤员工，一面又派兵抢占堤岸，挖堤放水，寿张之孙口，昆山之国庄，张秋之阳城埠等险工，修堤民工均遭扫射。蒋介石还亲自坐了飞机到黄河堤岸上视察。八月二日，黄河水位上涨两公尺，蒋机即昼夜不停地狂炸郓城之仲固堆险工，每次来二三架不等，晚上投下大批照明弹，寻找抢险员工，一连狂炸四天之久。寿张南岸的杨集险工，坝头及坝基被洪水刷去二公尺，民工正在抢修时，又遭蒋机扫射，与此同时，刘汝明六十八师的两个团和骑一旅的一个团,又强占菏泽以北的临濮集,将该集以西的江苏坝险工横木破坏三处,挖堤丈余,在滚滚的黄流中,可以看到被破坏处之秫秸,随水流下,形势是多么的危急!

蒋军挖堤放水的消息,很快就传遍了,今天传说水流已到了哪里,明天又传说到了哪里,人们又气又急,农民们急急忙忙地赶着牛车,拿着锄头铁铲,以村为单位赶做防水城壕,他们见到我们就说:"同志,可不能让敌人把堤挖了呀!要闹灾哩!"

刘邓司令部对此关系数百万人民生命财产的重大事情,是极为关注的,该部曾对临濮集的蒋军发出以民命为重的劝导,并且答应只要他们不破坏堤坝及老百姓修堤,解放军可以不在那里作战,但这未得到真实的答复。

三十日的下午,临濮集前线即传来一阵阵轰隆的炮声,参谋人员说,这是解放军给刘汝明的警告,这炮声当时也给老百姓以极大的喜慰。

第二天,张际春副政委,给我们看一个电报,上面说:

"刘伯承将军野战司令部发言人,顷对蒋介石刘汝明等杀人凶犯破坏黄河堤岸之罪行,提出紧急警告称:蒋军迭次破坏河堤,罪恶滔天,刘汝明部六十八师两个团,与骑一旅一个团,复于七月二十九日侵占菏泽以北之临濮集,强行掘堤,幸经我河防部队击退,并协助当地人民紧急修复,未酿成巨灾,蒋贼在其卖国军事迭遭惨败无可挽救之后,竟出此丧心病狂之毒辣手段,决心毁灭沿河数百万人民之生命财产,而刘汝明亦竟忘记自己是华北人,不顾其祖宗坟墓及桑梓父老兄弟之生死,悍然执行蒋贼乱命,实令人发指。发言人称:我们严重警告主犯蒋介石及刘汝明等,今后如因彼等继续破坏河堤,或阻碍修堤,而引起黄河决口之惨祸,不论主犯蒋介石及执行破堤负责军官,必将交给人民审判,严加惩办。即令逃至天涯海角,亦必通缉归案。即其本人死亡,其子孙亦须负责任,发言人最后并向联总提出抗议称:联总不采取有效办法防止此种暴行之发生,自不能辞其应负之责任。"

五天以后,我们就开始了历史上伟大的向南进军。

三　横跨陇海线

"打到长江边,重建鄂豫皖解放区"这个伟大的战略任务,我们早就预定好了的,但愚蠢的蒋介石,一丝儿也看不到。

在泛滥战术未逞后,蒋又布置了围歼我们的阴谋,一路由王敬久率领自东往西压,另路由罗广文率领自西往东压,两路大军,构成两个大钳子,想把我们夹住。另外,又从山东紧调整五师,夺守黄河各渡口,免得解放军再往"北窜",自然,他是没有预料到解放军会向南走的,因为这样会与华北解放区隔断,远离后方作战,增加不少困难。倘若解放军竟走这一步,那是"被迫南窜",蒋介石便以为"得共所哉"了。

本来,羊山集战斗后,我们休息了十几天,论兵力,论士气及其他作战条件,是完全可以彻底干净地吃掉敌人的一个钳子的,但为了重大的战略任务,只好放过这机会。八月七日晚,这支能征善战的常胜野战大军,开始离开奋战经年的冀鲁豫战场,奔向南方了!

两天以后,我们已走了近二百里的行程,待九日收复了单县城及进至该县西南的青固集一线时,才听说郓城一带敌人懊丧地"会师"了。

十二日的夜,是一个火花灿烂的夜。这只有在抗日时期的百团大战中才见到过;一百多里长的铁路线上,同时打响了。炮火发出弧形的闪光,乱划着这黑夜的星空,接着就是一阵轰隆的爆响,各大小车站上的碉楼,卜卜剥剥地燃烧着,映出一团一团的红光。这样的一个突如其来的打击,把敌人吓得发昏,像秋风扫落叶一样,我们拔除了障碍,打开了马牧、张阁、柳河、小坝等车站,包围了商丘城,分成十几路,就在该城东西百多里宽的平面上,横跨过陇海线。

过路后,前哨部队一直南进,当夜解放宁陵、睢县,将该地的伪保安团扫个干净,北面的蒋桂军,有一部到了曹县以南,经阻击后,即纷纷回窜,十三日的早晨,我们在商丘以南约五十里的韩信店宿营。

离开冀鲁豫战场后,大家不觉有些感到陌生(虽然第一次陇海战役时来过一次),但纪律却特别好,当天我们是经过八十里的夜行军才到达宿营地的,沿途的西瓜、枣子、梨子很多,主人虽然不在了,可是,谁也不去摘些来吃,从园中走过时,香熟的大黄梨碰上战士们的脸了,他们总是开玩笑地说:"要我吃你吗?鬼东西!对不起,咱可没有票子哩!"

四 挺进沙淮

打过陇海线后,我们并没有停留,夜以继日地奔向南方:北斗星夜夜落在后面,天亮了,晨曦的太阳,将左脸照得发红。

当我们迅速地通过鹿邑以南至项城间的黄泛区以后，蒋军南下的十几个旅的兵力又被我们扔在更远的北面了。但是往南走搞些什么名堂呢？蒋介石的估计却一错再错，我们过了陇海线，以为是"不能北渡黄河而南窜"，过了黄泛区，他的想法是"不能北返，盘踞沙淮"。因此，一面出动大批空军，日夜巡逻和轰炸沙河各渡口，以阻我渡河，一面急从平汉陇海抽兵南追，按老蒋的如意算盘，我们就要在沙淮地区被歼灭。

这是一个大竞赛，整十师、二〇六师、整三师，……沿平汉线南下，先头部队已到周家口了，跟我们是"齐头并进"，他们有些坐的是火车、汽车，我们靠的是两条腿，经过几天的行程，敌人还是丢了队。

十八日的夜晚，我们很容易就过了宽约百米的沙河，在深夜里敌人的飞机还成群结队地嗡嗡而来，成串成串的照明弹，悬在半空，讲句实话，这样的夜晚也实在好看，虽然炸弹有时也散落在看不见的田野里。

浮桥是用几十艘大木船架起来的，矗立的船桅，排成一线，桥上平阔可通汽车。船家说："天亮，这座浮桥就没有了，各船只分散停泊，目标不显，天刚黑，大家靠拢就成了这座桥。"言语间，十分表现出他们的英雄和智慧。

敌人行动的迟缓，给我们以休息的机会，连日以来，我们走过水泥及膝的黄泛区，是有些疲劳的，因此决定在沙河以南休息一二天再走。

沙淮地区，本是一片好天地，米面高粱，所产甚丰，但因地当豫皖交界和两河之间，在国民党统治下，形成两不管（做"好"事）和两都管（做坏事）的现象，政治压制和经济剥削都很严重，人民对国民党的仇恨也很深。

有一首民谣，正是沙淮地区的一幅农村写照：

> 红日西山下，农夫荷锄归，
> 穷年忙到晚，尚无御寒衣，
> 子女闹饥饿，妻愁无粒米，
> 官厅着支差，涕泪也得去，
> 如若稍反抗，双手俱绑起，
> 一日一吊打，最后送监狱，

> 牢笼坚如山，仅容一立足，
> 一周无一饱，口渴不给水，
> 骨瘦逾过柴，临死没有席，
> 民怒群腾沸，持枪来起义，
> 打倒县政府，见官就枪毙，
> 间有来求饶，管他妈的屁。

从这首民谣中，也就告诉你，为什么沙淮地区的人民，这样欢迎和热爱他们自己的军队——人民解放军了。

五 强渡汝河

敌人并不全是龟步前进的，蒋军八十五师吴绍周——他自称为"领袖的小宝贝"——一部，却不自量力地竟然赶到了前面，控制着汝河，演出了一幕螳臂当车的丑剧。

汝河的河面，才不过四五十米宽，但水深不能徒涉，南岸较北岸稍高，易于控制。

我们原定计划是要在二十四日白天渡河的。八月二十三日晨，蒋军八十五师的三个团、十五师六十四旅的一个团，先行占领了南岸的汝南埠、东西垣庄、陈寨等周围二十余里的河岸与村庄，解放军的先头部队亦于同日午前到达，"两军相遇，勇者胜"，于是便对汝河的渡口展开猛烈的争夺战。

炮战开始了！约经过三小时的猛烈轰击，敌人在河沿新构筑的阵地被摧毁了，突击部队即游水抢过河去，午后，我即将敌一部击溃与逐出，夺得宽约五华里的桥头阵地，将敌主力压缩于离河数里的村庄内，敏捷地架好了浮桥，黄昏时分，吴绍周又集中兵力，妄想构成一环形包围阵地，进行反扑，但是，敌人这一企图，正好给我们一个打击的机会，在遭到重大伤杀后，敌人缩回村庄内去了。

"很久都未找到他们了，这回该不会落空！"战士们都这样说。

黑夜是在暂时的沉默中过去，白天敌人的炮弹乱射到邻近的村庄内，稻草堆在晚间仍余焰未熄。这种突然沉寂下来的现象是大战以前常有的。

二十四日黎明，解放军某部仅以一阵炮火，即接连拿下了敌人村外的几个阵地，并将疲惫的敌人——他们一个晚上未睡觉——分割包围起来了，敌人只各固守一处，集中火力向着河沿射击，图阻我后续部队过河。

当我们的部队开始将敌人包围以后，大队人马便在炮火声中顺着浮桥通过。敌人的六〇炮弹密集地向我们射来，但毫不能影响到这支前进的行列。

战争是激烈的，河两岸的淤泥随着弹片飞舞，河两岸的垂杨，枝叶被子弹打得四处飘落，但是，钢铁样的队伍，依然井然有序地通过去……上午八时二十分，敌机来了，轮番轰炸浮桥，但在我军的射击下，不能低飞命中，地面上的敌人，在我军包围监视下，仍缩作一团，不敢动弹，前进的队伍仍川流不息……

下午，敌人不能支持了，在敌机掩护下纷纷向后突围，"偷鸡不到亏把米"，给我们打死打伤了四百余人，歼灭了一个辎重营。敌人本来是来堵击我们的，结果倒成了我们追击的对象，这又是老蒋的"小宝贝"的光辉战例之一。

六　"天助"渡淮

二十五日，从彭店沿着公路往南走，黄昏时分，踏着霏霏的细雨进入淮河岸边的息县县城。守城伪保安团队，已逃之夭夭了，这是国民党军去年破坏停战协定，侵占中原解放区的第二个县城（第一个是光山）。入城后，灯火荧荧，用不着说，老百姓是很熟悉我们的，很多人跟我们说"共产党"和"红军"，这在河南其他各地还不多见，有家药材店的一个老先生对我说："湖北的董必武是人中之杰，"他说是在武昌见过董老的，又说见到了我们，有"他乡遇故知"之感。

淮河在这里是条面阔底浅的沙河，平时人和牲口都可徒涉，黑夜中，借河边上的点点的灯光，可以看到成千成百的木筏和木船，穿梭往来，此时，刘邓两将军也亲自为过河事而忙碌地计划着，我们记者团一行，坐了一个船，天大亮了，到达南岸，当我们上岸时，刘伯承将军站在河边嘱咐道："往南走十五里，在仁大庄一带休息。"我们迈开脚步以后，他又说："呵——仁、大、庄，不要记错了，前面的警戒部队不多呀。"随处都表现出他的细心周密和体贴入微。

我们整个队伍是在二十六日过完了河的，第二天，河水忽然暴涨，水流湍急，不但人马无法涉水，即舟楫亦难往返，蒋军的尾追部队这时恰恰赶到河边来了，眼看着这条怒吼着的洪流，挡住去路，于徒唤奈何之余，只好对我们"拱手相送"了。老百姓都说，这是"天意"，是人民解放军的"洪福"。

据后来的蒋军官员说，解放军迅速过了淮河之后，蒋介石打了电报痛责他们："让共匪轻易渡淮，殊属可惜，是国军之耻"云云。

京沪一带的报纸，也曾多次警告过，"不要让共匪窜回大别山，这是最危险的一着！！"美帝国主义也为此而着急，但正在他们惶惶不安之时，人民解放军的旗子已插在大别山了。

七　草鞋、大米、小路

八月二十九日，是个万里无云的大晴天。我们群集在大别山的山麓，听邓小平政委的报告。他说，经过二十天的行军，我们胜利地到达目的地了，开始时，敌人无远大眼光，以为我们的南下是被迫的，只把十几个旅的兵力，用"送行"的方式尾我南下，蒋介石的如此短视无知，正大大地帮助了我们完成战略跃进的任务。等到发觉我们是要到大别山时，已经是悔之晚矣了。他分析了一下目前的有利条件：一是蒋军已大大削弱了，比之去年在冀鲁豫战场时，敌人已被我歼灭了一百多个旅，现在周围的敌人，才不过二十多个旅，士气低，不耐打。二是群众拥护我们，这是老根据地，群众觉悟程度较高。他也指出了困难：一是我们新来，情况不熟，二是北人南地。三是群众还未组织起来。

这些困难的具体表现，可以分为穿鞋子、吃大米、走小路和其他战勤工作等等。

怎样克服困难的？

穿草鞋——从华北到这里来，鞋子都穿坏了，没换的，雨水多，路上泥泞，布鞋又不顶穿，各连队即发起打草鞋运动，战士们开始拿着稻草哈哈大笑："草还能做鞋子？"但是，他们慢慢地学着，不到两天，每人都编好了四五双，起初有些人还穿不惯，脚底打了泡，穿上一两双就习惯了。

吃大米——北方人都反映，大米吃不饱，有的吃了还要拉肚子，这问题还是提到"俱乐部"去解决，讨论的结果，认为大家不会弄，于是办起做大米饭学习班，炊事员保证把饭做得干净，又香又软，这样大家又觉得大米并不那样坏了。

走小路——大别山的道路，和大平原相比实在小得多多，走惯大路突然走小路是件困难事，特别是夜行军，随便一点，就会滚到水田里去了，有这样的一个故事，某纵队指挥员从地图上看到，光山以南的路是大路，于是命令大车队从那条路上走，但是，到那里以后，却是一条仅能走两个人的小路。他问向导说："这就是大路吗？不会走错吧？""同志，这就是大路了。"那指挥员简直被迷惑住了。经过了几十天不断的行进，大家才慢慢地习惯下来。

此外，还有担架问题是个大困难。打起仗来哪里来像华北解放区那样成千成万的参战民工？打仗必需民工，而民工组织起来，也必先打个好仗给群众看，提高信心与情绪，民工才能组织起来，这真是个矛盾。加以这时秋收在即，要动员或雇请，都是不大容易的。

大家又想出办法来了：自己打仗自己抬，战斗部队中，你的一营打仗，我的一营可帮着抬，政治机关、司令机关都组织担架队，我们记者团也从电台上腾出了几个同志，组成了两副临时担架。中铺战斗（歼灭五十八师一个团）和高山铺战斗（歼四十师等部），很多旅长、团长、政委指挥打仗以后，都亲自抬起担架来。

正如刘伯承将军所说：革命军人，是没有困难不能克服的。

八　老苏区

大别山是个老苏区，民国十九年这里就开始打起红旗闹革命了。不少革命的杰出人物，都是从这里闹起来的，如林彪、董必武、郑位三、李先念，以及此次南下部队中的很多将领，都是这里的人。和我们住在一起的陈鹤桥同志，他就是十几年前离开大别山的，此次回来，他有一种特别亲切的感觉，当下他写了一篇《回到我的故乡大别山》，革命的感情，洋溢纸上。

从形势上看，大别山是一个极其重要的革命阵地，它蜿蜒湖北东南部至安徽西部，历来兵家只要控制了伏牛、桐柏、大别几条山脉，就等于控制了整个中原，而大别山的形势，又是俯瞰南京武汉，更显得重要，我们的革命先辈，就在这块地方流了不少鲜血的。

在光山的白雀园乡，我在一个农民家里的木墙上，发现了有很多红绿纸条印的红军标语，看样子，已经是十几年的老东西了，但字体还很清楚，颜色还未脱落，上面写着："列宁精神不死！""卢李精神不死！""纪念列宁，要参加工农红军！""工农红军万岁！"这卢，显然就是卢森堡，李是李卜克内西了。我看到这些标语时，不得不佩服那时的宣传工作者的宣传技术，他们贴得这样牢靠，又贴在农民的家中，沿途我们还看到"集中优势力量,消灭敌人一路,保卫边区!"的五六尺宽的大字标语,是用红黄油漆写的,因为写得与屋檐一样高,白军来了也不易涂掉。这样的宣传技术,今天仍值得我们学习。

在同一个地方的另一个木墙上,我看到了一张土地革命时期的"光(山)商(城)边区人民革命政府布告"。内容大致说:光商边区粉碎了白军的数次进攻后,工农红军有很大发展,但粮食很困难,希望各机关要切实节约,以准备敌人的再次进攻。第一点规定,各机关现在每天吃三顿稀饭,这是好的,但还不够,还要注意其他费用不要浪费;第二点规定在稻场上的谷子,必须赶快打完,免致腐烂。另外还规定几点关于粮食的负担如何公平的问题,下面是一连七个边区政府委员的署名。当时给我最深的印象是:革命初创时期,是何等艰辛!而革命规模和今天比较起来,相差更是何止千百倍!(这布告我本来是抄下来的,柳子港打仗时,遗失了。)

大别山的农村中,有不少"红属",都是些孤寡了,红军、新四军从此撤走后,家属被杀的杀,卖的卖,房屋田园被占的占,拆的拆,烧的烧,很多是全家连小孩子也被国民党杀绝了的,仇恨深深地埋藏在农民们的心底里,怎样也洗刷不掉。

今年,人民解放军回到了革命的故乡——大别山过中秋节了,这是一个多么值得庆幸的日子!老百姓给我们送来糯米、鲜鱼,感动地说:"自从你们走后,我们没有过过一次好节气,十几年来,今年是头一次,现在老四军、红二十七军、新四军、八路军,都回来了,真是个大团圆!"

九 游击兵团

九月二十一日的下午,参谋处忽传来电话,说一〇三部的电话已架好了,是否要讲话,打听的结果,该部只离我们的住地五里路。于是我决定亲自去一趟。

一〇三部,是张才千、李人林两将军率领的游击兵团,他们在去年六月蒋军进攻中原解放区以后,即突围到鄂西北,乘蒋军后方空虚,又于今年一月间,从郝穴打过江南去,路经鄂西南,湘西之公安、礼县、石门、五峰、长阳、慈利、大庸、桑植、保靖、鹤峰、宜恩等十余个县,四个多月来,行程数千里,把湖南的乡保政权、地方保安队打得个稀烂,动摇了蒋帮的后方统治,当时京沪报界称这个游击兵团为"南面朝廷的小疙瘩"。这兵团在五月间才北上到豫皖苏地区,接着又配合刘邓大军,从平汉线西侧南下,并担任破路阻敌的艰巨任务，直到此次又在大别山会合。

张才千，四十上下的人了，刚毅的脸孔上，两眼炯炯有光，精神很好，他是经过长征和八年抗战的老战士，是个很有战争经验的军事指挥员，但是谈起话来，表现得十分谦虚与谨慎，使人觉得亲切可近。

翌晨，在一个比较宽敞的屋子里，我又会到了李人林（他和王定烈团长，都被中央社和国民党报纸描写成为神秘的人物，并且说王定烈是个女人）我们是去年在大洪山分手了的，经过千里征程，他还跟从前一样精神饱满，侃侃而谈。

李人林谈到了现在的游击战争：

"应该放弃从前的一套老办法，"他说，"现在的游击战争，不同于抗日战争时期，也不同于十年内战，和前者相比，社会基础变动了不少，地主豪绅和敌人结合，和后者相比，是敌人的作战技术提高，兵力集中，但后方也显得异常空虚。在这样的情况下，我们如果和从前一样，一直往山里钻，结果会有被消灭或饿死的危险。第一敌人的消息灵通，有报话机之类，我则反是，这叫作敌灵我不灵；其次敌人走大路，我们走小路，敌快我慢；第三粮食给养困难。"现在游击战争要打大圈子，这主要是从敌人的兵力集中、后方空虚出发的。这样，你走大路我也走大路，你灵我也灵，给养也不困难；在战术上，最好用远距离奔袭，拣弱的吃，不打则已，要打必胜。不能老打，因要行动，打多要垮；不能老走，光拖不打，士气会坏，也会垮的。最好是打打走走，走走打打。"

他还给我举了很多生动的例子，我觉得很有意思，因为能从上山主义的观点一下变为大运动的游击战，住城镇，走大路，在那时并不是容易的。在谈话中，我还发现他对毛主席的有关战争的著作，研究得十分过细。

下午，我本想等张才千回来时再问他些问题的，但他开会去了，久等未回，矿铁、春林、心清、花有、绿炎、徐奚、选才各同志，都会到了，这些战友，如今个个都成了南征北返、北返南征的英雄。

十 游击生活二十年

——记一纵队通信员万大春同志的谈话

有这样的一支游击队，几十个人，在崇山峻岭上坚持了近二十年的游击战争。这就是大别山上新集（经扶）的刘名榜和他的游击队员。

这支游击队，在山上经过了多少个寒暑呀！革命发展的时候，下山吧，不，又说失败了，大队伍要突围了，赶快上山。这样上上下下，就有好几回，红四军走了，新四军又走了，八路军来了一次也走了，……可是，他们并没有对革命失望，大伙儿合在一起发誓，要干到底。他们相信那一天——到北方去的红军、新四军、八路军，总要从远处回来。

和这支游击队作对的，是经扶的匪霸黄古儒，他是反革命反到了家的，也有二十年的历史了，不知残杀了多少革命战士和家属。去年新四军走了以后，他带了蒋军几个团回来，一部住在山脚下，大部上山"搜剿"，要把游击队"肃清"。

游击队员们分散躲在密林里，没吃的，找些树皮啃；没住的，搭个柴棚；没穿的，披些树叶枯草，不敢生火呢！怕敌人看到冒烟，幸而老百姓也说不出地好，用竹杠子灌些油盐，伪装上山打柴给他们送去，还给他们送情报。敌情稍松时，他们又帮助群众烧炭、砍木。漫长的日子，就是这样天天地熬过去了。前两三个月，蒋军在这一带抓丁抓得挺凶，青年人都往山上跑，驻扎在山脚下的敌人，眼巴巴地看着他们一块儿"造反"，也没办法。于是又成为老百姓抗丁抗粮的大本营。

八月中旬，忽然传来消息，解放大军要到了，刘名榜召集他的队员们，报告了这个喜讯，大家欢喜到了不得，竟忘记了掩蔽，真可惜了，就在这个时候，给山下的敌人摸去了两个。从此，大家又小心翼翼地，再不轻易出来了。

八月二十九日的早晨，解放军真的赶到这山下来啦，保安队跑得个精光，附近的老百姓又把这个消息带到山上去。

"喂！你们是哪里来呀？"山上有人往下问。

"咱们是从太行山来的！"队伍中有人这样回答。

"哪个太行山？"

"刘司令员的太行山！"

"呵——下来吧！是自己人来了呀——"山上的人高兴地喊起来了，声音传过了林梢和山谷。

等一会儿，从茂密的丛林中，拥出了几十个蓬头垢面又黑又瘦的"野人"来。

解放军上前紧紧地抱着他们，每个人的眼睛里，都含着一包泪水。……

黄古儒——这个人民的死敌，在城里被解放军捉到了，二十年来的革命与反革命的冤仇，终于报了！老百姓感到说不尽的欢喜，传为美谈。

十一　捕捉战机

到大别山后的第一个漂亮仗，是在广济蕲春间高山铺歼四十师（缺一个团）全部和五十二师八十二旅的战斗，从这一战役中，去了解刘伯承将军的"捕捉战机"，是很有趣味的。

被歼的对象四十师，本来是蒋军守安阳的主力部队，是和我们打过硬仗的，战斗力在国民党军中说起来，还算不错。该部在我们在鲁西南歼敌九个半旅时，即离开安阳城，空运至陇海线，不久，我们跃进到大别山，它又一路跟随到大别山。我们打到麻城、黄安、宋埠时，它跟着南下。我们北返商城一带歼五十八师一个团时，它又和七师跟着北上。等我们再南下占领黄安、宋埠一直打到长江边的团风时，它又带着八十二旅急急忙忙跟了几百里赶到团风。

可以想到，敌人既缺少像解放军那样善战能耐，又陷于完全被动，像玩龙灯一样跟着拖，会疲劳成个什么样子。而最糟的是：它还以为解放军怕它，乱追乱闯，闻悉郝穴有失，长江告急，便从黄岗向广济增援，其实，这是刘邓指挥部作成过江的姿态后，给它指定走的一条路线，而它也就乖乖地按部就班地遵守不逾，结果在蕲春东北广济以西之界岭与高山铺之间不及十里的狭窄地区就歼。

这是很明显的了，等你拖得精疲力竭，战斗力大大削弱了，等你骄气十足，像瞎子一样乱撞乱窜，就是歼灭你的机会来了，只要稍做安排，猎物就会到手。

这次战斗的安排，也实在是非常巧妙的，开始还怕敌人不肯上钩，先在预定的地点摆好阵势以后（选择了一条光秃秃的公路，两边都是大山）又派了两个化装成游击队一样的步兵连去诱敌，随打随退，"只准败，不准胜。"而狂妄的敌人，果然很得意地追着，最后便"躬逢盛会"了。

四十师的一个副团长说："就是你们刘伯承将军想得到，他很知道我们的特点，如果不是界岭到高山铺这一段，假如在其他有些村庄或城镇的地区，我们是不会被歼灭得这样快的，我们的部队还可以守一下，但这里，十里内人烟绝少，村庄没有，就是刘将军想得到，选择了这样的一个地点。"这个俘虏似乎还有些迷信自己的力量，但他对刘伯承将军的神机妙算，也不得不感佩服。

在我们部队中，"捕捉战机"，这句话是很流行的，大家不分日夜，不怕风雨地走着路，转来转去，一百里，一百三四十里，为什么？就是为了这。这几乎是用不着解释的简单道理。

于很多俘虏群中，经常可以听到这样的话："蒋介石的队伍是听刘伯承指挥的。"从此次高山铺战斗中看来，不能说是没有根据的。

十二　皖西行

高山铺战斗后，我们即转道皖西。

二十日，到洗马畈，这是浠水与蕲春交界的一个大镇，土地革命时期，红四军曾在这里歼过军阀夏斗寅的两个团，打了个大胜仗，老百姓至今还记得。

从洗马畈往东走，即是大山了，这山叫三角山，高五千多公尺，老百姓说，部队是不能走的，日本人也不走这山，劝我们绕道走，但为了看察地形，还是决定从上走过。

曲曲弯弯的，转了半天，从上午七时走起到十时半，才到半山顶，但往下一看满山红叶，风景绝美。薄薄的云层有时从面上遮过，云层底下，漏出一片红绿相间的村舍田园，每行数十步，可见瀑布飞腾，自天而降，大家走得虽然感到疲乏了，处此妙境，精神为之一爽。

山顶四处，有个大寺，叫三角寺，建筑宏伟，内有和尚十余人，他们看着全身汗湿的牲口，惊讶不止，并问我们道："你们怎样上来的？"在此地歇息时，刘邓两将军正在寺前悠闲散步，浏览风光，他们都是步行而上的。

山的下面，就是湖北与安徽交界的张家榜。

张家榜往东行，即入太湖境。沿途茶树甚多，妇女们端着香茶迎候我们，热渴之下，特别可口，经过了一天的山路以后，便是皖西了。

皖西大部地区是山地，山脉纵横，群峦重叠，形势十分险要。但和北方的山地大不相同，山间盆地甚多，如岳西境内，有达数十里宽的平原。盛产米棉，有二三百斤的大肥猪，山野间绿竹成林，清流潺潺，真是山清水秀，别具景致。东面的庐江、无为，是全国有名的产米区，亦即芜湖米市的主要来源地。

皖西在抗日时期是新四军七师的根据地，有些地方如岳西、霍山等地，还是老苏区，后来长久为桂系军队所盘踞。革命势力大受摧残，但人民军队一直在此地坚持着，如现在该区的负责人之一的桂林栖同志，就是在此坚持了十多年的战士。

由皖西返回湖北，经过英山城，该地环山带水，颇像延安，离城五里，有长达五六里的温泉，水热几达沸点，英山至罗田，三十五里，沿途景致，与皖西近同，地方民兵已建立起来了。

（一九四七年十二月八日记）

第八章

陈残云的长篇小说《香飘四季》

陈残云（1914—2002），著名作家。陈残云1914年生于贫农家庭。在广州念大学，开始文学活动。抗战爆发后，积极从事救亡工作，参加"广州艺协"诗歌组，出版了诗集《铁蹄下的歌手》。1938年广州沦陷后，辗转流落到广西桂林、香港和马来西亚等地。1944年初从马来西亚回到桂林后发表了十万字的长篇报道《走出马来亚》，引起人们的关注。日寇投降后，与司马文森合编《文艺生活》，发表了第一部中篇小说《风砂的城》，其后创作了剧本《珠江泪》和一些中短篇小说。1949年参与主编了《影剧周刊》《青年周刊》，组织了《粤片集评》。1952年担任华南文学艺术学院秘书长。"十年动乱"期间被剥夺了创作权利。改革开放后，重新执笔创作了长篇小说《热带惊涛录》及一些赞扬改革开放的作品。历任广东省文联副主席，中国作协历届代表，省作协副主席、主席等。主要作品有长篇小说《香飘四季》《热带惊涛录》等。诗集《铁蹄下的歌

陈残云照片

手》。散文集《珠江岸边》《南大门风光》。小说集《风砂的城》《深圳河畔》《山谷风烟》。电影剧本《珠江泪》、《羊城暗哨》、《南海潮》（与蔡楚生、王为一合编）。粤剧《粤海忠魂》（与黄宁婴、望江南合著）。1993年百花文艺出版社出版《陈残云文集》共10卷。

陈残云曾三度到东莞挂职，第一次是1958年春至1960年夏，第二次是1964年5月至1965年春，第三次是70年代中期。陈残云在东莞的日子里，他不是以作家的身份来"体验生活"的，而是以一个基层领导干部的身份参加了县委，接受县委的分工（先后任县委副书记、县委常委），一个时期还兼任了一个地方的党委书记，在水乡蹲点。东莞运河的开凿，陈残云直接参与了决策，并带头流下了辛勤的汗水。竹排洲、黎州角、老鼠涌、大埔口的抗咸堵河战斗，他直接参与了指挥。"四乡"联围的筹建，他既是决策人，又是身体力行的实践者。

第一次东莞挂职后，陈残云创作的长篇小说《香飘四季》，产生了广泛影响。1958年春天，陈残云下放到东莞县担任县委副书记，旋即兼任中堂公社党委第一书记。在任期间，他头戴竹笠，身穿土布衣，高卷裤脚，光着脚板，走遍东莞的河涌、田野、村庄，和

1959年夏，陈残云与夫人黄新娥、女儿陈茹、小儿子陈蓬合影。

《香飘四季》，广东人民出版社，1963年9月

农民一起犁田、耙田、推泥、插秧、"双抢"。1959年6月下旬，东江遭遇特大洪灾时，陈残云正奉命出访阿尔巴尼亚等国。他在7月5日的信中说："在远离祖国的地方，在愉快的日子中，看到广东遭受严重水灾的消息，我非常难过，非常关心我们的生产。"7月中旬他访问归来，便立即返回东莞，按县委分工，他到受灾严重的步寮公社领导当地干部群众生产自救，重建家园。有关当时的情景，他写于11月的报告文学《回天有力——记步寮公社克服困难消灭灾痕》一文中写道："社员们的生命是保住了，但是，灾后的景象并不美妙。触目颓垣败瓦，伤痕处处，许多人家家产荡然，一时无家可归。抱头痛哭的妇女们，随处皆是。……公社化后出现的繁荣景象，被一种消沉气氛所代替。"他带领干部群众奋战几个月，一方面抢收被洪水淹没而还可收割的稻谷，抢救被淹后的部分经济作物，尽量挽回损失；一方面犁耙田地，重新播种，加强田间管理，力争夺取晚稻大丰收。同时，还超过原计划一倍半，新建房屋2089间，使住宅被毁的群众都能迁入新居。东莞县那段挂职生活，触动陈残云写作了《香飘四季》。陈残云于1960年夏调回广州后，便开始酝酿构思，年末正式动笔。在创作中，他日日激情澎湃地神游于河涌交错的"东涌村"，和小说中的人物同忧愁共欢乐。到1962年春，三十七万多字的长篇巨著《香飘四季》便脱稿了。小说一至十章先被《羊城晚报》连载，1963年作家出版社和广东人民出版社同时推出单行本。仅广东人民出版社就再版五次，累计印行三十三万多册。

一、《香飘四季》版本回顾

印在版权页上的"内容说明":"这本小说,描写了一九五八年春天,珠江三角洲某农村为了改变一穷二白的面貌,以前所未有的跃进精神,意气风发地进行了改造自然、夺取丰收的斗争,直到整风整社和人民公社的诞生。通过这些描写,作品歌颂了人民群众自力更生、奋发图强的革命精神与冲天干劲,反映了两条道路的斗争和阶级敌人的进攻。通过贯穿在小说中几对青年男女的恋爱故事,作品表现了他们的个性和精神面貌。作者以明朗、抒情的笔调,描绘了这个鱼米之乡的浓郁的南国风光,展现了丰富多彩的生活图景。"

1978年4月版《香飘四季》,附有陈残云1978年1月12日所写的《写在〈香飘四季〉重版之前》:"这次《香飘四季》重版,使我回忆起二十年前的峥嵘岁月。那是一九五八年的春天,当'大跃进'的战鼓响彻云霄的时候,省委派我到珠江三角洲的一个县去当县委副书记。我不是以'作家'而是以基层干部的身份参加了县委,接受县委的分工,在水

1994年7月19日,"陈残云文学基金会"成立暨《陈残云文集》十卷本首发式举行。

乡蹲点；人民公社成立初期，还兼了一个公社的党委书记。一九六〇年夏天，调回广州工作。那两年，我考虑的不是创作问题，而是如何调动群众的积极性，使农业生产跃上去，争取早日改变农村'一穷二白'的面貌。由于工作的需要，我卷高裤管，光着脚板，走遍了河涌交织的村庄，结识了许多大队和生产队的干部，接触了无数战斗在生产第一线的群众。跑到哪里，住到哪里，蕉林掩映的美丽的水乡仿佛处处都是我的家。"

书前附陈残云女儿陈茹的代序《尚有小红看落花》："1958年父亲曾下放到东莞当县委副书记。他并不是以作家的身份到农村体验生活，而是接受县委的分工将副书记的担子挑起的。他和县委一班人跑遍了全县，东莞的田园河涌，到处都留有他的足迹。他和东莞人民结下了深厚的感情，以至东莞麻涌镇的群众认定麻涌是他的长篇小说《香飘四季》的诞生地。20世纪80年代初，几位话剧业余作者将《香飘四季》改编成话剧并由广州青年话剧团和东山区业余话剧团联合排演。之后，他们到麻涌公社演出，父亲也随行。当时东莞很多家庭都在屋顶架有'鱼骨天线'收看香港电视，父亲考虑到此行要和香港的电视台唱对台戏，可能没有观众，让大家做好思想准备。结果出乎父亲的意料，观众排着长队购票，一千五百多座位的剧场，卖了两千多张票，五百多人硬是站着看，连续两晚的情况都是如此。由于戏的剧情与现实生活相吻合，与观众的情感相通，台上台下的欢声笑语融成一片。父亲去世一年后的2003年初冬，在麻涌镇宏大的文化广场中央立起了一尊高高的陈残云半身雕像，这是麻浦人民以雕像这种方式缅怀一位曾经歌颂过他们的作家。"

花城出版社2008年4月版《香飘四季》的《后记》则集中交代了陈残云与水乡麻涌的渊源关系："作为麻涌人，我们仍然要庆幸，因为我们还有《香飘四季》。这部描写20世纪50年代水乡人以大无畏精神，改变家乡贫穷落后面貌的长篇浩帙，记录了一段栩栩如生的原生态图景，为我们回顾昨天，打开了一扇历史的窗口。她是水乡人站在时代潮头回眸思索的信物，通过她，我们可以找到灿烂水乡文明的发轫和源头。这是一段珍贵的史料，麻涌的历史因为《香飘四季》的存在，更增添了几分丰满生动的情趣。"

广东省作协组织编辑的"中华人民共和国60年广东文学精选丛书"，由广东省出版集团、广东人民出版社出版。该套丛书共计三十一部作品，涵盖小说、散文、诗歌、报告文学、文学评论等多种文学体裁，收入中华人民共和国成立以来广东文学在不同时期较具影响力或代表性的著作，其中有《三家巷》《花城》《香飘四季》《月夜》《风雨太平洋》《山乡风云录》《风雨年华》《虾球传》等，都是名家名作。

水乡夏夜

已经是迷茫的薄夜了,闷人的热浪缓缓地被海风吹走,村庄与田野,显出一种凉快的静穆的景象。

由于工作的需要,我和老祝趁着夜色,划着一只小艇子,离开了珠江岸畔的村庄漳澎,到另一个乡村——人们称作"香蕉的家乡"的麻涌乡去。两乡之间,都属于珠江三角洲的肥沃的平原,是出色的"粮仓"之一,数不尽的大小河涌一脉相连,划上三个钟头的小艇就可到达。

那一夜正是潮涨,河水漾满两岸,习习的凉风从背后吹来,小艇子顺潮而行,我们划行着不但不费劲,而且感

《水乡夏夜》(原载1958年第10期《作品》)

二、《香飘四季》原型地探微

1963年10月26日,《羊城晚报》专门在东莞县城举行了《香飘四季》读者座谈会。与会的当地干部和农民群众在发言中,一致肯定作品真实地表现了水乡儿女为摆脱贫穷和落后而战天斗地、奋发图强的革命精神。1963年11月7日《羊城晚报》刊发陈残云的《我写〈香飘四季〉的一些考虑》:

小说中的人和事是从哪里来的?基本上都是虎门、麻涌、中堂三个公社的事。我到虎门的时间较短,到中堂、麻涌的时间则长些。借修水利来表现群众的冲天劲头,这个想法就来自虎门。书中写的人和事不都是真的,蛇窝不是麻涌的蛇墩,中堂公社真的有

东涌、西涌，我原先也不知道，许多公社、大队的同志觉得书中的人物像社里队里某个人，看来书中的人物还有些概括性。书中描写后生仔找不到老婆的情况来源于大盛村，因为生产搞不好，妇女就外流，我曾对大盛的总支书记陈材说过：生产面貌不改变，你们就找不到老婆。（转问郭同江同志：陈材找到老婆没有？郭同江：已经找到了。）书中徐金贵、林吉这类人来源于麻涌，较多的形象来源于槎滘和大埗。

从陈残云的自述看，《香飘四季》的故事原型地分别是虎门、麻涌、中堂三个公社，而不仅仅是麻涌，但麻涌是最重要原型地。需要注意的是，如果只认定麻涌是原型地，容易忽略虎门与中堂对于这部小说创作的意义。

（一）麻涌作为小说故事主要的原型地

1958年至1960年陈残云挂职东莞县委副书记，在麻涌蹲点时间较长，他光着脚板走遍了河道交织的村落，与村民同吃同住同劳动，收集了大量素材。麻涌镇立村于宋，至今已有八百多年历史。由于先人爱梅，立村之初名为"古梅乡"。古梅乡原属广州府宝安县所辖，之后于明朝初期划归东莞县中堂区管辖。由于此地四周河网密布，同时岸边耕地又以产麻为主，又改名为"麻涌乡"。中华人民共和国成立前夕麻涌归东莞新四区所管。中华人民共和国成立初至1952年划入东莞县第八区。1953年土改后，又划为东莞县第十八区，称为麻涌区。1958年成立麻涌人民公社，1983年改为东莞县麻涌区。1986年，东莞县设市之后，麻涌也随之改镇。

陈残云说："书中徐金贵、林吉这类人来源于麻涌，较多的形象来源于槎滘和大埗。"陈残云与麻涌镇大埗村的关系非常密切。陈残云以大埗村人物为原型，创作出长篇小说《香飘四季》，已经成为该村的一张文化名片。2015年，麻涌镇以大埗村为起点，保留凉棚、祠堂、埠头、小桥、榕树等元素，通过种植水生植物、建设岸上游览绿道等内容，以香飘四季文化和乡土故事串联各景观节点，所推出的"香飘四季"乡村游项目，每年吸引数万名游客慕名游览。1964年珠江电影制片厂根据《香飘四季》改编为电影《故乡情》，并驻大埗村实地取景拍摄。1994年村办公楼落成，陈残云为之题字"大埗办公楼"。1995年陈残云偕夫人黄新娥与作家韦丘重到大埗村观看龙舟大赛，并作诗留念。

陈残云说："书中描写后生仔找不到老婆的情况来源于大盛村，因为生产搞不好，妇女就外流,我曾对大盛的总支书记陈材说过:生产面貌不改变,你们就找不到老婆。(转问郭同江同志:陈材找到老婆没有?郭同江:已经找到了。)"书中描写后生仔找不到老婆的情况来源于大盛村"。大盛村也是麻涌镇下辖村。麻涌大盛村人郭同江,自学成才,自编自画十多套连环画和具有浓郁的水乡生活气息的作品,反映了水乡人民改天换地的工作生活,成了远近闻名的"农民画家"。郭同江参加了1963年10月26日在东莞县城举行的《香飘四季》读者座谈会,与陈残云比较熟悉,所以陈残云向他打听大盛的总支书记陈材有没有找到老婆。

作为大盛村的邻村,麻涌镇漳澎村,在陈残云的散文集《珠江岸边》的开篇之作里便已经出现了。

《珠江岸边》的开篇之作《水乡夏夜》(原载1958年第10期《作品》),描写陈残云与人划着小艇子,离开珠江岸畔的漳澎村,到"香蕉的家乡"麻涌乡去。漳澎村是麻涌境内最后成陆的行政村,历史上曾命名为"平乐乡"。漳澎村是麻涌镇内面积最大、人口最多的行政村,同时也是东莞人口第一大村。

改革开放以后,陈残云曾在《水乡新影》里专门写过麻涌:"麻涌在地域上本与广州相邻,由于河流的阻隔,交通不便,人们在心理上好像和广州隔得很远。'大跃进'期间,我有较长的时间住在此处,也觉得和广州相隔很远。一个多月之前,麻涌和广州通车了,我们几个人从黄埔乘车而去,一下子就到了,真是近在咫尺。那天,寒潮过后,暖洋洋的阳光照着平坦的大道。我们离开广州,乘了一个多钟头的汽车,穿过了新建的中堂大桥,进入蕉林夹道的公路。遍地蕉林受不了严寒的侵袭,蕉蕾枯了,蕉叶干了,幸好蕉芽还有生机。静静的河涌,平坦的田野,笔直的新公路,装点了村庄与田园的秀丽景色,令人心怀喜悦。车子一下子驰过六公里,越过行人众多的麻涌大桥,进入了麻涌镇。镇上,一条小河在街心穿过。往日,参差不齐的街道上,牲畜鸡鸭随地走,处处是垃圾;混浊的河水,发出霉烂的气味,与水乡的幽美风光很不相称。如今这里全变样了,河西是一条宽广的河堤大道,铺户改建得整齐清洁;河东的河堤和房子也做了修整。"在陈残云的笔下,麻涌,这蕉林青翠、景色秀丽的水乡,展现出一副更新更美的风姿。

(二)中堂作为小说故事的主要原型地

陈残云曾兼任中堂公社书记,在中堂工作生活的时间自然不会太短。陈残云在《我写

〈香飘四季〉的一些考虑》里，多次提到中堂："小说中的人和事是从哪里来的？基本上都是虎门、麻涌、中堂三个公社的事。我到虎门的时间较短，到中堂、麻涌的时间则长些。""书中徐金贵、林吉这类人来源于麻涌，较多的形象来源于槎滘和大坯。"值得注意的是，陈残云提到的这个"槎滘"，1950年属东莞县第八区槎滘乡。1953年属东莞县十五区槎滘乡。1958年属东莞县中堂人民公社槎滘大队。1959年12月至1961年划入麻涌公社，1962年改回隶属中堂公社。1983年属东莞县中堂区槎滘乡。1987年，属东莞市中堂镇槎滘管理区。1998年属东莞市中堂镇槎滘村。1958年至1960年陈残云挂职东莞县委副书记前后，槎滘几经变迁，最终从麻涌公社划回中堂公社。1958年下半年，陈残云与友人合作并拍摄了反映东莞槎滘和增城甘涌生产竞赛的纪录片《一江两岸大竞赛》。因此也有一种说法："著名作家陈残云到槎滘村蹲点体验生活近一年，积累素材后写出长篇小说《香飘四季》，此书一出，风靡全国。"因此，中堂是《香飘四季》小说故事的主要原型地之一，也是有据可依的。

陈残云写于1960年的散文《水乡探胜》（原载1960年第14期《红旗》），留下了他在中堂的足迹：

六月初旬，东江下游的南岸，夏收已开始了，我趁着晚饭之后的一点余暇，约中堂公社的党委书记老黎，陪我去探望一下华大婶和她的新媳妇苏小桃。从公社党委会到她们村子，约有五里路，我们可趁便巡一巡生产。

斜阳金闪，轻风飘拂，我们带着舒畅的心情，走在一条新修的通向广州的公路上。

我发现这条公路异常可爱。在河川交织的水乡地带，修筑一条公路，是人们梦寐以求的事情，这且不说了。而它的出现，正代表了公社化后人们的新气派。平直而宽广的路面，种上两排新绿的桉树，路基两旁是漾满河水的小河沟，已放下鱼苗，河沟外面又是一条新堤，都种上了芭蕉。这算得上是"地尽其宜"，既美观，又有利于生产。

和公路同时出现的，是天空的高压电线。电力排灌站快修好了，再过几个月，就可以从水电站输来强大的电力，电气化的理想，并不是一个遥远的希望。我被这平凡而又伟大的新事物吸引着，心头无限愉快和激动。

公路两边开阔的田野上，社员们在喜悦地收刈。海洋似的橘金色的稻穗，漾起了迷人的谷浪，散发出腻人的谷香，正是一派丰收的景象。穿织在谷浪中的翠绿的香蕉、甘蔗、黄麻和花生，仿佛要与谷穗争辉，也都预示着丰收的前景。

另一种可喜的景况,便是杂粮和瓜菜,像甘薯、玉米、矮粮粟,各种瓜与菜,随处都是。可以间种的都种上了,没有一块多余的土地,种得多,种得好,处处显出欣欣向荣的盛况。这正如老黎所描述的,是一个以粮为纲全面跃进的新局面。

我在醉心地欣赏这美好的图景时,老黎说:"去年今日,这里是一片汪洋!"

去年今日的情况,我是知道的,一场百年未遇的特大洪水,带来意想不到的灾难。稻谷和经济作物损失了八成多,房屋倒塌了三成,三万多人的生活受到威胁。中堂公社,和东江沿岸许多受灾的公社一样,一时笼罩着悲观失望的气氛。

1959年东莞水乡遭遇了"一场百年未遇的特大洪水",1960年中堂等东莞水乡恢复了生产,重建了家园,之后又赢得了"一造夺回两造粮"的大丰收。陈残云在《水乡探胜》的结尾写道:"我们离开了这场浩劫,又重建起来的新式又美丽的小村,走在公路上,太阳已经落下去了。水乡中黄昏时候特有的大南风,吹得异常轻快,吹得公路上空的高压电线呼呼作响,吹得公路两旁开阔的田野,漾起了海波一般的金色的谷浪。面对着这景色清新的丰收景象,心头无限舒畅。"

1975年9月,陈残云(右)重访东莞水乡时的留影

（三）虎门（沙田）作为小说故事的主要原型地

陈残云说："我到虎门的时间较短，到中堂、麻涌的时间则长些。借修水利来表现群众的冲天劲头，这个想法就来自虎门。"由此可见，虎门也是《香飘四季》的故事来源地之一。陈残云写作著名散文《沙田水秀》时，沙田地区属虎门人民公社管辖。弄清这一点，我们需要回顾一下沙田地区非常复杂的历史沿革：

1957年3月撤区并大乡，撤销了沙田区，将沙田划入虎门乡管辖，其中立沙划入漳澎乡管辖。

1958年9月成立人民公社。沙田属虎门人民公社管辖，其中立沙属麻涌公社管辖。

1960年4月至1961年6月，将沙田片、新沙片及大洲片划到厚街公社，稔洲仍属虎门公社，立沙仍属麻涌公社。

1961年6月21日成立沙田人民公社。管辖沙田片、新沙片、大洲片和立沙片等。

1968年3月成立沙田公社革命委员会。

1983年改称沙田区。

1987年4月撤销区建制，设立镇建制，成立沙田镇。

《沙田水秀》最初发表于1960年第3期《红旗》，写于"沙田属虎门人民公社管辖"时期，作品内容也体现了这一点：

在一个风和日暖的冬天，日头偏西了，我离开了虎门公社的太平镇，沿着一条珠江支流——水波悠悠的秀丽的小河，向瑞丰围村子走去。

沙田地区的道路很不好走，叫作"晴天一把刀，落雨一团糟"，我走得自然有点吃力，但沙田的景色是迷人的，丰收后一望无际的田野，显得特别宽阔和美丽，纵横交错的小河，小艇穿梭如织，一排排翠绿的蕉林，相映着乌黑的牛群，这仿佛是一幅色彩鲜明的织锦画。高朗的天空，灿烂的阳光，温柔的海风，都为这幅彩画增添了美感。这使我感到，我们祖国的南大门，多么美丽和恬静。

走着，走着，我忘掉了疲劳。当我正要为我们日新月异的田野赞美的时候，却有一个声音把我叫住了，我站住一望，望见林亚达老汉，和他的女儿金女，摇着一只小艇靠前来。

沙田河涌如网，纵横交错，出门见水，举步登舟。《沙田水秀》曾被选编入中学语文课本教材，为我们描绘了沙田水乡的秀丽风光。直到20世纪90年代初，78岁高龄的陈残云依然惦记着东莞，惦记着沙田。1991年，陈残云应沙田镇人民的邀请，再次回到他熟悉的东莞农村，回到了水乡人民群众的中间。面对东莞水乡翻天覆地的变化，陈残云感慨万千，深情地写下一首歌颂沙田新貌的诗："十年改革展新颜，水绕华楼树绕湾。茅舍连绵无处觅，农家犹记旧河滩。"诗歌歌颂水乡新貌，展现的是新时代的水乡韵致："水绕华楼树绕湾。"说的依旧是水乡人民依水而居、因水生韵的生活情趣。水蕴含的是刚柔并济、自由流转、澄明透彻、厚积薄发的精神，这种精神成为大到一个国家、一个民族，小到一个地域、一个社群的人格力量的象征。

三、珠三角水乡书写的精髓所在

江河是人类生活环境的重要组成部分，水和文学发生关系就成了自然而然的事情。东莞水乡历史悠久，文化灿烂，河川秀美，物产富饶。东莞地形多样，人文形态随之丰富，其中壤接南海，东江流域穿过，形成独特的其他地方无法模仿的水乡文化特性。翻开东莞水乡的历史，其实就是翻开一部水的文化史、水环境的变迁史，也是水文学的书写史。东莞水乡水网密布，河涌纵横。古往今来的文人墨客，睹水乡美景，思绪纷纭，文学虚构和想象的方式，将水这一古老的意象和人自身的命运感觉、生活体验凝聚在了一起，或是借水抒发漂泊无依的孤寂感，或是用水歌颂真挚纯洁的爱情，或是拿水书写绵绵无尽的满腔愁怨，或是通过水生发出青春年华即将远逝的悲叹，或是把自己心中的理想人格寄托在水中。东莞水乡的自然景观，在陈残云的《香飘四季》里，正是借助丰富的书写生发出无穷的韵味，而这韵味正是东莞水乡诗意栖居的精髓所在：

墟市联结着村庄，一河两岸，静悠悠流水在中间流过。河中的艇子穿梭如织，河岸的行人熙来攘往，斜阳淡照，暖风轻拂，繁盛又幽雅的水乡画景，生动地铺在人们的眼前。

陈残云描摹的东莞水乡风光宜人，风格淡雅，有恬淡的情致，如画景一样徐徐展开。作者笔下的各种人物有血有肉，水乡景色美丽而醉人。《香飘四季》作品人物形象个性鲜明，艺术风格清朗自然，乡土气息浓郁。小说的地方色彩浓郁，除了借重于地方语言提炼外,还与体裁、表现手法相关。与别的长篇小说不同,这部作品写珠三角水乡一年四季的生活,又是很不寻常的一年,用的是记事的形式,但平淡中有味道,平淡中见色彩。作者有意穿插了不少地方特有的风物人情,作品从头到尾充满着欢乐的情调,从而使小说浸染上浓郁的水乡的色彩。打开小说,如同走进秀色满眸的南国天地,满地是蕉衫、果木,田野一片金黄,迎面扑来阵阵稻香,一派南国多姿多彩的秀美景色:

　　傍晚,小河环绕的东涌村,冒起了絮絮炊烟。

　　天空晴朗,淡黄色的夕阳照着田野,照着香蕉林,照着纵横交错的小河道,村外的小河静悠悠地流,流过一道小木桥,弯弯曲曲地向前流去。

　　夜,清凉如水,阵头雨下过了,地上洁净清爽,半空中浮游着一层雾气。月光从幻变多样的云彩中泻下,映照着小河的流水,薄雾一片,美妙迷离的景象。

　　秋天,天清气爽,暖风轻轻地吹,河水缓缓地流。载满香蕉的小船子在河中前行。河岸上,穿过了茂盛的蕉林,看见了蛇窝的平坦的稻野,呈现了一抹鹅黄。在阳光辉照中,谷浪闪闪烁烁,放出了悦人的金光,也散发出醉人的稻香。

《陈残云》雕像

小说浓郁的地方色彩和优美的文学语言,再现了水乡"美妙迷离的景象"。"载满香蕉的小船子在河中前行",这种描写,与蕉乡麻涌、中堂、沙田等东莞水乡的地理特征完全吻合。比如,麻涌镇因四周河道纵横,大大小小、密密麻麻,泛舟其中,如入网阵,岸边耕地,产麻为主,易名麻涌。麻涌民安物阜,是比较富有的"鱼米之乡"。"在阳光辉照中,谷浪闪闪烁烁,放出了悦人的金光,也散发出醉人的稻香"。让人想起麻涌的"南坦禾云"。南坦在麻涌南面,地接番禺,这里是一望无边的水稻,稻子成熟时节一片金黄与晚霞共成一色,登高一望,十分壮观,令人心旷神怡,流连忘返。陈残云小说反映的是陆路不便的时代,东莞水乡以水为生的生活方式,反映东莞水乡蕉林、水稻,与东江水系的河网等组成的自然景观。

如果江南水乡最有代表性的树木是柳树的话,那么,岭南水乡最具风情特色的要算木棉了。它不仅有红硕的花朵,更代表南国春的气息,甚至是精神的气度。这方面陈残云的《香飘四季》描摹得最为透彻:

  南方的腊月天气,太阳分外温柔,分外美丽。清晨,东涌村好像穿上一件多彩的新衣,金色的阳光,翠绿的蕉林,银光闪闪的河水,都是色彩鲜明,饶有生趣。

  耸立在河边的,一棵巨大刚劲的木棉树,挂满含苞欲放的花蕾;村子周围,沿着河

《香飘四季》组歌剧照

岸的，小园子里的，屋墙地上的，零星四散的荔枝树、龙眼树、番石榴树、芭蕉树、木瓜树，都将近开花了，仿佛使人闻到香喷喷的花果味，这预示着春天就要到来。而早开的桃花，却好像告诉人们，它已经呼吸着春气。

……

村前，那棵高耸的木棉树，正像万绿丛中一点红，开出了璀璨的朱砂一般的大红花。肥胖的斑鸠在高高的树丫上鸣叫，小巧的青丝雀在花间戏舞和歌唱。春水回环，春气弥漫，春树萌芽，春花怒放，鸟儿们都像很轻快地赞颂着迷人的春景。

前后共三年的水乡生活，浓郁的水乡风情，为陈残云的创作提供了充足的养料。小说《香飘四季》反映了解放后的珠三角水乡人民建设新乡村的急切愿望，展示了青年农民改造大自然的昂扬斗志，与自然千姿百媚的水乡景致相得益彰。陈残云在呈现岭南水乡自然美的同时，存在着的水乡的重要传统文化信息，一种精神财富同时也被创造出来了。这部与水乡景观、风物相得益彰的红色经典，不仅反映了地域风物的源流与变迁，同时，在不断地解读与阐释中将会获得更为强大的文化生命力。

划龙舟与醒狮舞是形象化展现水乡人的生命豪情的最好方式。莞邑水乡各支流处处飞舟、村村竞渡，成为跃动的文化符号，真正成为老百姓自己的狂欢。力量、意志、团结、拼搏，当然还有快乐与传统的维系。起龙船的虔诚、龙船饭的丰盛、龙船水的灵验，龙船飞舟寄托了一个个水乡部落的荣誉和光荣。这种场景《香飘四季》中也得到映现："大河上十多条龙船穿梭游弋，彩旗飘动，水花飞扬，震耳欲聋的鼓声，炮仗声，哗啦啦地呼叫着的人声，混成一股热热烈烈、闹闹洋洋的巨响。河岸上，人山人海，重重叠叠，男女老少，彼此挨挤，人人都眉飞色舞，喜气盈盈地张嘴嚷笑。"《香飘四季》堪称水乡美学品格的杰出代表，具有恒久的艺术魅力。

四、《香飘四季》的文化传承

在陈残云逝世之后，麻涌人民在镇文化广场立了一尊陈残云纪念雕像，供后人瞻仰。在此后相当长时间内，"香飘四季"成了水乡麻涌的代名词，提到麻涌，必然会联想到蕉林遍野、鱼米飘香的水乡美景。毫不夸张地说，"香飘四季"这个名字，已经和麻涌水乳交融、血脉相连。她对于麻涌的意义，就像是金色大厅对于维也纳、但丁对于佛罗伦萨，她作为麻涌的象征和文化符号，继承和发扬了麻涌内在的文化精髓，已经成为麻涌气质的一部分，不可或缺，亦不可复制。

2008年陈残云的小说《香飘四季》被创造性地改编成同名大型组歌，作品描绘了东莞麻涌的美丽风情，通过音、舞、诗、画等多种艺术形式，讴歌改革开放以来麻涌所展现出的"新香飘四季"的面貌，颂扬麻涌人不守一隅、敢于改革、不拘一格、勇于创新的精神。"水天一色，绿悠悠的蔗林，绿悠悠的蕉林，绿悠悠的世界……"这是大型组歌《香飘四季》的序曲，描绘的是已故著名作家陈残云小说《香飘四季》主要原创地麻涌的美丽风情。

《香飘四季》组歌是一台集美声、民族和通俗"三声部"的音乐、朗诵、舞蹈作品，《香飘四季》组歌共八个曲目，依次为序曲：《本色》；第一章：《香风乡情》《永远的故事》；第二章：《精灵宝地》《麻涌一家亲》；第三章：《明天不遥远》《幸福船歌》；尾声：《香飘四季》。著名歌唱家李素华、唐彪、廖百威、穆红、刘春红和著名歌手宋雪莱、常安、乔建军、绝妙男声等倾情演绎。同时还邀请了"梅花奖"得主王虹、孙金华为组歌进行配乐朗诵。2009年，大型组歌《香飘四季》荣获第八届广东省鲁迅文学艺术奖。

第九章

郭同江的连环画《渔女春秋》

郭同江(1925—2003),东莞麻涌人,从一个贫苦的农民靠勤奋自学而成为一名著名画家,成为优秀的中国共产党党员、全国文艺先进工作者、全国劳模,受到党和国家领导人的接见。1951年,郭同江在《华南文艺》发表第一部自编自绘短篇连环画《民兵李胜》,一直到1990年为止一共发表自编自绘短、中、长篇连环画250部左右。自己通过不断地学习,郭同江创作的连环画、国画艺术日臻成熟,并形成了自己独树一帜的艺术风格。对郭同江的努力及所取得的成绩,中国美协、广东美协等有关部门及领导给予了充分的肯定和表扬奖励,原中国美协副主席叶浅予、原中国连环画研究会负责人姜维朴、原广东美协主席黄新波、原广东美协副秘书长黄安仁、广东美术著名评论家周佐愚等为郭同江的作品写了大量评论文章,给予极高评价。郭同江在美术界担任了许多工作:在20世纪50年代,郭同江作为广东连环画的代

郭同江照片

《我的创作经验》,广东人民出版社,1959年版,封面印有"农民画家郭同江口述"　　《郭同江画选》,岭南美术出版社,1991年3月版,关山月题写书名

《渔女春秋》,人民美术出版社,2004年5月版

《我是怎样画画的》，人民美术出版社，1959年版

《渔女春秋》，人民美术出版社，1985年2月第2版

表人物，历任全国第二届美协理事、全国第一届连环画研究会理事、全国美协会员、广东省美协理事、广东省连环画研究分会常务理事、广东省文联委员、东莞市文联副主席、东莞市美协主席。此外，郭同江还被选为全国文代会二、三、四届代表和全国第二届艺术工作会议代表，并被评选为全国文艺先进工作者。在全国群英表彰大会上，郭同江被安排在人民大会堂的主席台上就座，并被安排参加毛泽东、周恩来、邓小平等国家领导的接见活动，刘少奇同志亲自颁奖，郭同江从刘少奇同志手里接过一支派克金笔。

20世纪五六十年代，是郭同江创作的高峰期。主要代表作有连环画《渔女春秋》。《渔女春秋》是一部百余幅的长篇连环画，表现了新旧社会翻天覆地的变化，情节曲折动人。渔家姑娘带好与农民张才相爱，但在地主恶霸的逼迫下，连夜离开家乡，乔装成男人，漂泊海上，过着流离困苦的生活。解放后，带好协助政府捉住了逃亡的恶霸地主，同时，她也与张才再次相遇结成幸福伴侣。带好夫妻这一段悲喜交加的故事，又一次说明是旧社会把人变成"鬼"，新社会把"鬼"变成人，使我们看到两个时代的巨大变化。郭同江用生动活泼的连环画和简洁明了的文字讲述了一个妇女解放、翻身做主人的故事。画家

《风雪大别山》，人民美术出版社，2011年1月版　　《金沙江畔》，人民美术出版社，2011年1月版

以线描手法刻画了女主人公坚强不屈的典型性格，给人以强烈的艺术感染力。连环画作为20世纪中国最重要且最具影响力的画种之一，成为几代人难忘的记忆。翻开郭同江几十年前的"小人书"，传神的人物形象、简洁的叙事语言、生动的故事情节一如从前那样有活力。

郭同江的祖辈是以打鱼为生，旧社会打鱼人是穷苦人中的最底层，过着漂浮不定的生活，受尽天灾和人祸（渔霸剥削，土匪打劫，甚至惨遭杀害）。为了避免不幸的灾难发生，从郭同江父亲这代人开始弃船上岸耕田，郭同江从小在这种环境中长大，不仅熟识珠三角的农村和渔民，还有着别人难以理解的深厚感情，他的作品描述的几乎全是珠三角的农村生活。其代表作《渔女春秋》就是一部讲述广东农村渔女解放前后生活的连环画。该部连环画于1963年由广东人民出版社出版发行，1964年被北京人民美术出版社选入"大众连环画库"再版（这是广东连环画中唯一一册入选"大众连环画库"的作品），以后又在1983年、1985年两次再版，2004年再被北京人民美术出版社列入《现代故事画库》再次再版，从初版到再版，该部连环画的总发行量至今累计超过300万册。该部连环画还获得广东省连环画评奖一等奖，以及2004年入选《全国连环画精品收藏鉴赏》一书。

《现代故事画库（七）》，人民美术出版社2009年1月版，共八册，包括《洪湖赤卫队》《江姐》《从火里炼出来的人》《渔岛之子》《我要读书》《草原的人们》《活着的向秀丽——王自容》《渔女春秋》。

《精品连环画：革命斗争故事2》，人民美术出版社2011年1月版，套装共三册，收录

《金沙江畔》《渔女春秋》《风雪大别山》三个故事。《金沙江畔》描绘了红军渡过金沙江,通过藏民区时的一段艰苦卓绝的斗争历程。《渔女春秋》讲述渔家姑娘带好与农民张才相爱,但是恶霸地主却从中作梗,使出毒辣手段,生生拆散这段婚姻。带好迫不得已,连夜离开家乡。这个弱女子无法谋生,只得乔装成男人,漂泊海上,过着流离困苦的生活。《风雪大别山》讲述1927年秋,在安徽大别山区,诞生了中国工农红军,各地掀起了风起云涌的武装暴动。农民林天祥因不堪杨家寨恶霸地主的逼迫,毅然走上革命道路。与《金沙江畔》《风雪大别山》一起收入《精品连环画:革命斗争故事 》,再次证明了《渔女春秋》的红色经典地位。

凭借第一线的农村生活经验,郭同江自编自画的连环画生动、逼真,带着浓浓的广东味儿,俨然一幅广东乡村风情画卷。很多看过郭同江画作的人都能从中找寻到过往质朴生活的温暖记忆。1982年第三辑《连环画论丛》发表了周佐愚写的《论农民出身的连环画家郭同江》一文,比较系统地介绍了郭同江从农民走向画家的成长历程,总结了这位未受过专门学校培养的"泥腿子"画家自学成才的经验,并深入浅出地分析了郭同江作品源于生活高于生活的特点。文章强调指出:在旧社会郭同江是忍饥受饿的贫苦农民,只上了几年

《备战备荒为人民》,1968年

《绣红旗》，1958年　　　　　　　　　　　《中秋月》，1983年

小学，因为喜爱绘画，只能自己摸索着画。家乡解放后，郭同江从政治上和经济上得到了改善，兴奋得常常利用晚上画一些自己受到感动的好人好事，走上了自学成才的道路。由于白天他大都在水田里劳动，没法把感受到的素材画下来，只好默记在心头，晚上回家再默写在纸上。这种默记、默写法，经周佐愚同志系统介绍后，颇受到美术界的重视，特别是工农兵美术爱好者从中得到极大的启发和鼓舞。又由于郭同江生活在群众当中，对群众在劳动和生活中发生的新鲜事物，感觉极为敏锐，常常从表面现象看到深刻的典型意义，所以在他头脑中又装满了种种创作素材，从而能够一面编写，一面绘出形象，成为文图密切结合的连环画。在我们的连环画界，长期以来缺少自编自画的高手，而郭同江这位农民画家，却以自己的实践，为我们提供了宝贵的范例。

除了连环画单行本《渔女春秋》，郭同江最有影响力的作品还有画作《开工之前》《喜雨》等。郭同江画中的人物从造型、表情到动作，生动逼真，今天看来，依然细致动人，我们可从这些画作中唤起久违的记忆。

第十章

谭日超的《大沙田放歌》

谭日超是三位作者的共用笔名,包括谭学良(1940—1985)、陈日生(1939—)、陈启超(1938—),三人都是台山县人,因爱好文学而形影不离,在他们的姓名中各取一字,以"谭日超"为笔名,1957年在《边疆青年报》发表第一首诗《红旗》。他们为苏

广东人民出版社 2001 年 6 月版

《大沙田放歌》插画作者杨家聪,曾任广州市美术家协会主席

联的库克磊·尼克塞三位漫画家真诚合作对祖国和革命做出贡献的事迹所感动，决心要成为中国的库克磊·尼克塞，用笔为祖国和无产阶级革命事业歌唱。三人中的核心人物谭学良系中共党员，1959年毕业于新会学校，历任东莞农业局干部、中共东莞县委干部、全国青年文学创作积极分子第一次代表大会代表、广东省文学院副主任、深圳市文联副主席、深圳市作家协会会长，广东省作家协会文学院专业作家。谭学良在东莞工作近二十年，其间创作的《大沙田放歌》，产生过广泛影响。岑桑在为《谭日超文集》作序时说："初识学良时，他已与陈日生、陈启超两位诗友合用'谭日超'的笔名在报刊上发表诗歌。他是主心骨，是挑大梁的。《大沙田放歌》《大山行吟》《中国人的肩膀》等诗篇的发表，使'谭日超'声誉鹊起。经过一段合作时日之后，三位诗友由于工作关系各奔前程，不在一起切磋了。但学良并不因此而自立门户，继续以'谭日超'的笔名发表作品，因此广大读者是不知谭学良而只知'谭日超'的。'谭日超'在广东诗歌界影响深远。《大沙田放歌》《大山行吟》《中国人的肩膀》等名篇曾经脍炙人口，传诵一时。"陈残云在给谭日超诗集《望香港》写序时也说："我认识谭学良（他与陈日生、陈启超合用'谭日超'的笔名写诗，他是主要作者），是在六十年代初，那时他还是一位小青年。"从实际写作情况来看，谭日超可以看作谭学良一个人的笔名。

　　《谭日超文集》收入了《大沙田放歌》，现在一些诗人认为，这首诗写于20世纪70年代，其实是不准确的。《大沙田放歌》最早刊发于1962年出版的《作品》新1卷第12期，全诗如下：

没有绿柳，没有青山，
出门一望碧海连苍天！
两百户人家，
五万亩水田。

地是乞丐地，
天是老爷天！
腊月里黄尘迷眼，
三月里雨巷划船。

没花开，没鸟喧，
逢人一张憔悴脸；
哪里有半点好颜色，
可以蘸进诗人的笔尖？

那情景我不敢回忆，
杜鹃啼血，凄雨如烟；
迟春在荒草里窒息，
坟冢累累，寒鸦盘旋……

今日，看云霞灿灿，
我高临珠江岸，
金风携着稻香飞来，
心灵呀也张开了花瓣！

我纵览历史的长河，
一个波浪翻一页诗篇；
沙田人的血泪史，
歌声起处是终点。

现在是稻熟时节，十月，
啊，金黄的谷海望不到边！
我伸出手去拥抱大地，
胸中翻滚着万语千言。

千言万语啊从何说？
谷海汤汤耀眼眩。
愿自己变成一把镰刀，
去追赶那谷穗串串！

听哟，风摇稻丛沙沙响，
像多少铜锣狮鼓竹管银弦。
我的整个身心，
全都融在秋声里边。

啊，望如网的河汊，
飞舟疾驶如箭；
请问谁是弓弩手，
把朵朵红云射落江面？

贴着水波的几群鸥鸟，
斜去侧回长留恋；
看这些大海的歌者哟，
竟也知好景独在这边！

啊，从哪一瞬间开始，
大沙田故乡你换了图案？
从哪一瞬间开始，
珠江水照出了时代的容颜？

一个个水库嵌在云里，
一条条运河射向天边；
不毛之地啊堆金积玉，
那是从什么时候出现？

变压器在青空里高鸣，
远方飞来了束束电线；
铁牛在耕田里，汽轮拖着轻烟，
那又是从什么时候出现？

啊，奋发的春风哟春雨哟，
永难忘怀的1958年！
你是英雄勋业的丰碑，
在幸福的大路上金光闪闪！

你是一支壮歌，
雄浑，激越，庄严；
摇醒了三山五岳，
如今歌声还回荡在苍天。

你是一把烈火，
赶走了旧时代残留的黑斑；
照亮了人间大地，
如今还闪耀在眼前。

你是一匹骏马，
急雨般撒着蹄点；使得旧世界为之震惊，
革命人民却为它狂欢！

在那意气风发的年月，
沙田人啊跟一穷二白作战！
汗水，肥沃了土地，
巧手，打扮着田园。

沙田人的手，
是童话里的赶山鞭，
指山山生花，
指水水如练。

春天啊,蛙鼓如沸,
大地啊,牛鸣人喊;
猎猎红旗迎风招展,
沙田人啊用战斗写下誓言:

"困难不可怕,
人穷志更坚!
描最新最美的图画,
沙田人挥洒热汗把锦绣添!"

银锄起,银锄落,
铁臂摇,珠江喊;锹子掘得运河深,
大石垒得水坝坚。

海啸隆隆好助威,
春雷滚滚过平原;
男人的脚步响得紧,
女人的山歌传得远。

东风得意马蹄疾,
鼓足干劲能移山;
牛不足,手拉木犁翻田地,
粪不足,天涯打桨找肥源。

小学生卷袖捉螟虫,
老书记赶牛扬长鞭,
铁匠红炉修犁耙,
货郎上田卖糕点。

凌晨篝火,薄雾炊烟;

春水拍岸，细雨绵绵；
青笠帽——叶叶荷莲，
红头巾——只只彩燕……

我们一束束插秧苗，
我们耕耘着大沙田；
抽一口风呀唱一支歌，
幸福的苗苗长心间。

沙田啊，亲爱的土地，
你多广袤，你多丰满！
二月洒你千担辛勤汗，
秋来还我万架珍珠山！

如今，丰年到来了，
沙田人哪个不狂欢？
哦，秋野茫茫金一片，
红日初出，景象这般庄严！

毛主席啊毛主席！
你登上天安门城楼，远瞩高瞻，
一定也赞美我们的家乡，
劳棒子，装点了崭新河山！

大沙田的儿女，
多么勤劳勇敢；
昨日赤手缚苍龙，
今朝精心绣锦缎。

啊，美好的一切绝非梦幻，

它全在我们手中实现。
祝福你,跃进的祖国!
祝福你,公社的春天!

关于你的丰功伟绩,
能把多少页面填满!
万代儿孙将在月光下,
对你做最亲切的怀念!

故乡啊,辽阔大沙田,
英雄的土地,秀丽的田园,
你的今日,何等壮观,
你的远景,何等灿烂!

未来的人间天堂,
就筑在这稻海上面,
伸手摸得着,
睁眼看得见……

啊,我感到无限骄傲,
因为目睹了一场巨变;为共产主义大厦担砖运瓦时,
我也曾洒下热汗几点。

朋友啊,这就是为什么,
当我站在珠江岸边,
眺望着连天秋色,
心中总翻滚着万语千言。

我要歌唱丰饶壮丽的大沙田,
只恨没有雷的旋律电的语言;

>但大沙田本身就是一支歌呀,
>
>震惊大地,响彻云天!

关于《大沙田放歌》的最早一篇评论,可能是楼栖的《新颖的意境、时代的激情——谭日超的〈大山行吟〉和〈大沙田放歌〉》,刊于《作品》1963年第十一期,这篇评论写于1963年9月3日。楼栖(1912—1997)是广东梅县人,抗战时曾参加中华全国文艺界抗敌协会香港分会、桂林分会。中华人民共和国成立后曾任中山大学教授、中山大学中文系副主任、广东省文学艺术界联合会委员、中国作家协会广东分会副主席等职。楼栖在《新颖的意境、时代的激情——谭日超的〈大山行吟〉和〈大沙田放歌〉》中写道:"近几年来,新诗歌队伍涌现出不少新人。广州报刊上,比较引人注目的新人中有谭日超同志。他发表的诗篇不算多,听说他是一位农业技术工作者,是生活在农村里的一位年轻人。引起大家注意的是《作品》上发表的《大山行吟》(《作品》新一卷第八期)和《大沙田放歌》(《作品》新一卷第十二期)。这两篇诗显示出他的思想艺术特点。此外,在《羊城晚报》和《南方日报》的副刊上,他还发表过一些抒情诗,其中几篇我没有机会看到,不打算全面论述。这里谈的只限于《作品》上的那两篇。一个新人的诗篇能引人注目,总是由于它具有吸引人的一些魅力。《大山行吟》的发表,给人以较为强烈的感受:生活味浓,激情充沛,构思新颖,手法简练。《大沙田放歌》发表后,读者有理由认为,那是前者的姊妹篇。取材相似,风格相同,看来作者有意探索自己的创作风格。这两篇诗有一个共同特点:从历史的纵断面概括现实面貌的发展变化,以大跃进的豪迈图景,对比旧社会的苦难年月。激情跳跃,色彩强烈,是风景的抒情,是现实的描绘。"

任何文学作品都是时代的产物,也是对时代的反映。从旧社会的苦难中走来,如今亲眼看到祖国和家乡的巨变,诗人的胸中怎能不"翻滚着万语千言"?没有对新社会新生活至真至诚的热爱,作者是不可能写出这样饱含着浓烈感情的诗句的。《大沙田放歌》的开头,这"两百户人家,五万亩水田"的土地,原来是"没有绿柳,没有青山","地是乞丐地,天是老爷天!腊月里黄尘迷眼,三月里雨巷划船。""乞丐地""老爷天",一般人也许不会做这样的联想,但它的形象却是鲜明而又独特的。谭日超从"历史的长河"中找到苦难的特征,涂抹凄清的色彩,提炼旧诗的意境,流露哀伤的情调:"那情景我不敢回忆:杜鹃啼血,凄雨如烟;迟春在荒草里窒息,坟冢累累,寒鸦盘旋……"下面两行的概括是相当动人的："沙田人的血泪史，歌声起处是终点。"不仅新颖、别致，而且含蓄、深远。它包含着丰富的内容，深厚的思想。作者的想象是丰富的、独特的。我们知道在"大跃进"年代曾"生产"过大量的政治抒情诗，这些诗的一个共同特点就是图解政治口号，空洞无物，徒有豪情壮语，缺乏真实感情。如果我们客观地将《大沙田放歌》与同时代的其他诗作进行对比，并放在当时的政治社会背景下来做评价，我们就会发现它实在算得上是那个年代里不可多得的一首好诗。

在情景交融、抒情与叙事相结合方面，与同时代的其他诗歌作品相比，《大沙田放歌》也是做得非常成功的。他的感情是真挚的、深沉的，也是纯洁的。他没有矫情，没有特意为响应某一个号召或迎合某项政治运动而写，即便有的诗歌正好与当时的某一政策或运动合上了拍，那也只不过是一种巧合，或有感而发，而绝非政治上的投机或人云亦云。这种以真情实感为出发点的写作态度从他诗歌作品那清新的诗意、朴素的遣词和真实可感的描写中都不难读出。陈残云说谭日超"诗如其人"，"他的诗，总是写得十分质朴热情、深沉，是内心感情的真挚的流露和抒发，不带任何矫饰。他六十年代初期第一首引人注目的《大沙田放歌》，就是一首热烈深沉、浑厚壮美的佳作。以后，他写过许多歌颂党、赞美人民、赞美土地的诗篇，他把自己看作党的儿子、人民的儿子、土地的儿子。他是以赤子的真诚去拥抱自己的母亲，呼唤自己的母亲的。因此，他的许多诗篇十分动人。真挚热情，想象丰富，是诗人的气质，也是他的诗的一大特色吧。"

谭日超所提炼的意境往往使人感到深邃广阔，作者这样描绘十月时节的大沙田："黄金的稻海望不到边……""千言万语啊从何说？谷海汤汤耀眼眩。愿自己变成一把镰刀，去追赶那谷穗串串！"诗人对大沙田这片土地爱得如此深厚，如此动人。作者描绘大沙田的图案，色彩斑斓光彩照人。听他描绘的一片秋声："听哟，风摇稻丛沙沙响，像多少铜锣鼙鼓竹管银弦……"看他描绘的河汊图案："啊，望如网的河汊，飞舟疾驶如箭；请问谁是弓弩手，把朵朵红云射落江面？""一个个水库嵌在云里，一条条运河射向天边……""变压器在青空里高鸣，远方飞来了万束电线……"谭日超善于对幽静的景物给予生动的描绘。

1976年，广东人民出版社出版了谭日超的同名诗集《大沙田放歌》，这可能是一些人误以为抒情诗《大沙田放歌》写70年代的一个原因。诗集《大沙田放歌》是"南国诗丛"之一，这套"南国诗丛"，是广东人民出版社推出的诗歌创作丛书，共有七本诗集：柯原的《浪花岛》、谭日超的《大沙田放歌》、瞿琮的《霹雳颂》《红缨似火》、韦丘的《瀑声》、郑南的《锤之歌》，以及章明、瞿琮、郭兆甄合写的歌词一百首《节日的祖国》。诗集《大沙田放歌》收入谭日超诗歌50多首，自然也收入了《大沙田放歌》这首诗，并以这首诗的名字冠名诗集。

党的十一届三中全会以后，谭日超到深圳特区深入生活，是第一个以诗来传递特区信息的诗人。他在1979年写的长篇抒情诗《望香港》，可说是有战略眼光的大胆之作，他向当时对香港抱着陈腐偏见的极"左"思潮提出了挑战，对香港做了客观的描写。诗发表后受到广泛关注。1986年2月，花城出版社出版了谭日超的诗集《望香港》，陈残云在序中给予了高度评价："诗人的笔触还涉足特区海关市场、旅游中心、特区建设者、特区风貌各个方面的生活。这些诗，除了保持深沉、热情、想象力丰富的特色以外，还表现了他对新事物的敏感，对旧思想、旧观念的愤嫉。这说明，谭学良是紧紧地跟着时代前进的。"

诗人是人类精神家园的守望者。为纪念诗人谭日超和他的名篇《大沙田放歌》，广东省作协、东莞市文联、东莞市沙田镇人民政府于2010年联合主办了广东省"大沙田诗歌奖"。清代以前，沙田镇这里还是一片汪洋大海，只有蛇仔山（阁西山）屹立于大海中。清雍正《周志》记载蛇仔山"在城西（即莞城西）四十五里的大海中"。清嘉庆《彭县志》记载"斜海中屹若长城"。随着时光流逝，江河的冲积，至清初才开始出现白坦。至两百多年前，广州府中堂司（麻涌人）在立沙洲筑围造田。1961年6月21日成立沙田人民公社，管辖沙田片、新沙片、大洲片和立沙片等。谭日超的《大沙田放歌》正是写于此时。沙田镇有28千米长的海岸线，6000余亩的淡水湖等水资源，蕴含了丰富的疍家文化。这些在谭日超的诗歌里得到了集中书写。

第十一章

咏慷的红色题材创作

咏慷,本名陈永康,军旅作家,东莞麻涌人,曾就读于北京八一小学、北京四中,1965年在北京师大附中读高中时加入中国共产党,1966年起在全国性报刊发表作品。1968年入伍,历任战士、台长、指导员、教导员、北京空军机关干事、政治处主任、总后勤部机关刊总编室主任,专业作家,先后毕业于空军学院政治系、北京师范大学中文系、鲁迅文学院,现为国家一级作家,系中国作协会员、中国散文学会理事、中国报告文学学会理事、中华诗词学会理事。著有长篇小说《青春殇》《东江剑魂》《南泥湾》,电视连续剧《南泥湾》,长篇散文《红色季风》,长篇叙事诗《二月兰——荣臻小学的故事》,报告文学《抗SARS风暴》《发兵治水》《一个院士的成功之路——著名动物病毒学家、分子生物学家殷震的一生》《跨越苍茫》《执著人生》《西部

咏慷照片

陈一虹和夫人杜九梅在解放战争时期,前为幼年咏慷

通道》《中华人民共和国大阅兵》《闪电之盾》《敬礼!审计官》《黄埔女杰——徐向前夫人黄杰》《疆场弯弓月》《命脉之光》《一江山登陆大血战》《这里走向世界》《扼住瘟疫的咽喉——军事兽医研究所"人兽共患病专业防疫队"抗震救灾纪实》《拯救肝脏》《穿越"死亡之海"》《中国殡葬报告》《英雄情结——部队心理咨询师是这样炼成的》等,诗集《但我还要思索》《心中的芳草地》《上水船》《两代人诗词集》《两代人诗词选》等,散文集《红色传奇——我所知晓的开国英杰》《走尽天涯路》等。曾获"国家图书奖"国家"五个一"工程奖、"中国报告文学大奖""串国人口文化奖""冰心散

奖""中国人民解放军图书奖""中国人民解放军文艺新作品奖""总后勤部军事文学奖"等。

长篇小说《青春殇》，带有自传色彩，是少年咏慷的精神胎记，在叙述和人物塑造上，都激情洋溢，有着作者自己的影子。因带有较强的写实性，咏慷的传奇人生便赋予小说强烈的"奇书"色彩。咏慷说："不粉饰，不自怜，更不自贱，只想真实、客观地展现我们这一代人的独特经历。"正因这种独特，咏慷从20世纪70年代就开始酝酿这部作品。他在小说末尾也标明曾三易其稿，分别是在20世纪的70年代、80年代和90年代，历经了二三十年。1965年刚满18岁的咏慷成为中学生中为数不多的共产党员。这一年的12月9日，他又作为北京中学生里4名"三好学生"的代表之一，在人民大会堂受到彭真、胡耀邦、万里、蒋南翔、荣高棠等领导同志的接见。1966年上半年，咏慷由教育部和外交部确定派往国外。如果不是随之而来的那场"革命"风暴，那么我们今天所看到的很可能是一名叱咤风云的外交官。那场如狂飙一般席卷而来的"革命"，不但改变了咏慷的人生轨迹，也使他性格中原本就有的冷峻、爱思考的个性得以发展。这一切正是他以后写作《青春殇》的重要契机。1967年春天军训团进校，吸收咏慷担任了军训团副团长。1968年2月，咏慷积极应征入伍，成为一名光荣的解放军战士。那是一个崇尚英雄模范的年代。入伍一年后，咏慷被评为部队的"五好战士"标兵，并在军中的"三代会"上，和一位老红军、一位老八路一起，被树为老、中、青三个学习毛泽东思想的先进典型。《青春殇》的封面上那红、黑两种主要的色调就是咏慷和他那一代人青春与心境的写照。作为共和国历史上极为特殊的一代人，他们曾经有过火一样的激情、火一样的迷醉，这种火一样的激情与迷醉一旦卷入那场横扫一切的红色风暴中，后果可想而知。故而在本该收获的季节，他们得到的却是如黑夜一般漫长的黑暗与沉重。咏慷所写的是对失去了的青春的挽歌，也是几十年人生经历所凝聚的历史的思索。但《青春殇》既不是对特殊年代的简单暴露，而是在揭露假恶丑的同时，对真善美进行了歌咏。小说可贵地塑造了柳亮石等青年学生中正面人物的形象。作者把对真善美的向往与追求，寄托在柳亮石等人物的身上。因而柳亮石等人物身上体现出的真善美，闪耀着人性的光芒，奠定了小说的主旋律基调。

《抗SARS风暴——全军抗"非典"战役纪实》，记录了广大白衣战士与"疫魔"的对抗、探索和斗争，一幕幕动人场景、一个个感人故事，让我们得以触摸人民子弟兵的崇高心灵，感受到华夏儿女愈挫愈坚、百折不挠的民族精神。这是一部饱含炽热深情的长篇

《抗SARS风暴——全军抗"非典"战役纪实》，解放军文艺出版社，2004年1月

报告文学作品，作者用铿锵有力的笔触，彰显了那种超越生命本身意义的永恒之美。全书由"南国，疫情遭遇""北京，坚决阻击""小汤山歼灭战"三个章节组成，勾勒出全军数千名医务工作者投入战斗，最终赢得胜利。黄文杰、侯金林、李海兰、江建荣、姜素椿等，这些抗击"非典"的英雄人物用忠诚和科学谱写了一曲可歌可泣的赞歌。这部长篇报告文学以满腔炽热的激情，风格凝重大气，笔触生动有力，这是目前唯一一部全景式描述人民子弟兵在2003年春季开始的那场抗击SARS战争中的动人故事的报告文学。其中既有广东地区广大白衣战士与疫魔遭遇、临危不乱对疫魔进行抗击、探索、战斗的场景，又有北京及其周边地区广大军民对SARS疫魔快速反应和坚决阻击、广大科研人员背负人民厚望加紧研制抗SARS药物的脚步，还有全军数千名医务人员义无反顾地进军北京小汤山医院，以及援助通州和天津等地对SARS疫魔勇敢围歼的画面，更有黄文杰、侯金林、丁彦表、江建荣、姜素椿、李淑君等各方面的新老英模在各自岗位上无私奉献的诗行。

《两代人诗词选》，解放军文艺出版社，2007年8月

《两代人诗词选》，咏慷与父亲陈一虹的诗词合集，解放军文艺出版社2007年8月版。书中的部分作品1998年11月曾由作家出版社以《两代人诗词集》之名面世过，在社会上产生较好的影响。此次重新编辑出版的《两代人诗词选》，经作者进一步修改、润色，并增补进部分新作。内容提要云："这是一部当今社会少有的父子两代人的诗词集。书中前篇和后篇收录的几百首传统诗词，不仅题材广泛，有较强的思想性，而且格律严谨，文字凝练，意蕴深远，耐人寻味，既体现出中华民族传统文化的可贵传承，也体现出中国革命传统的可贵传承，是一部值得阅读、交流与收藏的好作品。"

咏慷的父亲陈一虹，1921年生，广东东莞麻涌乡人。1938年离家奔赴延安，就读于陕北公学，同年加入中国共产党。抗日战争期间，历任陕北公学政治助理员、华北联合大学社科院组织部长、晋察冀边区政府党总支组织委员、平西地委巡视员等职。中华人民共和国成立后，长期在中央军委办公厅工作，后任中国人民解放军档案馆馆长。《两代人诗词集》中，人们可以依稀看到陈一虹经历过的那段激情燃烧的岁月。他长期在彭德怀、贺龙、罗荣桓、聂荣臻、叶剑英等元帅和粟裕、黄克诚、罗瑞卿等大将身边负责军委办公会

《一江山登陆大血战》，黄河出版社，2008年1月

议的文件处理和会务等工作，受老一辈无产阶级革命家耳濡目染，也养成诗词创作的爱好。《两代人诗词选》中收录的几百首传统诗词，不仅题材广泛，有很强的思想性，而且格律严谨，文字凝练，意蕴深远，耐人寻味，既体现出中华民族传统文化的可贵传承，也体现出中国革命传统的可贵传承，堪称一部值得阅读、交流与收藏的好作品。解放军总政治部原副主任史进前将军写了序言。

百花洲文艺出版社2000年4月版的《红色季风：一个红卫兵领袖的传奇经历（1966—1976）》是"红色解密丛书"之"红色季风"的分册，作品通过对"文化大革命"这场"红色季风"中传奇经历的回忆，反映了校园生活与社会生活中极其独特的一幕，使人们读过之后，能产生与我们共和国历程相对应的人生沧桑之感。作品的风格凝重、大气，既质朴，又不乏文采。

《一江山登陆大血战》，黄河出版社2008年1月版。书中描写蒋介石败退，一江山、大陈岛成为其据守浙江沿海的最后一道屏障；华东军区参谋长张爱萍挂帅亲征，人民解放军三军以雷霆万钧之势直扑一江山，经十余小时激战，红旗在一江山岛主峰猎猎飘扬。自此国民党军自东海沿海全线败退。本书再次展现人民解放军历史上首次陆、海、空三军

《新中国13次三军大阅兵》，黄河出版社，2007年12月

联合渡海登陆作战的序幕。1955年1月18日早8时，"浙东前指"发出了第一道作战命令："命令航空兵对南北一江山实施火力准备！"命令下达后，"隆隆"的马达声响彻海空，人民解放军空军3个轰炸机大队和2个强击机大队，在歼击机的掩护下，成"品"字形机群，威武雄壮地飞抵一江山岛上空，拉开了人民解放军历史上首次陆、海、空三军联合渡海登陆作战的序幕……

《新中国13次三军大阅兵》，黄河出版社2007年12月版。共和国的历史告诉人们，在中国共产党领导下的人民解放军阅兵与历代军队不同，它与人民群众血肉相连，崇尚质朴，崇尚实际。即使是阅兵，也充分体现着人民群众的心愿和意志。阅兵既是武装力量的展示，也是国威、军威的显示，更是综合国力的展示。一个国家的强弱，在阅兵场上可以一览无余。阅兵也可以通过强大的实力、高昂的精神风貌来激发民族的自豪感和自信心，从而达到凝聚军心、民心的作用，成为推动军队和国家全面建设的重要动力。回顾每一次大阅兵，我们就像在聆听一支雄浑壮阔的交响乐，就像在品尝一盅悠远醇厚的佳酿，就像在吟诵一部意味隽永的史诗！孙毅中将作序：

咏慷同志应当说是我"忘年交"的老朋友了。早在十几年以前，我就为他的第一本书——长篇叙事诗《二月兰——荣臻小学的故事》撰写过序言《扎根沃土，为人民、为社会主义歌唱》，并在我寓所的客厅内召开过一次别开生面的作品研讨会，当时曾在文学界和青少年教育界传为佳话。

如今，十多年光阴瞬息而过，我已经是百岁高龄的皓首老人，咏慷同志也由青年作家成为中年作家。十多年间，我们时有来往，他的一些颇有社会影响的作品，如长篇小说《青春殇》、长篇散文《红色季风》和长篇著名动物病毒学家、分子生物学家殷震的一生报告文学《跨越苍茫》《执著人生》《命脉之光》《西部通道》《一个院士的成功之路——著名动物病毒学家分子生物学家殷震的一生》等，我都高兴地关注、翻阅过。我为咏慷的勤奋与成果而由衷喜悦。

最近，我又高兴地读到咏慷的长篇报告文学《中华人民共和国十三次三军大阅兵》。这部弘扬社会主义主旋律的作品以饱满的激情、丰富翔实的内容、凝重大气的风格、思辨的色彩、诗化的语言，再现了中华人民共和国成立以来历次大阅兵的雄姿。其中既有开国大典阅兵、国庆5周年阅兵、国庆10周年阅兵、国庆35周年阅兵、国庆50周年阅兵及天安门前其他几次国庆阅兵的壮观情景，也有在边塞、在海疆、在蓝天等一些特定环境下进行阅兵的动人情景。既有毛泽东、周恩来、邓小平等中央领导检阅部队的情景，也有我军唯一的队列教授孙国桢等受阅官兵的动人故事，文间辅以多幅珍贵历史照片，令人读过之后，不仅能受到强烈的爱国主义和革命英雄主义的感染，而且能够比较全面地了解我军中华人民共和国成立后曲折前进的历史，能够引发出对如何进行我军社会主义现代化建设的深沉思索。因此可以说，广大读者在阅读这部作品时，是随着作者的笔触，对我军中华人民共和国成立半世纪来的辉煌历程，进行了一次动人心魄的"大阅兵"。

几十年来，我在部队、机关、院校长期负责军事训练工作，深知军队是国家力量的象征，阅兵是国魂军魂、国威军威的高度体现，也是力量的集中体现。因此，可以说天安门前的每一次阅兵，都既是共和国以往历程的延续，更是共和国未来征途的开始。

我们已经同难忘的20世纪告别，进入充满希望的21世纪。作为一名戎马一生的老红军战士，我为能够同广大中青年同志一道进入新的世纪而感到自豪，同时也衷心祝愿包括咏慷在内的中青年同志，在新的世纪取得更大的成绩，衷心祝愿祖国在党中央的领导下，沿着中国特色社会主义道路不断阔步前进！

军队是国家力量的象征。阅兵是国魂军魂、国威军威的高度体现，也是力量的集中体现。

《共和国14次大阅兵》，中国华侨出版社，2009年10月

历史上大凡掌握着军队的将领，无不喜欢将阅兵当作有效的治军之道。我国早在春秋时期就有"观兵以威诸侯"的记载。古埃及、波斯、罗马等国在公元前已有阅兵的活动。将士每逢出征前或凯旋后，都要举行盛大的阅兵式，母亲要把象征荣誉和勇敢精神的盾牌亲自交给儿子。如果打赢了，就以带回盾牌为标志；如果阵亡了，就用盾牌抬回尸体。

可以想象，我们身披铠甲的勇武前辈们，在黄河流域的某处练兵场大阅兵时，雁阵高唱，鼙鼓震天，排箫低吟，暴烈的战马扬蹄泼鬃、仰天嘶鸣，木制的战车轮子滚滚驰奔，扬起一路狂劲的风尘，遮蔽住手植的杨柳，野生的菊花……这该是怎样一种惊心动魄的悲壮和力量啊。

开一代帝业的秦始皇，甚至在陵墓中还要用兵马俑列成浩浩荡荡的阵容，以求自己在百年之后依然能永远留下阅兵的威风。

南宋爱国词人辛弃疾《破阵子》词曰："醉里挑灯看剑，梦回吹角连营。八百里分麾下炙，五十弦翻塞外声，沙场秋点兵。"

《共和国14次大阅兵》，中国华侨出版社2009年10月出版。咏慷经过多年的追踪采

《红色传奇——我所知晓的开国英杰》，中国文史出版社，2009年9月

访，记录下了中华人民共和国14次大阅兵的宏伟场面，辅以著名的军中红色摄影师孟昭瑞先生和其他新闻摄影师拍摄的历年阅兵的珍贵照片，使我们不仅能领略到作家笔下那些不为人知的历史史实，更从摄影家的眼中看到生动的历史瞬间。咏慷说：

> 当电视转播完中华人民共和国第14次阅兵式后，我激动的心情无法平静——中华人民共和国走过了六十年的艰苦岁月，迎来了今天的国泰民安；人生六十一甲子，共和国的六十年历程是值得回顾的。几年前，我就写下了《中华人民共和国三军大阅兵》一书，当时，孙毅老将军为我的书写了序，今天我又把这第14次大阅兵写进历史，重读孙毅将军的序，别有一番感受。为了共和国的今天，老将军倾尽一生的精力，而共和国今天的辉煌，他却没有看到，为了告慰老将军和那些为中华人民共和国做出贡献的先人，我还是将孙毅将军的遗作作为序！

《红色传奇——我所知晓的开国英杰》，中国文史出版社2009年9月版。真实记录三十位开国元勋鲜为人知的传奇往事、舐犊情深的亲情家事、激情燃烧的烽烟岁月。本书从大处着眼、小处落笔，生动地描摹出开创中华人民共和国成立大业的一代英杰鲜为人知

《发兵治水》，解放军出版社，2002年11月

的传奇故事。有作者亲历，有本人或亲属口述；有激情燃烧的烽烟岁月，有舐犊情深的亲情家事，无不扣人心弦，引人深思。《红色传奇——我所知晓的开国英杰》中的素材，更多仰赖于他的军人子弟身份。从书中不难看出，他和《红色传奇——我所知晓的开国英杰》主人公们或是机缘巧合而结识，或是因和他们的子女熟稔而登门拜见。本书的文章，也大多从相识过程写起，而这相识发生的背景，大抵离不开"文革"时代，但咏慷并没有把笔触停留于此，而是沿着主人公的身世追溯而上，对主人公的人生道路、历史业绩乃至家庭生活，展开生动有趣的介绍。明眼人不难看出，这些主人公的行状，仅仅靠作家一两次的拜访或东鳞西爪地听些"耳食之言"是不可能写得准确生动的。咏慷在深入采访和案头作业上，一定下了大功夫。其中最为可贵的，是他的作品中充满了对独特的、新鲜的、有趣的细节的发现。比如他写陈锡联在淮海战役中指挥宿县之战，为了尽可能靠前指挥，在敌方一架废弃的坦克下面挖洞，作为自己的指挥所；写我军在群众的支援下，粮丰草足，而敌人却饥肠辘辘。吃饭时，我方战士以刺刀挑起包子喊话，敌人士兵竟跑将过来，吃了包子坚留不走……如此真实生动的细节，绝不是可以凭空杜撰的。

《发兵治水》，解放军出版社2002年11月版。这是一部报告文学作品，对我们了解水电部队的业绩，了解水电官兵的奋斗精神，是一个非常好的文本，是一首动人心魄的战

《东江剑魂》，解放军文艺出版社，2014年1月

歌。它以生动的笔触和充沛的激情，全景式地展现了我国水电部队诞生、发展与壮大的历程，描绘了水电部队官兵几十年来投身国家水电建设事业，参与西部开发，奋战于三峡世纪工程的卓功殊勋，同时也折射出中华人民共和国水电事业的发展历程与辉煌成就。作品视野开阔，生活内蕴丰实，着力刻画了一批艰苦奋斗、无私奉献、勇攀科技高峰的人民子弟兵的鲜活形象。长篇报告文学《发兵治水》，表明咏慷走进了一个全新的生活领域，这就是武警水电部队。咏慷描写了这支特殊部队在为国家的水电建设事业与国防事业挥洒热血和汗水的过程中鲜为人知的事迹，这部作品体现出咏慷报告文学写作的成熟和思想的深化。

《东江剑魂》，解放军文艺出版社2014年1月版。《东江剑魂》讲述了东莞青年投身革命的故事，以波澜壮阔的革命战争为经，以一代青年的命运为纬，以富有传奇色彩的故事为线索，引人入胜地折射出中华人民共和国成立前二十八年翻天覆地的时代缩影。与会专家、评论家认为，这部作品既写了东莞青年在家乡投身革命，又写了其赴延安、战华北、克太原、下岭南……各章节均有内在呼应，从而将东江和全国战场有机联系，描绘出创建中华人民共和国起伏跌宕、波澜壮阔的动人画卷。这部作品是以宏阔的视野和激扬的情怀唱响的青春壮歌，它以厚重的历史背景和缤纷的人生画面、浓郁的地域风情和乡土气息、栩栩如生的人物个性和心路历程、传奇的故事和传神的讲述独树一帜，在展示历史丰富性和斗争复杂性方面，在展示人性的多样性和多面性方面，在继承和发展中国传统小说叙事美学方面，都有大的突破，是新近长篇小说创作的重要收获。

为纪念东江纵队成立70周年、东莞抗日模范壮丁队成立75周年，2013年12月30日，解放军文艺出版社、东莞市政府驻京联络处、中国作协创研部等单位在北京召开陈咏慷长篇小说《东江剑魂》新闻发布研讨会。来自东江纵队的老战士、家属，以及著名作家、评论家等一百三十多人出席。《东江剑魂》系东莞文学艺术院第三届签约作品，作者咏慷潜心十余年创作而成，全书近50万字。该书由解放军文艺出版社出版，迟浩田上将题写书名，周克玉上将作序。作品反映了日寇大举入侵我国华南之际，以陈奋强为首的爱国青年投身革命，参加抗日队伍"东江纵队"，投身打击侵略者的革命斗争故事。它以波澜壮阔的革命战争为经，以一代青年的成长为纬，以富有传奇色彩的故事为线索，将丰富的民俗资源与感人的艺术形象有机结合，揭露与鞭挞了日寇毫无人性的野蛮与残暴，讴歌了中华民族不屈不挠的反抗精神。东江纵队，是抗日战争时期中国共产党在广东省东江地区创建和领导的一支人民抗日军队，是开辟华南敌后战场和坚持华南抗战的人民抗日游击队主力部队之一。在抗日战争中共进行大小战斗1400余次，歼灭日伪军9000余人。中国作家协会副主席、著名作家高洪波表示，这部作品用细腻而不乏壮烈的文笔，把传统文化、革命文化、当代文化中很多可贵之处融为一体，体现了中国社会应有的价值取向。作品既有助于我们铭记曾经的苦难，也可成为我们面向未来的一种精神激励。东莞文学艺术院名誉院长、著名评论家雷达认为，该作品以"抢救"和"还原"的强烈原动力，重塑革命先辈与东江纵队的历史，打捞正在时间中慢慢流逝的珍贵记忆，以小说的形式将这一页历史"固化"。

在《东江剑魂》里，作者体现出和一般作家不一样的地方，就是那种融化在血液里的革命传统精神。这种精神是真挚的，一如当年上天安门一样真挚，成为作品的灵魂。就是说，咏慷还是咏慷。对于红色题材的书写，他绝不戏说，绝不投机，只是出于诚实的信仰，这成为创作中最可贵的成分。

《北斗星下去延安》是咏慷、南梅先生、李华合著，华南理工大学出版社2016年8月出版。《北斗星下去延安》以田心、丁农、陈一虹三位革命老前辈的事迹为脉络，把当年麻涌党组织、抗日模范壮丁队、陕北公学、敌后武装斗争等大量客观历史面貌一一复原。

《北斗星下去延安》，华南理工大学出版社，2016年8月

《中国工程院院士传记·殷震传》，中国农业出版社，2017年12月

《一个院士的成功之路——著名动物病毒学家、分子生物学家殷震的一生》，解放军文艺出版社2001年6月版。

《中国工程院院士传记·殷震传》，中国农业出版社2017年12月版，"中国工程院院士传记"系列丛书之一。介绍了中国工程院院士殷震，他在自己的领域做出了突出贡献，却在事业辉煌之时不幸因公牺牲。本书以凝重大气的风格、饱满炽热的激情、生动细腻的笔触，真实地记录了殷震院士的人生轨迹。其中既有他少儿时期痴迷动物世界的有趣故事，也有他青年时期投笔从戎和美丽爱情的故事，更有他在新时期使自己的学业走向世界，终至大器晚成的动人故事。

《英雄情结——部队女心理咨询师是这样炼成的》，作家出版社2020年7月版。讲述乡下女孩秀花的军营成长史。这部纪实文学作品以著名作家二月河（本名凌解放）的一段特殊经历为切入口，生动再现了在战备施工抢险中英勇献身的革命烈士尚春法的感人事迹；又以丰富多彩的军旅生活为背景，以波澜壮阔的时代变迁为依托，讲述了尚春法的妹

《一个院士的成功之路——著名动物病毒学家、分子生物学家殷震的一生》,解放军文艺出版社,2001年6月

《扼住瘟疫的咽喉——军事兽医研究所"人兽共患病专家防疫队"抗震救灾纪实》,解放军文艺出版社,2009年7月

妹尚秀花继承烈士遗志,接过哥哥的钢枪,在解放军光荣传统的熏陶下,勤奋学习,努力工作,把理想主义、英雄主义精神贯穿在日常小事中,成长为一名出色的部队心理咨询师。

《扼住瘟疫的咽喉——军事兽医研究所"人兽共患病专家防疫队"抗震救灾纪实》,解放军文艺出版社2009年7月版。本书以"5·12"汶川大地震后的抗震救灾行动为经,以军事医学科学院军事兽医研究所"人兽共患病专家防疫队"赴灾区执行任务为纬,描述了中国工程院院士夏咸柱等专家、官兵投身抗震救灾、确保大灾无大疫的感人事迹。

《二月兰——荣臻小学的故事》，中国华侨出版社，1990年10月

《但我还要思索》，大众文艺出版社1993年6月版。诗集的内容多为对部队战士情怀的抒发、对革命老人晚年生活的赞美、对人生的思索等。中共中央顾问委员会常委、国务院前副总理兼国防部部长张爱萍上将为本书题写书名。用著名诗人李瑛写给作者的一封信，作为代序。

《二月兰——荣臻小学的故事》，中国华侨出版社1990年10月版。这是咏慷在著名诗人田间影响下，用民歌体创作的长篇叙事诗，以火热的人民革命战争为背景，塑造、歌颂了一位忠诚党的教育事业的女教师的英雄形象。主人公岳丽南是华侨穷苦劳工的女儿，父母因饥寒交迫而丧生。她在共产党员牟锦鸿的引导下，从学习文化起步，积极投身革命。岳丽南从抗大分校毕业后，被党组织派往故乡兰花山创办以军区司令员的名字命名的"荣臻小学"。在党和边区政府，以及广大人民群众的亲切关怀下，她和其他教职员工一起，因陋就简，克服重重困难进行教学，并同日寇、汉奸及暗藏的敌特进行斗争，培养出一批批革命后代。当岳丽南在一次突围战斗中不幸被俘后，又把刑场当讲台，英勇斥敌，继续给孩子们和乡亲们"讲课"。这种热忱宣传革命英雄主义和爱国主义的思想内容，无疑是十分感人的，对广大读者，尤其是青少年读者具有深刻教育意义。这部长诗用民歌体为基调写成，带有一种浓郁的泥土气息。咏慷在《鼓声与鼓手——忆"擂鼓诗人"田间》中写道：

  那是什么声音？奔放开朗，像山洪暴发，在峡谷间涌流不息，在天空和山野间回荡……

  哦，是鼓声，是催人战斗的鼓声，是激励整个中华民族顽强不屈、抵御外侮的鼓声！

  我指的是田间的诗。它们曾在城乡的街头巷尾的墙壁板报上发表，句洁行简，字字有力，像爆炒黄豆，粒粒滚烫。学贯中西的一代文坛泰斗闻一多曾在《时代的鼓手——田间》中写道："一声声的鼓点，不只鼓的声律，还有鼓的情绪。""它摆脱了一切诗艺的传统手法，不排解，也不粉饰，不抚慰，也不麻醉，它不是那捧你在幻想中上升的迷魂音乐。它只是一片沉着的鼓声，鼓舞你爱，鼓动你恨，鼓励你活着，用最高限度的热与力活着，在这大地上。"这些话无疑是最准确、精当的解说。

  在中华民族和全世界人民阔步走向新征途的战斗日子里，重闻当年那曾经震撼天地的鼓声，不禁又使我回想起见到鼓手田间的情景。

  20世纪70年代初，我第一次叩访中华人民共和国成立后曾担任中国作协党组成员、创作部部长、文学研究室主任、《诗刊》编委，以及北京市、河北省文联领导的田间和夫人——作家葛文。他们那坐落在北京市后海北沿的小四合院，从外面看并不很大——传统的老式门楼，朱红色的街门，灰色的砖墙，在夕阳的余晖中显得既衰败，又冷清。院子中有几棵老树，绽出新芽。它们都是田间夫妇一道栽种的，在风风雨雨、坎坎坷坷中一直陪伴着主人。靠西墙处有一丛竹子，为小院增添了情趣，也显示了主人的志趣。

  田间身材不高，皮肤微黑，身板挺拔，人很精神，相貌上看人也厚道。因天气较冷，他头上顶着一条像农业劳动模范陈永贵那样的白毛巾。谈话时，田间时而一副笑微微的表情，时而双目闭合，呈蓄养精神的模样。由于当时我刚开始业余文学创作，因此两人融洽地谈了许多关于创作的话题。那时国家百废待兴，田间也有许多事要做，他老是觉得时间不够用。但他对于所有求教者，都耐心地予以指导和帮助，实在令人感动。

  从那之后，我开始认真地读了田间在抗日战争初期所写的诗歌。那经过浓缩、升华的炽热情绪，那高度集中的准确，那短促、简练、朴实、明朗、有独特个性的语言，仿佛黄钟大吕，使我感奋，使我产生逆境中奋勇搏击的力量！

在半个多世纪以前，当中华民族面临生死存亡的紧要关头，诗人没有半点犹豫和徘徊，走出亭子间，最迅速、最果敢、最坚决地投身抗日战争前线。他用诗做枪刺、做战鼓，奋不顾身，冲锋在前。

于是，历史上留下了那沉甸甸的诗页，使我们这些后人在几十年后，还能仿佛重见那远去的烽火岁月，重见烽火中诗人矫健的身影。在火光中、在刀影里，诗人怒发冲冠、满面赤红，倾一腔热血擂鼓呐喊。如广为流传、脍炙人口的《假使我们不去打仗》《义勇军》《给战斗者》等都是寥寥数句，就勾勒出一幅色彩丰富、意境深远的画面，字里行间散发着泥土的芳香与战斗者的火热情怀。使人们仿佛看到了抗联战士枪刺上闪亮的寒光。

田间在诗中没有过多地表现趴下的中国人，而是有力地表现了站着的中国人。的确，在抗日战争中，中国人民面对残忍的野兽，没有趴下，而是挺起了不屈的脊梁。

……

田间始终遵循毛泽东主席的意见，特别倡导诗歌的民族传统。

我也结合部队工作的特点，着意用心学习中华民族源远流长的民歌传统。

由于幼年和童年时期的生活体验和感情积累，总仿佛一盏晶莹明澈的灯光，日夜回照着我的心灵，遂历时数年，写出讴歌人民教师英雄形象的民歌体长篇叙事诗《二月兰》。诗人田间读后，十分赞赏，并最早推荐给有关出版社。但当这朵小花灿然开放时，他已经在给历史留下永远不会消失的时代鼓声之后，永远地离开了人们。

1990年这部长诗有幸出版前，我不由得想起了田间在抗日战争中擂响"鼓点"时所在的晋察冀边区那二月兰绽放的广袤山野。于是，我把作品呈送给当年这块英雄土地的老领导聂荣臻元帅和开国中将孙毅、王宗槐等老前辈。

诗作，或许也撼动了老人们的心。聂荣臻元帅读后泼墨题词"继往开来"。孙毅老将军则撰写了序言，并约上王宗槐等老战友，在他华嘉胡同的家中召开了一次别开生面的诗歌作品讨论会。

著名诗人周鹤在《解放军报》发表的评论《真与情的凝结》中说："读后，像有一种不能忘却的旧情又涌上心头，也像又闻到山野二月兰扑鼻的清香，有一种醉人的亲切感，它是一部饱含真情的好作品。""时代在前进，诗的表现形式也必须前进。我们不能仅仅是继承传统，也不能不讲或不屑于在继承传统基础上创新。前几年诗歌界卷起过一阵波澜，对诗歌采取民族虚无主义和历史虚无主义的态度，民歌体的诗歌几近绝迹。有人说，这是诗歌道路上一段迷惘的历程。如果这种说法有道理的话，那么《二月兰》的出现，似乎也是从迷惘中有所醒悟的一个信号……诗坛上应该有它引人注目的位置。"我想，诗人田间如果还活着，肯定也会这样说的。

《二月兰——荣臻小学的故事》，全诗共分十六章，前有"歌头"，后有《尾声》，讲述了"荣臻小学"的革命故事。咏慷早年就是以"荣臻小学"为前身的华北军区八一小学的学生。他生在部队，长在部队，参军后又先后在基层担任战士、电台台长、指导员、教导员、政治处主任、编辑记者等。他在紧张繁忙的军旅生活中，完成了北京师范大学中文系和中国作家协会鲁迅文学院的学业。他用业余时间写出的这部长诗，是对我们民族革命文学传统的继承和弘扬，也堪称是对青少年和广大教育工作者进行革命传统教育和爱国

《疆场弯弓月》，中共中央党校出版社，1991年10月

《跨越苍茫》，解放军文艺出版社，1995年7月

主义教育的良好教材。

《二月兰——荣臻小学的故事》的扉页上印有聂荣臻元帅的题词"继往开来"。聂荣臻元帅为《二月兰荣臻小学的故事》亲笔题词"继往开来",是对作品及其热情讴歌的革命精神的充分肯定和大力倡导,也是对青少年和广大读者的殷切期望。《扎根沃土,为人民、为社会主义歌唱——序〈二月兰〉》,则由孙毅中将撰写。孙毅在序中高度肯定了《二月兰荣臻小学的故事》创作的意义,他说:"作为一名长期从事军事教育工作,晚年又热心青少年思想政治教育事业的老红军战士,我衷心希望能够有更多的优秀文学作品,响亮地奏出当代文学应有的主旋律,扎根沃土,为人民、为社会主义歌唱!"

《疆场弯弓月》,中共中央党校出版社1991年10月版。这部长篇传记文学以翔实的史料和生动的描写,记述了穷苦裁缝徒工出身的中共中央顾问委员会委员旷伏兆老将军六十年来的战斗历程,同时也记录了中国工农红军第6军团、八路军冀中军区、解放军第67军、中国人民志愿军第19兵团,中华人民共和国地质部、解放军空军和铁道兵等单位的部分战斗足迹。作品笔触细腻,详略得当,文采斐然,具有较强的感染力,既是一部很好的传记文学,又是一部对广大青少年进行革命传统教育的良好教材。

《跨越苍茫》,解放军文艺出版社1995年7月版。这部长篇报告文学作品,书写了军队青年经济学家陈宝琪悲壮的人生旅程。咏慷在《后记》中说:"陈宝琪与我是同时代人,经历以及对人生的体验、感受大体相似。写他,我常常感到仿佛就是在写自己。""弘扬革命英雄主义是军事文学的基本主题和任务。这部报告文学,也是在写一种特殊的英雄。"

《执著人生》,解放军文艺出版社1996年12月版。这部长篇报告文学刻画了一批可泣、可敬、可爱的共产党员形象,作品的主人公是倪友章等一大批军队审计官。咏慷在《后记》中说:"党要领导人民胜利实现跨世纪的宏伟目标,迫切需要一大批优秀分子发挥作用。而热情地表现他们,则是作家不可推卸的神圣职责。如今摆在我面前的,依然是一个颇为难写的题材。"为了熟悉这个题材,全方位地了解部队审计官群体,咏慷跑遍了由黑龙江到海南岛、由新疆阿拉山口和西藏边陲到东南沿海这样极其广袤的山山水水。这部作品刻画的军队审计工作者的形象,他们平凡的事迹中蕴含着伟大,体现着时代精神,展示着崇高的思想境界。我们从他们身上,能看到我国广大后勤干部的形象,能看到我军广大指战员的真实形象,能看到共产党员的本质形象,使我们从中感受到一种能使人的灵

《上水船》，作家出版社，2006年12月

《西部通道》，解放军出版社，2001年10月

魂净化、升华的崇高精神力量。

《这里走向世界》，作家出版社2007年3月版。这部长篇报告文学以北京联合大学商务学院近年来的国际化合作办学为内容，用饱满的激情、生动的笔触、凝重大气的风格，充分展示了我国中小型高校这一重大改革的时代背景、发展进程和初步成果。为了创作《这里走向世界》，咏慷不仅在国内，而且到合作办学的主要国家深入生活，并三易其稿，其作品内容丰富而翔实，人物形象鲜明，既颇具文献价值的"史志性"，又有精心刻画人物性格的形象性。

《上水船（咏慷诗选）》，作家出版社2006年12月版。反映部队生活的抒情短诗集，"青春便是跋涉／生命便是勇往直前""阳光掠过的每一枚松针／随便捡起一束都是战士的形象""既然世上的水流总是曲曲折折／命运就注定没有直路可走"……许多诗作都以鲜活的意象、朴素的语言，生动勾勒出曾经饱经摔打磨炼的那一代战士的鲜明形象。

《西部通道》，解放军出版社2001年10月版。本书收录了《八桂大地的伟人足迹》《革命老区开新花》《灾难中更显出英雄本色》《南海卫士》等九篇报告文学，属于

"'西部军旅风情'纪实文丛"之一。"'西部军旅风情'纪实文丛"(解放军出版社出版)包括王宗仁的《苍茫青藏》、李镜的《昆仑春雪》、郝敬堂的《天路迢迢》、咏慷的《西部通道》和施放的《绿染雪域》等。"'西部军旅风情'纪实文丛"是由一群有志于潜行西部军旅,吸吮生活之树汁液,探触西部军人情怀的军旅作家,通力合作而构成的纪实文学书系。这群军旅作家为世纪之交鸣响的"西部大开发"之时代号角所感召,走进西部,去寻访在雪域高原、冰川大漠中印下的军人足迹。抒写军人用忠诚和热血戍边卫国的强韧信念;去追摄在穷乡僻壤、寻常巷陌穿行的军人身影,展示军人以亲情与爱心助民解困、抗灾扶贫的赤子之忱;去描绘在开发西部、建设西部的悠长岁月里,一代代军人为着祖国的强盛和人民的福祉而吃苦忍耐、艰难奋战的特殊奉献精神。这里有一幅幅西部地区雄奇壮美的自然风景,这里有一串串西部土地上繁茂生长的真实故事,这里有一支支西部军人绚丽的生命之歌。

《走尽天涯路——咏慷、宝贵散文特写选》,大众文艺出版社1996年10月版,咏慷与宝贵合著,全书分"上篇"和"下篇","上篇"系咏慷所写。咏慷在《序》中说:"本书的上篇是我的作品,下篇是宝贵同志的作品。大都在《中国作家》《解放军文艺》《解放军生活》《后勤》《长缨》《光明日报》《解放军报》等报刊上和中央人民广播电台的节目中发表过。宝贵是我的挚友。他长期做新闻工作,是一名优秀的编辑和记者。他的正直、实在、热忱、诚恳,使每一个接触过他的人都感受颇深。书中我的那些关于火箭兵生活的散文和特写,大都是在他创造的采访条件下完成的,因而应当说也都融入了他的心血。"本书收入的散文特写,主要是红色题材,如《心中,永远有颗灿烂的红星》《红星在晨雾中闪耀》《珍宝岛英雄今何在?》《井冈山的屏障》《行军难》等篇章,都留下了基因般的红色记忆。

《心中的芳草地》,解放军文艺出版社1998年4月版。这部诗集的上篇,收入了长篇叙事诗《二月兰——荣臻小学的故事》,下篇收了反映部队生活的系列抒情短诗《上水船》。著名作家王宗仁说:"这部诗集上篇中的长篇叙事诗《二月兰——荣臻小学的故事》,我在早几年就读过了。那浓郁的、饱蘸着民歌音调泥土芳香的语言里,浮动出一位劳动者的身影——那位忠诚党的教育事业、无比热爱孩子的女教师的形象,至今依然栩栩如生地活在我的脑海里。这是献给大地、母亲和明天的歌,是一支有生命力的歌。"

《二月兰——荣臻小学的故事》可以说是咏慷的成名作。读这部长诗,王宗仁有这样一种感觉：

> 读这部长诗，我常有一种感觉：诗人构造的意象中，往往在凝固的画面上充满动态感和音乐感。比如："黄河无路水推船，此时无言胜有言。""大树下恶虎逮不住猫，鬼子没法整治这小学校。""见到野草抱住花，奶奶才把心放下。""树叶上的露珠噼啪啪掉，沈慎的眼镜被蒙住了。"……诗中这些富有张力的意象，是那些具有北方农村生活气息的亮丽而又简洁的语言给它添了翅膀。诗是与美共生的，诗是一种创造，创造就是美。没有丰厚的生活底蕴，创造从何而来？正是生活给了咏慷新的独到的感受和诗意。

咏慷在长诗中刻画岳丽南这个人物时用手中的笔拨开迷雾，扒掉沉渣，下功夫去寻找生活中含金的细节，努力证实着岳丽南（也是诗人自己）追求不弃的人生信仰。岳丽南是一个奋斗者、追求者。咏慷把这种不屈不挠的精神淋漓尽致地表现了出来实在难能可贵。《上水船》中反映部队生活的短抒情诗，从形式上与《二月兰——荣臻小学的故事》虽有所不同，但其表现的思想感情和内在气质，却是一脉相承的。

《敬礼，审计官》，解放军文艺出版社2007年8月版。这是迄今第一部全方位表现我军审计战线上的官兵们事业和生活的长篇报告文学。作者以开阔的视野和丰富、扎实的采访，全面系统地展示了审计战线上的官兵们在反腐倡廉中所起到的排头兵作用，以及他们在生活中所承受的一般人所难以承受的困难，讴歌了他们默默奉献、自我牺牲的精神，是一曲我军在新的历史时期的时代赞歌。

咏慷参与写作的《元帅夫人传》，中共党史出版社2003年第1版，是介绍开国诸元帅夫人生平事迹的一部专著，是共和国元帅夫人们的纪实追踪，记述共和国元帅的丰功伟绩和元帅夫人的特色人生，描摹巾帼英雄的浪漫情怀，展示她们鲜为人知的人生历程。内容包括《戎马倥偬伴刘帅——刘伯承元帅夫人汪荣华》《红军里的女司令——朱德元帅夫人康克清》《坎坷的经历——彭德怀元帅夫人浦安修》《中国革命的第一代女兵——聂荣臻元帅夫人张瑞华》《红军女英雄元帅贤内助——罗荣桓元帅夫人林月琴》《带泪的微笑——贺龙元帅夫人薛明》《黄埔女杰——徐向前元帅夫人黄杰》《疾风劲草——陈毅元帅夫人张茜》。其中的《黄埔女杰——徐向前元帅夫人黄杰》，由咏慷创作。

第十二章

林岗的《父亲的奥德赛》

林岗，广东潮州人，1957年生于东莞，小学时曾就读于莞城中心小学。母亲彭惠兰是东莞南城人，1949年在东莞中学读书时参加革命，曾任东莞附城公社书记。父亲林若曾任东莞县委书记、广东省委书记。林岗于1980年毕业于中山大学中文系，1980年至1990年，在中国社会科学院文学研究所任职；1990年至1992年，广东省社科学院文学研究所副研究员；1992年至2001年，深圳大学中文系副教授、教授，期间于暨南大学中文系攻读并取得文学博士学位，主攻现当代文学史以及文艺学。2001年至2022年，任中山大学中文系教授（博士生导师），2016年兼任广东省文艺评论家协会主席。主要著作有《传统与中国人》、《罪与文学》（合作），自撰有《明清之际小说评点学之研究》《口述与案头》《三醉人谈话录》《诗志四论》《漫识手记》等。

林岗照片

2016年11月17日，林岗当选广东省文艺评论家协会主席（前排右五），本书作者柳冬妩当选副主席（后排右三）

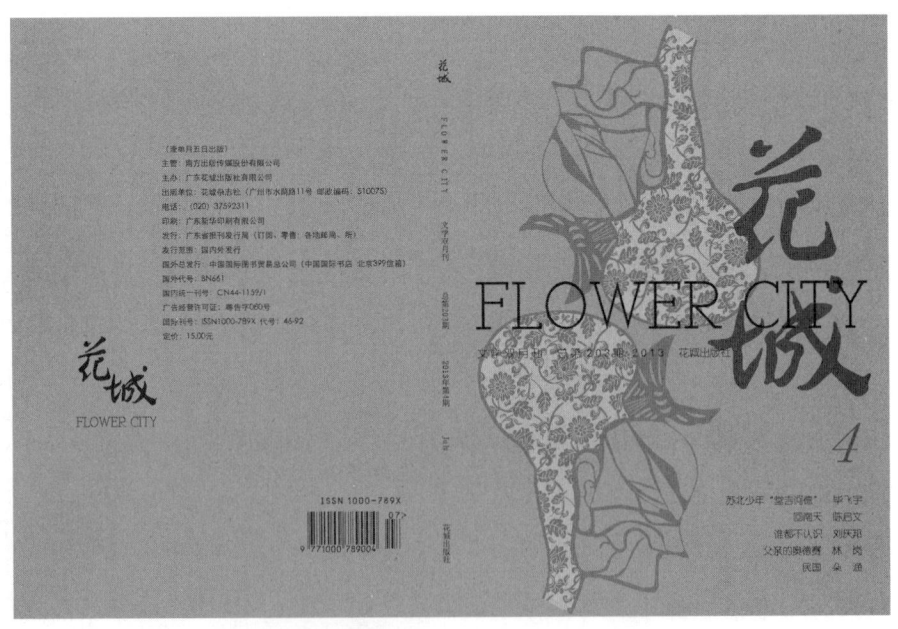

《父亲的奥德赛》原载2013年第4期《花城》杂志

林岗的《父亲的奥德赛》（原载2013年第4期《花城》杂志）《家族记忆》栏目，发表后引起了广泛的关注。文章的题目引自《荷马史诗·奥德赛》第五卷中的一句话："朝着故乡的方向，望眼欲穿。"荷马史诗《奥德赛》中的主要人物奥德修斯是一个凡人英雄，几千年来，世人津津乐道地赞扬这个好丈夫和好父亲的形象，把他的道德作为人间的某种标志。在《父亲的奥德赛》里，林岗首次追溯父亲林若的足迹、讲述家族鲜为人知的故事。在显赫的身份背后，林若的婚姻、家庭伦常烙着革命时代的印记和悖谬。外国多有政治家传记，但中国并不多见，《父亲的奥德赛》记述了父亲的婚姻、家庭，以及从东莞县委书记到湛江地委书记，再到广东省委书记的经历。林岗把林若还原成一个真正的父亲，用生活上的细节还原官场之外的父亲。林岗以长篇散文的方式反思并记录大时代的小历史，字里行间觉醒的人性和睿智的力量直抵人心。林岗在散文的最后一段，对父亲的一生做了总结："我拂去覆盖着的历史尘埃，看见父亲一生的点点滴滴，突然觉得父亲确实是一个比我高大的人。他的高大，在于他青年的时候，能够出发，追求理想；而在壮年磨砺之后有所感悟，能够返璞归真。"林岗散文里，那种毛茸茸的、有质感的生活，原生态的生活，就是我们要追求的现实主义和历史主义。

林若1924年出生于广东潮安县（今潮州市潮安区），1945年参加革命工作，加入中国共产党，先后任粤赣湘边纵队支队政治指导员、政治处主任等职，完成了从中山大学文学院学生到拿枪的丛林战士的角色转变。林岗追寻父亲的革命足迹时，没有用"大历史"的笔法去讲述，而是保存了革命中个体的具体性生存记忆。他关注的是"小历史"，比如父亲林若的家世和童年、爱情和亲情。林岗认为，"小历史"要比"大历史"更亲切可信。他去寻找和复原"小历史"的种种细节，"在断裂的地方要能小心翼翼地根据逻辑、推断和思想将它们拈连起来"。在《父亲的奥德赛》里，林若初婚妻子洪茵烈士的形象，就是被林岗这样"拈连起来"："父亲初婚妻子洪茵烈士的弟弟洪钢舅，他60年代曾任东莞县委副书记，与家父兼有同事之谊。我记得小时候，大人曾让我叫他舅舅，可是我那时完全不知道舅舅一词的含义，它背后的故事也就无从知晓。对我了解过去大有帮助的还有我姑姑的养女陈茵，我叫她三姐。借助他们的回忆和走访故地，我一点一点地接近历史，仿佛看见了尘封的往事。1949年末，华南即将解放的前夕，国民党溃退的胡琏兵团士兵沿线搜捕至凤凰山一带，当地保长告密，洪茵为掩护匿藏交通站的同志突围而被捕，旋即遭杀害，年仅25岁。在梅州东山书院里陈列的东山中学校史展览的烈士栏目，我看见了她的小

林若在东莞工作期间兴修水利。图为当年修建运河的情景

像,由于年代久远,已经斑驳模糊,但仍可想见她风华正茂的英姿。"林岗对革命者家世与个人经历的描写,具有重要的日常生活史意义,可以抗衡、消解那种严肃、单一的"大历史"叙述。"大历史"叙述,多数局限于政治史的领域,并且受制于意识形态建构、革命运动的现实需求和革命话语系统的影响,因此存在着很大的局限性,历史进程中

的个人情感付出被宏大历史叙事遮蔽。作为"家族记事"的切身经历和感受被遗漏了。林岗在散文里,对湮没在"大历史"中的个体生命的描绘,对于人的个体记忆和创伤的心理感受,某种程度上正是对正统"大历史"的补充,补充其空白与疏漏,消解其"大同"的铁板一块、冷漠无情。林岗对洪茵烈士的追述,对祖父祖母的追述,展现了革命家庭的个人悲欢离合和那些细微的生活细节,展现了"大历史"话语之外的充满个体生命体验的记忆方式。

在"大历史"车轮的旋转中,个人的命运起伏、心灵遭际、情感煎熬无人问津,这些"小历史"的情感成本、历史的"软"成本,经常成了永远无法统计的呆账。林岗的散文,是对这个呆账的激活与唤醒。即使对晚年林若的叙述,林岗关注的仍然是父亲作为"本色个人"的情感活动。林若在20世纪90年代中期退了下来,但仍然退而不休,在"老促会""关工委"这类机构继续工作。当时林岗不理解,问父亲"为什么不愿消停消停,还要四处奔忙?"孰料勾起林若对亡友的忆念,他解释说,不是他不想闲下来,而是他一想到不克尽己力,就觉得对不起牺牲的战友。他说:有一次夜间撤退,连队单列穿行在山谷,遭遇敌人冷枪伏击,走在他前边的和走在他后边的战友都中枪倒下,只有他安然无恙,而他和牺牲战友之间的距离,不过一步之遥。林岗写道:"他用极简洁的语言跟我讲这段往事的时候,它已经过去半个多世纪了,而父亲依然格外清晰,可见震撼之深。为了国家前景的那种奋斗,不是我这种人能够体会的。"

只有讲好了"小历史",才能讲好"大历史"。在林岗

20世纪60年代林若在东莞任县委书记时的照片

1961年，中共东莞县第二届全体委员、候补委员合影

对父亲"小历史"的讲述中，"大历史"的轮廓也变得更加清晰起来。20世纪50年代，林若从东莞县五区土改工作队队长一直做到东莞县委书记，东莞的山山水水都留下了他"那种奋斗"的足迹。开掘东莞运河、修治东江大堤等大型水利工程，就在林若领导下陆续建成。林岗在记述父亲"最关键的一次升迁"时，举到了林若在东莞的政绩：

> 在我看来，父亲解放后一路升迁，大部分属于循序渐进的，而最关键的一次升迁，是他还在湛江地委书记的任上，1982年9月参加"十二大"获选为中央委员。进入"中委"，虽然类同无实职的荣誉，但并非其他闲职可比，它是进入更高层级决策层的"准入证"。对任何官员而言，这相当于仕途升迁中的"突飞猛进"。果然"十二大"结束之后仅三个月，父亲奉调回广州，担任省委书记一职。在省委领导中排名第二而在省长之前，摆明是"接班人"。以世俗的眼光看，父亲所以能"跑出"，有很多有利的因素。例如，"文革"前长期担任广东三大产粮大县之一的东莞县委书记。因为粮食在那个时代的重要性，东莞是当时省委主要领导人调研、蹲点的首选地，父亲因此缘由而与他的上司有密切的工作关系，相互熟悉。我小的时候唱过一首歌《茶山公社好榜样》，那就是1964年省长陈郁陪同朱德元帅到茶山公社视察之后唱响的。又如，父亲在东莞工作的政绩也获得他的上级和当地老百姓的肯定。1957年县委决策开掘东莞运河、修治东

江大堤等大型水利工程，次年陆续建成，使原来170平方公里的内涝区变成14.5万亩旱涝保收的良田，东莞农业生产的水旱两灾从此免除，粮食生产连年增产丰收。由于"大跃进"的鲁莽、浮夸，随后六十年代初出现全国性的饥荒，东莞当然不能幸免，但却没有饿死人，不幸中的万幸。

在林岗的眼中，父亲是一个对土地、农业、农村有着异乎寻常热情的人，东莞在"全国性的饥荒"中却没有饿死人，是"不幸中的万幸"。林若在东莞工作15年，从区工委书记、县委宣传部部长、县委副书记到主持全面工作的县委书记，亲历和见证了东莞从新民主主义到社会主义这个伟大社会变革中的一个个重大历史事件：完成土地改革，实现农业集体化、手工业和私营工商业改造，巩固政权、兴修水利、振兴教育，造福一方民众。在市档案馆珍藏的1957年11月6日《东莞报》第2版，其头条新闻《立即组织一个空前规模的冬季生产大高潮——中共东莞县委召开全体会议》文中提到"县委第一书记林若同志说，今年必须在全县范围内组织一个空前规模的冬季生产高潮。在冬种方面要求全县坚决完成三十七万多亩的冬种任务。要求冬季生产中要做到几件工作：大力开展兴修水利，全县初步规划兴修大小水利工程一千一百多宗，受益面积四十万亩……其次要大规模开展积肥运动……积极开展造林、除四害和开展冬季副业生产等。"值得一提的是，林若还直接领

林若、彭惠兰一家

2011年春,林若、彭惠兰结婚六十周年时合影

导了可园的修复。1949年10月东莞解放后,可园被分作农民住房。20世纪50年代,可园被改为博厦村敬老院。1961年,东莞县人民政府着手修复可园。1964年,在广东省委书记陶铸的关怀下,由东莞县委书记林若直接领导可园的修复工作,1966年初竣工,正式对外开放。

林若在"大跃进"中做了一个"第一",不过他这个"第一"不是"放卫星"第一,而是广东省第一名承认"报大数"的县委书记。1958年开始的"大跃进",全国各地"农业卫星"纷纷升空,基层干部说假话报大数习以为常。东莞也因为放了粮食高产的"卫星",在省委召开的表彰大会上获奖一辆吉普车。林若查实县里放的"卫星"有假,毅然把嘉奖锦旗退给省委,还交上一份书面检讨。在那个荒谬严酷的年代,他用勤勉与正气保持人格的独立,并因此影响整整一代干部。

林岗的母亲彭惠兰是东莞南城人,1949年在东莞中学读初三的彭惠兰参加了革命,与林若相识。林岗在散文里,说母亲的故事是"冲破家庭藩篱寻找新世界"的中国现代无数同类故事的翻版,典型的"五四"流风余韵:

父亲与母亲相识于1949年12月,地设中山石岐的珠江地委,他们是同事。母亲之参加革命,完全重复了小姑娘追红军的浪漫故事,甚至比革命小说还要更浪漫。1949年10月16日,大军进城,东莞解放。政权易主,可拿枪的老粗居多。南下的北方人,粤人称之为"捞松",他们不懂粤地方言,难以展开恢复的工作。因此新政权需要大量断文识字的本地青年加入做文书、宣传、掌印一类的外围工作。所以大军所到之处，皆张贴招读告示。以"东江公学""南方大学""江南青年公学"之类的名义，招读有志青年赴校。虽然免费食宿，但其实并不是正规的学校。只是一些短期训练班，教导员一边讲解政策，组织一边政审学员。两三月之后，如果政审考察可靠，随即就分派工作。我母亲解放前夕在东莞中学读初三。大军入城前夕，学校涣散，已经无人上课。她的一位同学家里的正堂为入城部队征用，母亲去看望她的同学，因与部队干事攀谈，知道此类消息。一面向往热火朝天的解放，一面想着个人的出路，于是母亲闹着要离家去"读书"。母亲当时只是十六七岁，与她的外婆住在莞城东门，并不与她的父母同住。母亲拿了部队的介绍信，自己收拾了简单的包袱，前往北门外的车站坐车去虎门太平，取道那里再坐船到"东江公学"所在的中山石岐。消息走漏，家里又寻不见人，她的外婆赶忙去报知家人。母亲的一个叔叔追赶到车站，劝说母亲下车，警告她不要受共产党的宣传的"蛊惑"，小心做共产党的"炮灰"。两人一度拉扯，她的叔叔夺下她的包袱。但母亲心志已定，万无回头的道理。即使孤身一无所有，也要离家"读书"。母亲的态度感染了同行的"同志"，他们喝止叔公过火的行为，他只得作罢。这个故事的部分情节是我小的时候外婆讲给我听的，她是作为"反面教材"教育我，让我要听大人的话，遇事不能自作主张。但是我后来才知道，母亲的故事是"冲破家庭藩篱寻找新世界"的中国现代无数同类故事的翻版，典型的五四流风余韵。

林岗是著名的文学评论家，但《父亲的奥德赛》足以证明他还是一位思想深刻的作家。马克思对文艺作品最为精彩的一句话：作品要表现"历史的必然性"。也就是说，人物和故事可以有充分的偶然性，但是主题一定要有对一个时代"历史必然性"的揭示。这个话我至今认为仍然是非常重要的，大作家应该反映大时代，大时代要表现什么？要表现历史的必然性，而历史巨大的必然性是在《父亲的奥德赛》中表现了，在这一点上很多作家都是轻描淡写的。余华《活着》写得很好，但是我认为这种悲剧本应该写得更加深刻，但十分遗憾的是，那些关于大饥荒年代、特殊时期的历史生活本相却被淡化了，当然我们是可以谅解作家如此表达的苦衷。林岗在《父亲的奥德赛》里，强化了历史书写的必然性，通过情感的必然、人性的必然决定人物的命运，通过人性审察开展对历史的审究。比如："揪父母回东莞批斗的幕后策划人叫罗金胜，土改时期与父母同在东莞五区工作队。土改结束整队，有人批评他工作期间语言粗鲁，思想落后，他受不了，即负气私自离队返乡。父亲是五区工作队的队长，见他如此目无组织，为人粗暴，遂不加挽留，将他开除出队。他从此与父母结怨，怀恨在心。罗金胜落户在附城公社的火栋树村，'文革'期间乘风而起，当上贫协副主席，于是乘着政治运动提供的便利，'报仇雪恨'。解放后历次政治运动之荒唐可笑，往往在于冠冕堂皇的文宣言辞背后的此类私人恩怨。"通过对罗金胜的书写，林岗撕开了历史更隐蔽的伤口，也暴露了人性更黑暗的深渊。这就是林岗确立的历史逻辑，在正视历史的必然性的基础上，凸显文学更强大、更高贵的必然性，那就是对美好人性的期待。林岗在"文革"期间遇到的"樟村阿婆"，她的身上就充满了正能量：

> 父亲被揪回东莞，随即"接受群众的再教育"，也就是批斗。那时东莞有32个公社，每个公社批斗至少一次，多的数次，加上县机关，算来接受了近百场批斗。得罪人少的地方，批斗走过场；得罪人多的地方，少不了有皮肉之苦。最为隆重的一次"教育"仪式是父亲和洪钢舅两人，双手被墨汁涂成黑色，戴上高帽，脖子挂上"走资派某某""三反分子某某"的招牌，左手拿锣，右手执槌，从县府出发，三五步即命敲锣一次，还要大声照念招牌文字。东莞城内绕城一周示众，围观的群众甚多。批斗过后随即进入漫长的"靠边站"劳动反省时期，而他一生最接近死神的体验又一次出现。
>
> 起因是在黄旗山干校干活——削竹子——的时候，不慎刀伤左手拇指，当时他并没有注意。症状的出现是在三天之后，最初是牙白发紧，吃不下饭。同在干校劳动的"难友"陶恭见状，劝他看医生。父亲骑自行车到干校的医务室求助，卫生员怀疑破伤风，无法处理。陶恭懂得红骨蓖麻煮水喝有助缓解病情，于是跋山涉水到十里外的同沙水库的山头上寻来草药，延缓父亲的病情。由于没有根本治疗，症状还是日益恶化。直到水米不进，干校才同意送去县人民医院。医院打了一轮针，也不能根治，病情维持原状。医院表示无能为力，父亲身边又无亲属做主，干校无人同意也无人反对送广州医院。父亲躺在病床，无人照料，又无治疗，等于听天由命。那时父亲已经全身僵硬，不能言语了，并不时抽搐。父亲的命危在旦夕。这时，不知是谁，打了个电报给母亲。事后母亲告诉我，电报只有六个字："林若病危速来。"电报无落款。我还记得那一天母亲接到消息的情形。她获得"解放"不久，从东莞回到湛江她的家。那是我们被扫地出门之后住的地方——湛江赤坎海平村12号一间约12平方米的平房。她才与我们久别重逢，就接到报危的电报。母亲神色慌张，手足无措。我自然不知道发生什么事儿。母亲千难万苦，辗转托人弄到一个次日货机的位置，那年代的货机也装人，是一架安-12小型军用

机，是那种飞上了天，风吹过来像纸鹞一样飘的飞机。母亲顾不得那么多，赶紧由湛江飞往广州。到广州天色已黑，她在火车站过了难熬的一夜。次日乘第一班火车到石龙，再由石龙乘车到莞城。看到病榻上不能言语的丈夫，她做主即刻送父亲到广州的医院。母亲回忆说，救护车一路颠簸，父亲一路抽搐，十分可怜，医生用绳子将父亲手脚捆住在担架上。父亲最先被送到中山医学院附属第一医院，但院方表示没有病床，于是联系到省中医院。在省中医院医生的努力下，用中西医结合治疗，居然将父亲从死神身边抢了回来。那时，东莞属于边防区，进入东莞要有关部门开具的边防证才能买到车票。就在母亲出去打电话要干校寄边防证来的当口，父亲不听吩咐，自己下病床。由于多日未走路，又大病初愈，怎料双腿不听使唤，摔倒于地，磕落两颗门牙。是好是歹，父亲总算又一次死里逃生，躲过一劫。但终于留下后遗症，父亲由此交叉感染乙型肝炎，此是后话。

父亲的好运气离不开他身边的人和环境。"大气候"可以是险峻的，可"小气候"依然有可能温馨。"文革"初期批斗高潮的时候，父亲关押在县委会议室旁边的小房间，母亲则关押在东江上的一个沙洲，叫大王洲。两地相距四五里路，不是很远，但大王洲四面是水，插翅难飞。碰巧的是具体看管母亲的是当地樟村大队的妇女会主任。我三十年之后见到她，管她叫"樟村阿婆"。那时她已经老了，她个子矮小，稀疏的头发拢在脑后扎了个髻，一脸慈祥。她认识父亲，与母亲更熟。因母亲"文革"前就是附城

大王洲

公社的书记。她觉得父母都是好人，是"同志"，这种源于私人的观察和感情让她突破大框框对父母的定格。她并没有把父母看成"走资派"或"三反分子"，而是以中国农民淳朴的眼光断定父母是好人。于是，"樟村阿婆"用她的方式帮助母亲。晚上，乘着夜色，她悄悄地划着小船，将母亲渡过东江，母亲摸到父亲的关押处，两人有机会"幽会"——说上几句话。又或者白天批斗父亲的时候，她用自家的小船载着母亲，渡过对岸。母亲则混进人群，坐在批斗会的外围"观战"。也只有这不多的机会，她能看见丈夫，哪怕远远望上一眼。杜甫诗"烽火连三月，家书抵万金"，这不是家书，而是落难相逢，在性命难保的日子又值多少，难以估量。我们三兄弟幸而没有成为孤儿，说不定都是拜"樟村阿婆"所赐。我母亲记住了她当年如山的恩情，包括亲戚在内，唯一能留宿在母亲家的，我见过的只有"樟村阿婆"一人。

凡知道者无不尊敬有加的"新基姑婆"

"樟村阿婆"在林若夫妇陷入逆境之时,当他们需要伸手拉一把的时候,她毫不犹豫地伸出双手,尽力而为。林岗的散文里,"樟村阿婆"的人物形象最让人难以忘记。因此林岗的母亲记住了"樟村阿婆"当年如山的恩情,包括亲戚在内,唯一能留宿在母亲家的,林岗见过的只有"樟村阿婆"一人。锦上添花何其多,雪中送炭有几人。锦上添花易,雪中送炭难,关键时刻的援手,往往在帮助他人的同时亦帮助了自己。因为懂得,所以慈悲。这份情,像在暗夜送灯,雪中送炭,最温暖,也最真挚。像林若这样的老革命都有寸步难行的时候。这时,不经意的雪中送炭,足以改变落难者的一生。

　　大王洲隶属附城公社(今东城街道),是东江南支流中的一座江心岛,四面环江,直到今天,渡船仍是与外界连接的唯一交通工具。"樟村阿婆"就是在这里,悄悄地划着小船,将林岗的母亲渡过东江。

　　林岗的散文里,还提到了一位叫"新基姑婆"的老太太:

　　我的表哥小钢给我讲过一件关于我父亲的事。东莞城南新基村,有一个我们叫她"新基姑婆"的老太太,她是我母亲的堂姑,管父亲叫"林同志"。她二十多岁便守寡,含辛茹苦将独生子带大。她的儿子抗日时期是东江纵队东莞大队的大队长,1946年

"新基姑婆"的儿子张英和儿媳

北撤山东，解放后在北京外交部任职司长。因为儿子做京官，本人又做过党的地下交通员，做事精警异于常人，而当地远近老少，凡知道者无不尊敬有加，不敢为难她。"文革"时期，时间约为1969年，父亲被关押在东莞黄旗山的废弃小庙，一边接受各公社批斗，一边体力劳动。父亲不慎劳动之时扭伤了腰，辗转被老太太闻知。她将表哥叫来，问他敢不敢驮她去见姑丈。表哥天生好胆，不畏人世艰险，自然说敢。从新基到黄旗，路途约有五公里。到得黄旗庙前小树林，即叫表哥停下。她一人步行前往，她要见她的"林同志"，看管父亲的造反派自然不好阻拦。一个七八十岁的老太太，也弄不出什么花样。在看管人员的监视下，她将父亲拉到附近树林，从口袋里掏出两颗东莞知名的"陈培跌打药丸"，塞到父亲的手里。两人四目交视，表哥说，他看到我父亲眼睛里的泪花。父亲工作的动力，我相信是来自诸如此类的好运气。好运气是神秘的，更是人生中的正能量。懂得的人，能领会此中神秘的人，自然更加热爱生活，并愿意为之无私地付出。

"新基姑婆"铮铮铁骨一身正气，给受伤的林若送去两颗东莞知名的"陈培跌打药丸"，读后令人惊心动魄，感慨万千。《父亲的奥德赛》不是小说，也不是报告文学，它没有艺术的渲染，也没有夸张的铺陈，写的完全是真人真事，却有一股震撼人心的力量。"新基姑婆"是做过党的地下交通员的革命老人，她的儿子张英抗日时期是东江纵队东莞大队的大队长。

张英（1919—2009），又名张杰雄，东莞篁村（今南城）新基村人。1934年考入东莞县立中学，参加抗日宣传活动。中学毕业后，到高埗上江城村当抗日自卫中队长兼军事教官，参加东莞青年抗日下乡宣传队。1938年1月加入中国共产党。后到大岭山大沙乡任抗日自卫队中队长兼军事教官。11月，在那里组建中共支部，并办军事训练班，组织各乡联乡抗匪（日）活动，为建立大岭山抗日游击基地打下基础。1938年11月，在大岭山参加东莞抗日模范壮丁队。1939年1月任中共大岭山区委书记，领导大岭山自卫队抗击日军；11月，到中共广东省委办的军政干部训练班（后编成"干部队"）学习。1940年1月随曾生、王作尧领导的抗日游击队东移海陆丰，任干部队班长、党支部副书记。4月在高潭战斗中两次失去联络，返回大岭山工作。10月，广东人民抗日游击队第三大队进入大岭山时归队，以第三大队队员身份公开活动。后协助组建大岭山抗日民主政权"八乡联乡办事处"。1941年1月调任抗日民主政权大塘办事处主任。6月参加抗击日军的百花洞战斗。11

月奉命到第三大队独立中队，协助开展水乡、莞城、主山、三杞一带抗日工作。1942年8月任广东人民抗日游击总队第三大队政训处干事。1944年2月任东江纵队东莞大队大队长，随后兼任抗日民主政府路西新二区区长。1945年5月任东江纵队新生大队政治委员。1946年1月，调到香港开展民主人士工作。6月随东江纵队北撤山东。全国解放战争时期，参加莱芜、孟良崮、淮海、渡江等战役。中华人民共和国成立后，任赴越南军事顾问团办公室主任，参加越南抗法战争中的边界、奠边府等战役。先后担任中国驻越南大使馆办公室主任，丰沙里中国驻老挝总领事馆领事、总领事，中国驻东巴基斯坦（即孟加拉）达卡总领事馆总领事，中国驻斐济大使馆临时代办、常驻联合国代表团参赞等职。1981年任中国外交部领事司副司长。

从张英的简历里可以看出，有其母必有其子。"新基姑婆"是彭惠兰的堂姑，从她的身上，也能找到彭惠兰为什么会毅然参加革命的答案。

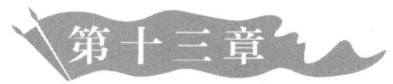

第十三章

东莞红色人物传记文学研究

　　东莞红色历史人物传记卷帙浩繁，内容丰富，形式多样，是非常重要的红色历史文化资源。新时期以来，东莞红色历史人物的形象日益受到学术界和文学界的关注，全国各地的作家、学者纷纷以东莞红色历史人物为传主进行传记写作，在传记人物的对象选择上有了前所未有的拓展，在传记人物思想内涵的挖掘上有了进一步的深化，在人物的个性和品格的揭示上有了更加形象化的表现。这些传记通过对传主的生平、生活、精神等领域进行系统描述，呈现了东莞深厚的红色历史文化积淀。红色历史人物传记无论是从认识了解这个角度看，还是从了解社会、认识历史的视角来分析，都具有极其重要的历史价值和现实意义。与东莞数量繁多且形态各异的历史人物传记作品相比，传记研究工作比较滞后。本章拟对东莞红色历史人物传记进行系统的搜集、整理和研究，深度挖掘东莞红色历史文化内涵，推动东莞本土红色历史文化题材文艺创作，拓展东莞红色历史人文研究空间。

　　《将军的风采——记一级红星勋章获得者王作尧》，王曼著，花城出版社2000年10月版。王作尧是中国著名的粤籍将领，1961年被授予少将军衔，1988年被授予一级红星功勋荣誉章。本书选取王作尧将军一生中的精华片段，其中有"打响东莞抗日第一枪""秘密大营救"等。作者王曼（1928— ），笔名王稔、王旺，广东海丰人，中共党员。1941年到抗日前线从事宣传工作，1944年参加东江抗日游击纵队。历任宣传干事，新华社随军记者，广东分社记者组长、编委，花城文艺出版社副总、社长，广东作协第三届常务理事，广东省老新闻工作者协会第二、三、四届副会长等。1945年开始发表作品，1983年加入中国作家协会。著有长篇小说《北撤壮歌》，长篇传记文学《怒海澎湃》《峭壁苍松——古大存传》，历史传记《彭湃传》，短篇小说《小兵的脚印》《仇视它》，散文集《乡土情》《大地情缘》《山村故人情》，报告文学集《海丰人民的革命意志》《南海渔村》。主编《我的记者生涯》。曾获1997年解放军文学研究优秀成果创作奖，2003年新世纪杯第二届广东文化传播优秀传记文学奖。

《星光熠耀》，傅泽铭著，花城出版社2003年10月版。本书以传记文学的形式，介绍蜚声海外、被称为"东莞抗日模范壮丁队"的东江纵队副司令，记述其带领家乡青年英勇抗日、屡建奇功的生平事迹。作者傅泽铭（1935— ），曾任东莞日报社社长兼总编辑，主编由广东人民出版社出版的《历史的闪光》《怀念王作尧将军》及《东莞英烈》等书共220多万字，已出版和发表的著作有《抗战纪事》（广东人民出版社出版）、《环球行草》（新世纪出版社出版）、《王作尧传略》以及人物传记、专题史料、评论、消息、通讯等180多万字。多篇作品如《战斗英雄林文虎》等被选入全国、省出版的书刊，多篇作品获广东党史研究优秀成果奖。2013年，傅泽铭为《星光熠耀》再版做了如下说明："《星光熠耀》这本书，是从20世纪80年代准备，于2002年脱稿，跨越两个世纪。作者试从文学角度又忠诚史实，尽力提高可读性和感染力。之前已经印刷了两次，不仅感动了作

《东江纵队》，花城出版社，2016年3月版

者自己，也使第一读者流下眼泪；广大老同志，特别是东纵老战士都深情接受，他们要求在王作尧将军诞辰100周年、东江纵队成立70周年的时候再次重印《星光熠耀》作为纪念。作者在个别地方做了点修删。"

《东江纵队》以东江母亲河为热血源头，用近30万字追溯了"中国抗战的中流砥柱"华南抗战主力部队之一东江纵队的英雄故事。作者走访东江纵队老战士和遗属，以及东江纵队战斗过的地方，收集大量珍贵史料，艺术地再现了东江儿女的辉煌历史。陈启文说："追溯一场长达七年的战争，比追溯一条波诡云谲、水系纷纭的岁月长河还要复杂。我寻访到的每一个老战士，都已进入迟暮岁月，那稀疏的白发如苍老的浮云，很多人的记忆早已模糊。但在他们苍老的皱纹里依然看得见七十多年前的伤痕，还有他们身体内看不见但摸得着的一块块弹片，已经长成了他们骨骼的一部分。而每提起这些伤疤和弹片的来历，都得提起一桩桩十分遥远的血战。每一个东纵老战士，都有一辈子也讲不完的故事……"

值得注意的是，《东江纵队》第五章第四节《黄友和他的小鬼班》，书写了英雄少年黄友的英雄事迹。黄友是《东江纵队》目录上唯一出现的人物名字，可见作家陈启文对这位少年英雄格外重视。

刘思佳著《英雄出少年》，新世纪出版社2015年8月版，《东江纵队抗日英雄传奇系列》之一。

《英雄出少年》讲述了在那硝烟弥漫、战火纷飞的抗日战争年代里，14岁的放牛娃黄友仔一心要当一名小战士。在加入东江游击队的小鬼班后，他沉着机智，英勇善战，被提升为小鬼班班长。作为班长的黄友带领着小鬼班的小战士们总是冲在战斗的前线：虾公潭救村民、凤凰山伏击战、化装侦察、夜袭平湖……以黄友为首的小鬼班出色地完成了一个又一个作战任务，可谓英雄出少年！

黄友（1927—1944），广东人民抗日游击队东江纵队独立第三中队班长。东莞凤岗镇凤德岭村人。黄友家境贫穷，其父往南洋谋生，他自幼随祖父和母亲过活。读了四年小学，便跟祖父跋山涉水，帮牛贩赶牛放牛，从小锻炼出勇敢顽强的性格。1941年，参加抗日游击队，在廖彪队当通信员。1942年4月，第一次参加战斗，即表现出不怕牺牲的锐气，后被提升为小鬼班副班长、班长。1944年春节前，日伪军包围虾公潭村，将群众集中起来用毒气熏。正在紧急关头，黄友带领小鬼班冲入敌群，毙伤日伪军十多名，将待毙的群众解救出来。日军在虾公潭受挫后，在平湖凤凰山增筑碉堡，派一个班配机枪把守。我方决定歼灭这个班,由黄友班负责突击任务。早上日军出来了,他带领小鬼班猛扑上去,一枪把日机枪手打倒,把机枪夺过来,他腿部却中弹受伤。这一仗以后,黄友变得更坚强。同年,加入了中国共产党。1944年7月,何通中队决定发动平湖战斗,把藤本的威风打下去。当时的日军藤本大队和另一日军中队驻在平湖,还有一中队伪军驻在离平湖一里的屋围。何通决定先吃掉伪军中队,突击任务仍落在黄友小鬼班身上。21日晚,战斗打响了,黄友干掉敌哨兵,首先冲向炮楼,打死日军顾问,便向楼上扔手榴弹。小鬼班迅速冲上去,解决伪军中队部,俘获人枪80多。战斗结束,部队马上撤退,小鬼班当尖兵,到达老虎山下沙岭时,与前来截击的藤本大队400多日兵遭遇。为摆脱敌人,黄友班担任阻击,掩护主力撤退。在敌我力量悬殊的形势下,黄友指挥全班战士顶住了敌人的进攻,使部队安全转移,但全班战士壮烈牺牲,黄友年仅17岁。1944年11月,东纵司令部将黄友的事迹通报表彰,同时向党中央汇报。后来,延安复电:"追认黄友同志为广东人民抗日游击队战斗英雄,中共模范党员。"

东江纵队电报上的"独立中队何部",指的是何通部。何通(1924—2002),东莞莞城人。1938年10月参加东莞抗日模范壮丁队。1940年加入中国共产党。1940年9月至1946年6月,历任广东人民抗日游击队战士、侦察员,小队政治服务员,中队副政治指导员、政治指导员,东江纵队独立第三中队(代号"飞鹰队")中队长,东江纵队独立第一大队副大队长、大队长。全国解放战争时期,历任东江纵队司令部科长,华东军区司令部作战参谋,中国人民解放军两广纵队司令部参谋、第二团营长、第四团参谋长。在淮海战役中身负重伤。1949年9月南下参加解放广东战役。中华人民共和国成立初期,历任广东军区炮兵第一团团长、独立第十六团团长,炮兵第三十四、三十三团副团长。1952年赴朝鲜参加抗美援朝战争。1954年8月至1970年3月,任中国人民解放军军事学院教员、解放军高等军事学院教员。1970年至1985年,历任中国人民解放军陆军第十九军副参谋长、副军长兼参谋长,兰州军区副参谋长(正军职)。

1995年7月22日,何通作《黄友亭落成感怀(三首)》:

凤凰岭上漫烽烟,破阵平湖一马先。
老虎山前凝碧血,丹心正气薄云天。

垂老之时忆少年，悼辞未尽泪涟涟。
新亭碑志英雄业，忠骨成灰义永传。

报国捐躯五十年，江山尽改旧时颜。
泉下有知今日事，慷慨同歌胜利篇。

何通为诗歌加注："黄友，广东东莞凤岗镇人，中共党员，东江纵队独立第三中队（飞鹰队）班长。1944年2月15日，飞鹰队攻歼平湖凤凰山日寇，黄友勇夺敌机枪并负伤。1944年7月22日凌晨，飞鹰队乘风雨袭平湖，黄友率先攻入敌营，歼伪警中队，缴枪70支。归途至老虎山下，与日寇藤本大队400人遭遇，黄友主动率全班以一当百，坚决抗击，掩护主力杀出重围，全班壮烈殉国。黄友时年17岁。东纵并报中央追授黄友为抗日英雄。时我任飞鹰队队长。为烈士立碑乃半世纪夙愿。1995年7月22日，黄友殉国51周年，亦为中国抗日战争及国际反法西斯战争胜利50周年之际，我参加凤岗烈士陵园黄友纪念亭落成典礼，致辞时追思亡友，老泪纵横，不能自已。夜不能寐，学作诗三首，以抒情怀。"

经党中央、国务院批准，中华人民共和国民政部于2015年8月24日公布第二批在抗日战争中顽强奋战、为国捐躯的600名著名抗日英烈和英雄群体名录。作为华南游击队的著名英烈，黄友入选600名著名抗日英烈和英雄群体名录。

第十四章

改革开放题材文学创作研究

习近平总书记说:"改革开放是我们党的一次伟大觉醒,正是这个伟大觉醒孕育了我们党从理论到实践的伟大创造。改革开放是中国人民和中华民族发展史上一次伟大革命,正是这个伟大革命推动了中国特色社会主义事业的伟大飞跃!"东莞率先改革开放,创造了"东莞奇迹""东莞现象",引人注目,被誉为中国改革开放一个精彩而生动的缩影。一大批反映东莞改革开放的文学艺术作品,将莞邑大地上的可歌可泣的人物和事件,以文艺作品进行再现和描绘,对于提炼城市精神、提升城市形象等具有重要的现实意义和深远的历史意义。何建明、李国文、陈祖芬、陈建功、赵瑜等著名作家都创作了东莞改革开放题材的文学作品,如何建明的长篇报告文学《东方光芒》,就曾经产生较大反响,如果要研究中国当代的社会变革,而不研究《东方光芒》这类作品是不行的。从这个意义上说,它是可以当作政治历史文献和政治哲学、社会学的珍贵文献来看的。它包含了整个历史在这样一个时期的内在的复杂性和丰富性、历史内在的必然要求、政治意志与人民意志结合起来所造就的一种历史趋势。从文学的意义上,《东方光芒》等改革开放题材纪实文学作品是写出了共产党人在改革开放中的"敢为天下先"的创新精神,以非虚构的方式重新建构这个改革时代的共产党员的生动形象。陈玺、王十月、陈启文、郑小琼、塞壬、杨双奇、胡海洋、香杰新、莫华杰等东莞作家创作的改革开放题材文学作品,也值得深入研究。改革开放新时代,随着精准扶贫方略在全国范围内推行,脱贫攻坚取得决定性成就。

新时代召唤作家聚焦于这一伟大的历史进程，丁燕、林汉筠反映精准扶贫的作品脱颖而出，丰富了改革开放文学的内涵和表达。

一、著名作家笔下的东莞巨变

研究东莞改革开放题材文艺创作，1994年11月举办的中国著名作家东莞笔会，具有非常重要的历史意义。由中国作家杂志社与东莞市文联共同举办的这场别开生面的中国文学名人笔会，著名作家冯牧、李国文、林斤澜、陈祖芬、章仲锷、雷达、陈建功、莫言等到会，这是莫言首次踏足东莞。笔会上作家们介绍了自己的创作经验并与东莞市文学界进行了座谈和交流。笔会期间正逢东莞市作家协会成立，以上作家到会祝贺，冯牧同志代表大家讲了话，东莞市作协特邀冯牧、林斤澜为顾问。时任东莞市委书记兼市长李近维、副

1994年11月，东莞市文联会议室合影。后排右一郭小林（郭小川之子，时任《中国作家》编辑）、右五莫言。第一排右起：陈祖芬、章仲锷、李国文、冯牧、林斤澜、王锦昌、高桦、雷达、陈建功

1994年,莫言在东莞雀巢咖啡公司,这是莫言第一次来莞

莫言在东莞文联会议室

莫言与柳冬妩等在东莞文联会议室

冯牧（左一）、陈残云（左二）等在东莞市文联门口合影

时任中国作家协会副主席、《中国作家》主编冯牧与柳冬妩

书记李汉松和宣传部部长周文媛、市文联常务副主席王锦昌等参加了活动及会议,东莞市有广东省"四小虎"之一的称号,该市在改革开放中,经济上取得了巨大的成绩,尤其是在推行东莞市"第二次工业革命"的跨世纪行动,继续高速发展经济的同时,坚持了"两手抓,两手硬"的方针,努力促进文化事业,搞好精神文明建设。与会作家们对该市的虎门、石龙、厚街、长安、凤岗、清溪、桥头等镇的城市管理、建设规划及发展经济状况进行了考察,还走访了宏远工业区、雀巢咖啡公司和永顺文化艺术发展公司以及现代化的体育场所。作家们一致赞扬了东莞的经济发展速度和建设成就,都感到这次来东莞确实不虚此行,开了眼界,丰富了创作内容。作家们一致表示,要通过自己的笔向全国介绍这个经济发展的典型城市,以对促进改革开放做出贡献。

1995年第2期《中国作家》刊发著名作家林斤澜的《孔雀赞》。林斤澜(1923—2009),时任北京作协副主席、《北京文学》主编,一生经历丰富,创作颇丰,当时与汪曾祺并称"文坛双璧"。《孔雀赞》写的是东莞孔雀养殖场,"养殖场在山岗上,一长条一长条坡地圈上铁丝网,网里一半棚子一半露天,分别养着山鸡、雉鸡、孔雀。还有几个小池子归水獭,也叫狸子,机灵,不亏叫獭叫狸。山坳大水塘那里,泥里水里,趴着装死那样的鳄鱼。""由楼房经柏油马路,到了山岗养殖场,忽然觉得双脚站在土地上了。黄土因为晒太阳的机会不多,竟闪着金子的光彩。啊,争论是不是失落感的有感和无感的人们,全都松下一口气,血肉舒展。人啊,全都来自大自然,都是自然之子。"林斤澜写东莞改革开放后对外资的吸引力,他没有写雀巢这样的外资企业,而是别出心裁地写乡镇企业通过养殖孔雀而赚取利润,最后得到"正是雏凤清于老凤声,前途不可限量也"。

李国文的《再访石龙》以自己所经历的往事,以散文的熟练笔法,在起承转合的文字表述中,写出了生活深处所透视出的改革开放的意义所在。《再访石龙》全文如下:

> 我是不怎么热衷旅行的人,一年之内,却两下岭南,说来几乎令人难以置信,只是因为读了林语堂的《苏东坡传》。一次是海南岛之行,一次是这次珠江三角洲的访问了。结果,事与愿违,非常遗憾的是,在海南岛,绕了一大圈,在五公祠的大门口,路过了好几次,竟腾不出空进去瞻仰一番,更甭说去追访东坡先生的遗迹了。这次到东莞,本来有一个节目,是要到惠州去的。那里应该有更多的与苏东坡有关联的山水风景。可惜比在海南更不幸的是,连像五公祠那样经过一下的可能也没有,只好报之以怅然的一笑了。
>
> 话题还是从林语堂这部原来用英文写,现在翻译过来的《苏东坡传》说起。
>
> 四十年代我读初中的时候,读的是林先生编的英文课本。后来,又知道他在《论语》杂志上提倡西方式的幽默,和袁中郎的性灵说,后来,还知道他用英文写了反映中国封建贵族家庭的小说《京华烟云》和《武则天传》以及这部《苏东坡传》等等很具有东方文化色彩的书籍。
>
> 从这部写苏东坡的书里,我们看到这位命运坎坷的文学大师,对于岭南人民和土地的感情。当时他被流放到这里,相对于中原来讲,无疑是到了异域。但他并不拒绝这陌生世界,而是欣欣然地接受新鲜事物,甚至到了"日啖荔枝三百颗,从此长作岭南人"落地生根的程度。由此可见,人是应该敞开胸怀,拥抱世界的,只有病态心理的人,才会裹紧自己,缩回到茧里去苟且偷安的。
>
> 林语堂是毫无疑义的开放型的学者,他本人是学贯中西的大师,因此,他一生中,

花费了很多精力，把中国的事情写出来，给外国人看，使世界了解中国。无独有偶，比他早若干年的林纾，虽然是绝对的保守主义者，反对过白话文，但却兴致盎然地依赖他人的转述，然后用古朴典雅的文言文，把外国的事情写出来，给中国人看。这位对外文目不识丁的国学鸿儒，倒很想让中国人了解世界。这两位大知识分子异曲同工地，在进行着东西方文化的交流，绝不是巧合，而是当时很多有识见的人士，都在从事的一项工作。

由此可见，世界要流通的，人类是不可隔绝的，而且随着文明的进展，科学的进步，地球已经变得愈来愈小，那种人为的禁限，杜绝的堤防，防范的措施，隔离的屏障，就会不攻自破。也许他们在做这件事情时，并未意识到，人类从远古的穴居状态走出来，就有渴望交流的欲望，"嘤其鸣兮，求其友声"，乃是一种本能。不论统治者如何闭关锁国，如何设限围堵，如何地把外来事物，视为洪水猛兽，如何地制造愚昧，唯恐人民觉醒，但由这些先行者从文化开始的点滴交流，一直到今天的全面改革开放，是难以阻挡的历史潮流。

虽然话题扯远了些，但却是此次东莞之行的一个最深刻的体会。

如今的东莞，已不是六十年代初我眼中的那个南方小城了。记得那是一次从广州乘火车到深圳去的途中，途经石龙镇的印象。只是列车片刻的停留中，站外那踢踢踏踏的木屐声，响成一片，这是在北方很难见到的景象，至今犹可在记忆里听到那种聒耳的噪声。当时，台风刚刚过境，触目所见，这个东江畔的古镇，满街泥泞，浊水横溢，路是那样的凸凹不平，狭窄拥挤，塞满了胶轮车和人力车。站在古老破旧的街镇上，夹在熙熙攘攘的人群中，让我这个外来人感到是新鲜事物的，除了那木屐外，便是从香港那边带过来的塑胶花，和阿婆手里持有的侨汇券了。

那是我第一次见到这种特殊的票证，米、油、糖的供应数额，都印在那花花绿绿的纸面上，精致是不用说的了。主要是方便持券者可以按量剪下来分批购买，看到这张购货券，真钦佩设计者的巧妙心思。由此深感中国人的许多聪明，都用在了这些不值得花费才智的地方，真是没意思透顶。而那么多年里，人们把很多力气投入到无谓的内耗和穷折腾上，所表现出的一条道走到黑，怎么也拐不过弯来的兴趣，几乎是同样的令人叹为观止，摇头不迭。

几乎半个世纪的五分之四，在斗争中把岁月消磨掉了，石龙还是那个石龙；而现在，仅仅用了五分之一的时间，这个昔日古镇，已经改变得认不出来了。若是再过几年，在新城里，怕是会产生走错了地方的感觉。

1994年11月，陈祖芬与柳冬妩合影于东莞文联

现在，那种塑胶花已不屑一顾了，而侨汇券也成了收藏家的珍品。在街上，已找不到一个穿木屐的行人，若是要想再买一双油漆木屐的话，恐怕要很费心思的了。

东莞，本来是以盛产莞草而得名，以莞草为原料的草编品，曾经是东莞拿得出手的土特产品。但这次访问东莞，竟连一株鲜活地生长在沼泽地里的莞草也未见到。除了我们这些外来纯粹出于好奇的访问者外，已经无人对莞草感到兴趣。好不容易求人找到的，不知哪年存下来的一些晒干的莞草，也很难想象它当日长满在东莞遍地的风姿。与此相同，在那过去的五分之四的年代里，石龙的烟花，在港澳或者南洋，倒是享有一点盛名的。可在今日的石龙，谁也想象不到的，著名的EPSON的打印机、YASHICA和 MINOLTA相机，竟是在这里生产的。还有电脑、电话机、高级音响，还有绝想不到的无菌无土栽培技术，在车间里给西北高原培养成千上万株的苹果苗。这些让人眼花缭乱的，科技含量相当高的产品，只不过是冰山露出水面的一角罢了。仅仅浮光掠影的一訾，可以相信，曾经享誉岭南的石龙烟花，将不会再使古镇人引为骄傲的了。随着人们的环保意识的加强，烟花注定和那种莞草一样，要是退出历史舞台的了。

我在石龙，曾经参观过一座中学，校舍、设备并不使我诧异，倒是为古镇人的魄力感叹，他们所高薪延聘的校长和教员，竟大部分来自北京。我到过的很多工厂，被称为"打工仔"和"打工妹"的那些年轻人，竟也有渐渐地融入本土的趋向。当然，我也看到来自香港地区、日本和海外的经理厂长，技术人员，也颇想在此安居乐业的意思。因此，广东话、客家话、湖南话、四川话，便构成石龙的多语体系的现实。据说，在这个古镇的六万多常住人口中，至少有三分之二的人，不是喝东江水长大的。这种境内外、省内外人口的流动聚合，正是前面所说的，人类无法隔绝的结果。

没有开放，不可能有这种交流；没有交流，不可能有这种生机。而在这种生机的局面里，我也看到时代在造就人的开阔胸襟。岭南人不狭隘，这是那位"明月几时有，把酒问青天"的诗人的定论。他谪放南粤，已垂垂老矣，但他所写的"寂寂东坡一病翁，白须萧散满霜风，小儿误喜朱颜在，一笑那知是酒红"，还是那样的快乐，足可证明他是多么留恋这片土地了。

1994年11月，李国文（前排左二）等著名作家在东莞参观时合影

1994年11月，陈祖芬（右三）等著名作家在东莞参观时合影

于是，我想起了《苏东坡传》里这位大诗人一段关于饮酒的议论："余饮酒终日，不过五合，天下之不能饮，无在余下者。然喜人饮酒，见客举杯徐引则余胸中亦为之浩浩焉，落落焉，酣适之味，乃过于客。闲居未尝一日无客，客至未尝不置酒，天下之好饮，亦无在余上者。"

在这个由于开放而带来无数机遇的土地上，唯有这种苏东坡饮酒的风格，对内也好，对外也好，保持这种自己快乐，更希望别人快乐的精神，才能张开臂膀去拥抱未来，共同创造明天的。

尽管未能去惠州，在东莞，倒意外地有了这样的收获，也就算不虚此行了。

李国文是当代著名作家，其长篇代表作《冬天里的春天》《花园街五号》等是任何一部当代文学教科书都不可忽略的。凡中国当代文学所设的各类奖项，如茅盾文学奖、鲁迅文学奖、全国优秀短篇小说奖、华人传媒文学奖等，一路得来，如拾草芥。李国文虽是半路出家写杂文随笔,不数年就在"历史大散文"这个行当里独树一帜,俨然成一大家了。他的历史随笔频频见诸各类报刊,数量之多,题材之广,令人惊叹。《再访石龙》也属散文随笔,李国文娓娓而谈,从苏东坡写到东莞的改革开放,角度十分新奇:"在这个由于开放而带来无数机遇的土地上,唯有这种苏东坡饮酒的风格,对内也好,对外也好,保持这种自己快乐,更希望别人快乐的精神,才能张开臂膀去拥抱未来,共同创造明天的。"

著名作家陈祖芬用"特靓"来形容她对东莞改革开放的感觉。《那感觉,特靓》,全文如下:

新楼裹在脚手架里,好像婴儿裹在胎胞里。去掉脚手架还没安上窗户的新楼,又好像呱呱落地睁开了眼睛的新生儿,看这个叫人看不明白的大工地。土堆,新楼,土坡,新楼。摩托车在一切的街道和缝隙里开个飞黄腾达。平均几个人就有一辆摩托车,摩托一族男男女女戴着头盔,好像一个未来世界的机器人王国。自行车只能在摩托的夹缝里求生存,弱小可怜如等下一族。还没建起地铁,还没有立交桥,1988年才成为地级市的东莞,人们有一种一切靠自己解决的自觉。

进入东莞就是一块大广告牌:"联网更先进,天涯若比邻"。这里当然是指信息的联网。我一路从车上看商店的招牌,已经感觉到一种不拘一格的联网。除了麦当劳的大门招牌,还有一个不大的门,字体也不一样,店名叫:麦当莱中西快餐厅。香港有两家大的连锁店,一家叫惠康,一家叫百佳。这里有一家小超市惠佳。还有一家大连锁店叫美佳。美佳连锁店的第23家店面已经开业,真叫我这个北京人觉得是不是又到了香港百佳?还有"联邦家俬""凯撒皇宫卡拉OK"、"荷里活饼屋"(我们译成好莱坞,香港译成荷里活)。香港有家挺有名的"阿二靓汤",这里镇上也有家"阿二靓汤"。不过店面很小,显然不是香港连锁店,只是造船不如买船般地从别处拿来就用了。更有的大酒店,一个个单间的门上,标上"汉堡""巴黎""伦敦""瑞典""吉隆坡""华沙"等等。我看其实这些地名贴哪间都一样,怎么标新怎么招人怎么来。

来东莞的人就是多。东莞本市138万人,外来打工的,大约300万。我这车里有一位前来接待的四川女孩。她的脖子上有一道疤痕,她原先爱戴珍珠项链。有一天被几名打工仔包围住,人家用刀架在她脖子上,叫她自己乖乖把项链摘下。她叫了起来,她的脖子便付出了代价。

然而她依然美丽,然而她依然留在这个把她变得更美丽也变得更成熟的东莞。任何利益任何变革任何进步都是有代价的。星期天东莞一些镇的林荫大道上，红花绿叶间，散落着花红叶绿般的打工妹。好像一周长一茬似的每个周日开满打工妹。找老乡吃蛋筒拍快照到邮局排队给父母寄钱。星期天邮局源源的汇款单，是中国千年孝道的信用卡，是中国近年开放的成绩单。问打工仔春节回家乡一般都买点什么回去？很响亮地说是录音机。整个儿一个小港客的样子。不过，说这话的小伙，正用关节变形的手指夹着蹩脚的烟卷。

香港的东莞人，或者说莞籍港人，有65万，海外的东莞人有28万。七十年代东莞人逃往香港谋生，九十年代香港人涌到东莞投资。也有不少台商。有的台商不是东莞人，言谈之间对这一带的路都相当熟悉。一问，说六十年代初他在台湾军队，待命反攻大陆，经过学习准备上战场的，没有想到上了商场。于是大家哈哈哈。

联网了。

汽车经过石龙镇，我看到一块招牌："香港联网9902石龙营业处"。东莞在全国是率先实现城乡数字程控电话通信网的。这两年一百多万人的邮电通信业务量，在全国各大城市中都占前几名。

东莞每百平方公里有公路95公里，密度赶上亚洲四小龙。管理跟不上，东莞人老老实实地说。不过关于路，除了他们正在做的，还有正在设计的，正在想的。东莞年轻人的思路，已如信息高速公路那样快捷。他们正在自制通向新世纪的三个通行证：用电脑、学外语、开汽车。

东莞人走向新世纪，不是市里往省里走，而是市里往镇里走，镇里往管理区走。好像越往下走经济越雄厚，道路越宽，天地越大，思想越无边无际。这里可能用二锅头酒杯喝X·O、马爹利，也可能用威士忌酒杯喝自泡人参鹿鞭酒。先不去管喝洋酒的器具、场合、姿势对不对，就看他们那自信，那感觉，特靓。"特"是北京语，"靓"是广东语。人在东莞，我的思维也联网了。

陈祖芬，女，1943年出生，1994年时任北京作家协会专业作家、北京作协副主席、北京文联副主席、全国政协委员，曾连续五次获全国优秀报告文学奖及其他文学奖几十次，已出版个人作品集二十多种。其丈夫是著名学者刘梦溪。其弟弟为著名围棋大师陈祖德。代表作品有《杭州的现代童话》。陈祖芬的那次东莞行，不仅写了《那感觉，特靓》，还在《光明日报》发表了报告文学《九百九十九朵玫瑰》。

著名作家陈建功的表弟，曾经下放到东莞长安镇，成了逃港者中的一员。《东莞故事》从表弟的视角，讲述了东莞的昨天，赞美了东莞的今天，长安的今天，通过自己的所见、所闻、所感，把改革开放所带来的巨大变化，给予了真实的反映。《东莞故事》全文如下：

一听说去东莞，我立刻答应下来。

因为东莞有故事。

其实哪儿没故事？只要有人，到处是故事。

然而，还是得去看看东莞。东莞有一个和我有关的故事。

27年前我就知道东莞了，那一年我18岁。在那个年代，远在北京的我，居然知道广东一个不起眼的东莞县，是不是一件令人奇怪的事情？

我不仅知道东莞县，而且知道长安镇；不仅知道东莞穷，而且知道东莞人穷得急了，铤而走险，常常是抱着两个球胆，漂浮过海，一漂就是八九个小时，没运气的，被水淹死了，被枪打死了，有运气的，漂到了香港，找一条活路。

我的表弟——也就是我的亲姑姑的儿子，在那个年代，就是在东莞，和成千上万离乡背井的农民一样，也走出了令我们牵肠挂肚的一步。

我常想，若把姑姑一家几十年来的悲欢离合写出来，一定是一部催人泪下的好作品。当然，写这作品的资格不属于我，因为我知道，姑父有着超人的学识，第一流的文笔。他几年来写给我的为数不多的信件，常常成为我反复咀嚼的范文，而他的儿子，比我的年龄仅仅小几个月的表弟，自然家学渊源。我从来也没透露过这样一个事实：我后来之所以走上文学道路，与我这位表弟实在有着很大的关系。我九岁的时候，表弟从广州来到北京。他是来借读的。他带来了一本《唐诗三百首》，一套《三国演义》的连环画。他天天在那里摇头晃脑地背"功盖三分国，名成八阵图"，背"好雨知时节，当春乃发生"，论诸葛亮司马懿之短长，比吕布关羽之高下。这对不甘人后的我来说，实在是一个很大的刺激，便也"好雨知时节，当春乃发生"起来。可惜的是，这位聪颖过人的表弟因户口问题，不可能在北京久读，一年以后，我们也只能分手了。

"文革"十年使姑姑一家陷入了极悲惨的境地。姑姑姑父皆因"历史问题"所累，断了生活来源。表弟被迫从广州去了农村插队，所去的地方，就是东莞。

我和我的姐姐从地图上找到了那个小小的"东莞县"，发现那倒是一个离广州不算远的地方。可是那地方怎么那么穷啊。表弟来信给我的姐姐，总是说饿。

那时我的父亲也在受迫害，被打成"特务"，停了工资，爱莫能助。姐姐只能把节省下来的粮票尽量寄一些给他。大约又过了一些时日，表弟音讯全无。随后是忽然收到了一封寄自香港的，既无称谓也无署名的信件。我们一看便知，它出自我表弟的手笔。从那充满了暗示和隐语的信件中我们知道，他逃到了香港。

坦率地说，我为这消息感到高兴。如果是我，也免不了要逃的。不逃，不仅他没有生存的希望，连他的父母也没法活。逃了，他还可以每个月寄些许钱来给他的父母。一个人，如果不是被逼上绝境，他又何必抓着两个球胆，冒着被海浪吞噬，被机枪子弹穿透的危险，走下海湾？当然，这种坦率现在已经没有了风险，而在当年，漫说我的姑姑姑父，就是我们，也只能对这事守口如瓶。

表弟以他在艰难困苦中磨砺的铜皮铁骨，在香港闯荡：打工、学车、补习英语、进修簿记。他为人正直，学习勤勉，生活清苦，得到每一个相识者的称赞。

一个偶然的机会，他遇到了从美国回香港的李汉魂将军和李夫人吴菊芳。以表弟的人品学识，自然不难赢得这位前辈的赏识和同情。这样，他被李将军夫妇收为养子，带到了纽约，先在李将军开的餐馆工作，随后又自己去打天下，成为纽约地铁的公务员。

开放时代的到来，使姑姑姑父和他们爱子的团圆成为可能。1982年，两位老人移民美国。更具戏剧性的一幕是，1986年，我应有关部门之邀，对美国进行为期一个月的访问。我和表弟，从我们一起背"好雨知时节"算起，已经过去27年之久。北京分手时是两个年龄相仿，个头相似的"少先队员"，27年过去，各自经过出生入死的沧桑历练，最后相会在异国，个中滋味，只有我们自己知道。

到纽约第二天，一个凄冷的清晨，我在饭店门口等到了来接我的表弟。

他驾了一辆卧车翩然而至。在纽约，泊车殊为不易，按照电话里的约定，他在驾驶座里向我招手，我跑过去，钻进了车里。

我们都已经37岁了，似乎也都不是轻易动容的人。

我们甚至没有相互询问是否过得很好。我们只是把两只手紧紧地一握，27年的酸甜苦辣，尽在这一握之中。

我们的话题扯得很远，当然，也谈到了东莞，谈到了那次押上了身家性命的逃亡。

那么，这一次，由《中国作家》组织，东莞文联相邀，到东莞，到长安镇，难道是可以不去的吗？

初到东莞，后悔没有在临行前查一查当年表弟插队的详细地址，只记得大约是长安镇，具体在哪个村（那时叫大队、小队），已经忘记了。然而一到了长安镇，不由得为自己的念头感到好笑：你还想到哪儿找旧时的村庄啊？眼前大路坦荡，高楼林立，全然一派新兴城市的气象：造型简捷、巍峨耸立的长安门。绿草如茵、树木葱茏的金三角广场。碧波粼粼、美轮美奂的长安体育中心。灯火辉煌、流彩溢金的"购物广场"……难怪这里被评为"中国乡镇之星"。长安镇，就像金三角广场那件精美的城市雕塑所象征的那样，的确是在改革开放春风吹拂下冉冉升起的一颗南国之星！

主人给我们讲起长安的昨天、今天和明天。他讲到，过去的长安，每年不知有多少百姓冒着生命的危险，泅海逃港。而现在，逃港者几乎绝迹，倒是不少当年的逃港者回来了，来置产、来投资……

这时候，我想起了表弟。

表弟是不是也应该回来看看？我知道他没有发财，因此，无产可置，也无资可投，然而我相信，他回来，哪怕只是看看，他将感到欣慰：当年这一片使他无法生存下去的土地，如今竟成了这般模样。

这种大团圆的故事结局，对文学来说，或许显得有些肤浅、可笑。然而若是生活中的真实呢，或许没有人会拒绝吧？

1994.12.27

陈建功，1994年时任北京作协专业作家，后任中国作协副主席、书记处书记，中国现代文学国馆馆长、全国政协委员等。陈建功曾多次获全国重要的文学奖，部分作品译有韩、日、法、英、捷克文版本，在海外出版。《东莞故事》是陈建功的随笔，构思十分精巧，通过表弟的视角，写出了东莞和长安改革开放后的巨大变化。陈建功希望当年从长安逃港出去的表弟"回来，哪怕只是看看，他将感到欣慰：当年这一片使他无法生存下去的土地，如今竟成了这般模样"。如今的长安"眼前大路坦荡，高楼林立，全然一派新兴城市的气象：造型简捷、巍峨耸立的长安门。绿草如茵、树木葱茏的金三角广场。碧波粼粼、美轮美奂的长安体育中心"。"长安镇，就像金三角广场那件精美的城市雕塑所象征的那样，的确是在改革开放春风吹拂下冉冉升起的一颗南国之星！"

与林斤澜、李国文、陈祖芬、陈建功的散文随笔相比，何建明、朱子峡的长篇报告文学《东方光芒》，是对东莞改革开放的史诗性书写。

1978年12月，中国共产党开启了改革开放的历史新纪元。改革开放，既是一段国家的

1994年11月，陈建功（右五）等著名作家在长安镇参观时合影，右三陈祖芬、右四雷达、左三李国文、左六冯牧

壮丽辉煌传奇，也是亿万人民唱响的奋斗之歌。每一座城市、每一个乡村、每一户家庭都发生着巨变，人民对美好生活的向往正在逐步实现。《东方光芒》或激昂慷慨或朴实地展现了东莞改革开放进程，全面、多元地展示了在改革开放思想的引领下，东莞人民在中国共产党的坚强领导下，建设美丽城市、追求美好生活经历中折射出的百味人生，充分反映了东莞作为全国改革开放排头兵、创新发展先行者所取得的辉煌成就，更表达了人们融入新时代、踏上新征程的抱负，展望了东莞改革开放的美好明天。

《东方光芒》的作者何建明是当代中国最有影响力的报告文学作家之一，站在比较高的层面来审视社会和时代，抓住最能反映人心的事件和时代的闪光点。他与合作作者朱子峡在《后记》中说："作为外地人，要准确无误地梳理东莞30年历史，其难度可想而知。从2006年到2008年，我们前后十余次往来于北京和东莞之间，进行了为期近三年的采访调查。这样的时间长度，在笔者的写作生涯中还是第一次。原因只有一个：要真正深入认识东莞，非一日之功！热爱东莞，你就不得不这样做。尽管如此，我们仍然觉得这部书对东莞30年巨变的认识仍然是局部的。要完全认识东莞，需要熟读这里的每一个人，需要抚摸这里的每一寸土地。因为东莞人有着极为独特的个性，天生就敢为人先，懂得在机遇面前超前探索、开拓进取，更懂得居安思危，着眼未来，从而不断地拓展思路。""在改革开

《东方光芒》插图,1985年东莞撤县设市

《东方光芒》插图,东莞大道通车仪式

放30年的中国现代化进程中,东莞在全国农业县市中,一直是跑得最快的,而且东莞始终在奔跑!东莞所放射的改革与发展之光芒,璀璨夺目!""东莞的成功与成功的本质,在于她向世人昭示了一个经典范例:中国特色社会主义有不同的发展模式,东莞便是其中的一种模式,并且是光芒四射的模式!""东莞所走过的路,是中国,乃至于全世界范围内最接近于自发的一个城市化路径,也可以说是农民自主的城市化。同时,东莞也为中国这样的发展中国家,提供了实现城市化、工业化和全球化的可能。""一个个昔日的农业小县,通过30年的努力,创造出超过了内地一些省的GDP的经济水平,成为全世界瞩目的现代化城市,这就足够让我们一起为东莞骄傲。所有的话都可能是多余的,只剩下一句话:什么时候中国多出几个东莞,什么时候的中国就会比现在更强大十倍、百倍!"东莞的社会变迁是中国改革开放伟大事业的一个精彩缩影,《东方光芒》以文学的形式记录了改革开放以来东莞社会所发生的深刻变革,以时序和史事为经,以人物为纬,对东莞改革开放历史材料进行了认真的选择、梳理和剪裁,精心构思,精心结撰,描绘了一幅东莞与世界接轨、历史与现实交汇的开阔恢宏的改革开放画卷,展现了东莞改革者、领导者和建设者的精神风采。

与《东方光芒》全景式书写不同,著名作家赵瑜则聚焦东莞改革开放后的篮球事业,写出了《篮球的秘密》。

《篮球的秘密》,赵瑜著,中国青年出版社2011年4月版

赵瑜，山西人，以纪实写作著称。出版《中国的要害》《强国梦》《兵败汉城》《马家军调查》《革命百里洲》《寻找巴金的黛莉》《王家岭的诉说》《火车头震荡》等30余部作品，多次轰动文坛。蝉联三届"赵树理文学奖"、三届"徐迟报告文学奖"、三届"中国作家奖"，获第三届鲁迅文学奖。曾主持拍摄多部纪录片并获奖。现为中国报告文学学会副会长，山西作家协会副主席，国务院特殊津贴专家。

《篮球的秘密》在封底印着："中国百年篮球史备忘录，青少年篮球启蒙教科书，当代篮球第一城大报告，赵瑜体育三部曲再续篇！"《篮球的秘密》是首部全方位、多向度、多侧面反映东莞篮球文化发展及其改革实践活动的纪实作品。完成了一部填补空白之作。赵瑜是一位很讲究文体意识的独特作家，这部书稿在写法上也很有创新性，40个小标题均为提问式的，如"东莞的人文历史环境适宜打篮球吗？""对东莞的人文历史还有哪些话说？""东莞的体育传统厚不厚？""东莞篮球是如何起步的？""早年的球星有多酷？"等等。作者采取了一种开放式的、拥抱式的"圆桌"型召唤结构，用第一人称与读者交心、对话、恳谈，一下子拉近距离，形成了一个交流、解惑、释疑的话语场，雅俗共赏。

与何建明、赵瑜的作品相比，中国很多著名作家对东莞改革开放的书写，都是篇幅不长的美文，如杨羽仪《东莞，你在崛起》、张胜友《东莞：城市传奇》、高洪波《东莞琐记》、肖复兴《东莞之东》、李发模《东莞印象》、李松涛《东城，这方土地这方人》等等。

二、东莞作家的改革开放题材文学创作

改革开放以来的文学创作，无疑是东莞文学史中最浓墨重彩的部分。"文变染乎世情，兴废系乎时序"，刘勰在《文心雕龙》里的这句话描述改革开放与东莞小说创作的关系是非常确切的。改革开放40多年来，我们国家在经济、社会、文化等方方面面都取得了很大的发展，文学与改革开放一起呐喊、一起前进，成为改革开放文化中的重要组成部分，因为"文变染乎世情"。每个"黄金时代"的出现和"作家群"的形成，都离不开社会兴衰变革的契机。东莞改革开放的伟大实践孕育着丰富的创作资源。先行一步的改革开

放使东莞成为一块得天独厚的宝地，新旧交替，东西交流，中外碰撞，南北融汇……世纪更迭，历史变迁，语言转向，价值转换，灵魂蜕变……哪一笔不是丰厚的文学创作财富。新世纪十五年，东莞由过去人们常常言说的文化沙漠，渐渐变成一个文化繁荣之地。东莞的文学创作也在改革开放的历史变迁中，显现出勃勃生机。任何一种文学现象的产生都离不开特定的生存空间和特殊的历史文化语境。考察东莞文学与改革开放语境的关系，可以发现新时期东莞文学实际上经历了一个从惯性写作到自觉写作，从一元到多元、从中心到边缘、从浮躁到放松的动态发展过程。只有在改革开放的大背景下，才能对东莞新世纪作家群的生成背景、发展过程、主要形态展开比较清晰的解读与界定。

作为著名的移民城市，一提到东莞，容易让人想起东莞的"打工文学"，但真正能够体现东莞移民特点的，恰恰不是"打工文学"，而是以陈玺为首的"东莞移民作家"群所创作的长篇小说。改革开放40多年来，东莞迅速由一个香飘四季的农业县发展成为新兴的制造业名城，成为广东，乃至中国改革开放精彩而生动的缩影。大量来自全国各地的务工者聚集东莞，他们在东莞工作、生活、感受、碰撞，形成了特有的打工文学现象。实际上比"打工文学现象"更为重要的是"移民作家"陈玺、陈启文、胡海洋、杨双奇等人的长篇小说，每个人的故乡记忆构成了他们情感结构中最为重要的一环。来自湘西的土家族作家杨双奇创作的长篇小说《野性湘西》，讲述了一个发生在现代湘西的传奇故事，审视历史长河中湘西人的生存困境与精神裂变；来自江西的满族作家胡海洋创作了长篇小说《大河拐大弯》，以江西"卓仁堂"末代传人——卓逸之的青葱成长为导线，揭示了一个延传百年的中医世家走向破败的精神根源，也揭示了国民精神这一持久伤口无药能医的历史渊源。来自湖南的作家陈启文创作了长篇小说《江州义门》，展示了江州义门陈氏500多年的家族建立、兴盛、最终几近灭亡的历史。东莞的"移民作家"，每一个人都有自己的精神根据地，这恰恰是最重要的移民特征。这些作家都是携带着自己的精神原乡进入东莞的。陈玺的长篇小说《一抹沧桑》《塬上童年》对渭北乡村的书写，更让我们看到，好的移民作家大都有一个自己的写作根据地，这个根据地不仅是地理学意义上的，也是精神意义上的。

陈玺的精神根据地是久远沧桑和凝重的三秦大地，是北部的豪放粗犷和南边的细腻婉约并蓄的关中大地，是化为作家生命底色的渭北塬上村落。陈玺在《一抹沧桑》的后记，打了一个形象的比喻："一定的程度上，人就像一台计算机，故乡给了他社会化的第一个操作系统。""人的第一套操作系统,会镶嵌在血脉中,构成了人的灵性的内核。"与故乡陕西的离散和聚合,形成了陈玺心灵世界非常复杂的"操作系统",他对关中塬上的乡村生活有着特有的敏感性和直觉性。《塬上童年》写出了挖荠菜、摘洋槐花、做梭镖、捡麦穗等一桩桩的乡事,也写出了物质匮乏年代的乡村记忆。分油时,栓娃妈"将剩下的油倒进碗中,将瓶子翻过来,靠在铁锅的耳边,让油滴干净"。一滴油都舍不得浪费,连油桶壁上残留挂着的一点油,小伙伴们也要用"塌塌饼"揩个干净。乡村人家的油瓶,"人口多的家庭,用的是大一点的瓷壶,少部分是医院用过的葡萄糖输液瓶,大部分是蓝色高颈的西凤酒瓶子"。小说将物质匮乏年代乡里人的质朴、善良表现得淋漓尽致,不是亲历者,很难捕捉到这样的生活细节。小说中对牧羊细节的描绘,细致入微,栩栩如生,也表明了亲历经验的重要性。这样的生活细节,构成了陈玺小说的血肉,也正是触动他情感的最为敏感的按钮。他的小说是故地生存经验和精神体验的诗性书写,是形塑族性记忆的重要文化想象场域和美学形式。近80万字的《一抹沧桑》是一部具有"史诗性"的鸿篇巨制,陈玺以工笔与写意融合的手法,以20世纪70年代至90年代为背景,描写了陕西关中渭北塬上几户农家日作日息的生活形态和情感姿态,还原了华夏数千年的农耕生活,充分展

陈玺长篇小说《一抹沧桑》研讨会现场

现了作家对乡村日常生活经验的观察与积累。渭北塬上的风俗、习惯、饮食、戏曲等，贯穿始终；阉牛、劁猪、配种、杀猪、爆米花等，不离其中；按泥、放炮、掏鸟窝、骑驴、偷瓜等，点缀其间。岁月流转，世事变迁，一代代人耕耘不已，一个个家庭悲欢离合。在时间的长河中，陈老五、马九、智亮、麻娃、宏斌、志发……诸多人物构成了典型的中国农民群像，他们悲欢离合的命运走向与塬上村落的纠缠相扣，彼此无法摆脱，他们以汗水、眼泪和血，给中国的乡土大地烙下一抹沧桑。陈玺让我们体会到时代变革阵痛与人们心灵震颤之间的内在关系，感受到作家对乡土中国境况和历史命运的深刻思考，"书写了赤黄大地上如蚁一样千百年来支撑着民族前行，并被历史的印记长期忽视的一隅苍生"。著名文学评论家雷达称赞《一抹沧桑》"是一部建筑在童年记忆基础上的重返乡土之作。由于作者身处南国，遥望故乡，文化的差异增添了怀旧的冲动，因而这也是一部充盈着现代乡愁之作"。著名作家邱华栋认为："陕西出文学大家，陕西作家善于浓墨重彩地书写八百里秦川的世事动荡、白云苍狗。即使比之于《白鹿原》《秦腔》这样的乡土文学巨作，《一抹沧桑》仍然有其独到的让人回味的地方。陈玺悠长的叙述语调，挥之不去的乡愁别绪，使这部近百万字的皇皇大作，既有工笔画的整饬、明丽，又具有写意画的氤氲、挥洒，可以视之为中国乡土文学又一代表作品。"

在《一抹沧桑》里，我们看到陈玺对长篇小说史诗品格的审美追求，富于强大的思想张力和绚丽的美学光泽。在对塬上世界的书写上，陈玺采取了诗性的表达方式。"诗性"是陈玺小说最重要的美学特征。从《一抹沧桑》到《塬上童年》，构成了一幅壮观的"诗性"小说场面，如语言的诗化、结构的散文化、象征性意境的营造、艺术思维的意念化和抽象化等，都体现了小说的诗化特征。陈玺把某些文体特征吸收、消融到小说的创作中来，将小说用诗和散文的笔法写成，使其具有诗的意境和韵味，体现出小说与诗歌、散文的相互渗透。长篇小说《塬上童年》原发《中国作家》文学版2018年第5期，作品发表后引起文坛广泛关注。小说以懵懂少年的视角，勾勒出了乡间孩童嬉戏的童年岁月，描绘了一幅具有时代特色的塬上全景风情画。《塬上童年》可以称为"诗化小说"，也可以称为一部长篇系列散文诗，用诗歌的方式组织叙事，最大限度地逼近诗，具有诗的意境和情致。它与传统小说在语言的运用、结构的设置、叙述的方式及人物形象的刻画等方面有着不同的追求目标和审美特征。《塬上童年》的《自序》，刊发于2019年8月11日的《光明日报》，这篇序言实际上就是一篇散文诗：

上世纪70年代初，村子里的孩子像水中的蝌蚪，在阳春三月消融的麦田中拾雁粪，挑野菜，爬树采洋槐花；麦收季节，他们穿着白衫蓝裤，扛着红缨枪，在村口站岗放哨，或是跟着妈妈踩着晨露，随着潮水般的人流捡麦穗；仲夏时节，他们游弋在田间壕渠，偷西瓜，摸鸟窝，坐在树梢瞭望，潜到水中嬉戏；秋雨中，他们挖红薯，拾棉花，收玉米，种小麦；严冬，他们缩着脖子，猫在用蛇皮袋堵着窗户的教室中，盯着讲台上的老师，思量着溜到"平整土地"的工地上混碗面吃；过年了，盼望大人们从工地回来，更期盼着生产队杀猪。

春节，回到塬上故里。站在村东头的壕边，朝南瞭望，老村头的槐树恰似一位在寒风中打着喷嚏的老人，摇摆着萧瑟枯枝。一群乌鸦围着树梢的窝，叽叽喳喳地盘旋着，我瞬间想起童年掏鸟窝的情景。在荒草丛生的院落里，我找到已经断筋生锈的弹弓和链子枪，寻到了铁环。除夕夜，依旧是雪花纷飞，爆竹声声。我裹着大衣，来到童年几个玩伴的家里，憨憨的笑容和木讷的表情，客套地寒暄，我带着沉积在心里的热情，试图打开童年的话题。回到家里，我带着侄子放鞭炮，我似乎看到孩提时，村子的人站在门前，品评着每家每户的春联和爆竹。

从老家归来，我依旧陷入追忆的旋涡中，我要用键盘敲出一幅童年的画卷。乡村渐渐远去，四十多年，古旧沧桑的华夏大地发生了巨变，浓缩着时代印记的渭北塬上一群孩子的故事，必将沉寂在历史的洪流中。而我希望将这份故乡的馈赠永远地留存下来。

关中渭北的塬上，是那个年代人们的集体记忆，青涩和懵懂中有着稚嫩的遐想。就像故乡的老汉吆着老黄牛犁地，有的犁得深一些，有的用铧尖划道渠，就过去了，文学只有在对生活的深耕细作中，才会感悟到天地自然的韵致，感悟到将生命皈依于这片土地的人们的情感。

给童年一个浮标，年老体弱的时候，大家坐在岸上，瞭望着飘曳的浮标，那是弥足珍贵的生命记忆；给童年一个浮标，让垂钓的少年，记住几十年前，他们的父辈曾像蝌蚪一样，在涝池中嬉戏，像牛犊一般，在大人的督促和斥责下渐渐成长。

陈玺的这篇序言不仅交代了写作《塬上童年》的缘起，而且本身就用散文诗的笔法，写童年的生活，追忆成长的历程，生活气息浓郁。序跋是陈玺长篇小说的有机组成部分，以序跋为切入角度，能够管窥到陈玺的诗学追求，序跋与文本之间有着密切的互文性关系。陈玺为《一抹沧桑》所写的《后记》，其实也是一篇语言十分优美的散文诗，对渭北塬上景物的描写是非常传神的。渭北瓦楞上的雨线，在创作主体的心理意识层面聚合而成一种心绪，一种不舍的情怀。陈玺的小说都存在着这种情绪结构，这种情绪结构在本质上是属于诗的。从结构形态上，陈玺的"诗性"小说《塬上童年》不再讲究叙事的连贯性、情节的集中紧凑等特点，而采用了诗化、散文化的情调，情绪结构形态，不再讲究故事情节的完整性和严谨性，而是通过创造零碎的场景和强烈的主观抒情来淡化叙事情节，将一种主情

《塬上童年》，花城出版社，2018年11月

主义的美学意识带进小说当中，以深层的内在意蕴将生活的片段、简单的故事情节以及复杂的情感思绪贯穿起来。

长篇小说《塬上童年》入选第五届广东省中小学生"寒假读一本好书"书目。与传统小说相比，陈玺的"诗性"小说将语言的诗化放在首要位置，其语言隽永含蓄及精练自然，节奏感强，富有内在韵律，而且能构成抒情意象，具有深刻宏阔的主题意蕴，使小说充满诗情画意和音乐美。《塬上童年》通过栓娃的视角，描绘了陕西大地所特有的景观意象，给人的视觉造成了巨大的冲击："低头一看，下面是一望无际翠绿翻滚的麦浪和散落在田间地头亦如麻点一样的人影。成群的蜜蜂，颤抖着翼，嘤嘤嗡嗡穿梭在花蕾间，用触须撩着沾着露水的点点花蕊。平视北望，塬下是一条宽阔的黛色的川道，川道北起的缓坡尽头是沉睡在大地上，守护着这片水土的端秀威仪的姑婆陵。转身南望，土塬南沿下，是飘着白雾的八百里秦川，中间镶嵌着一道白啦啦的水带，南岸是雄浑透迤的秦岭山峦。"陈玺借鉴诗歌"随物宛转，与心徘徊"的情绪流动的结构方式来组织心绪，诗意的语言展现出的是一幅雄奇山水图。《一抹沧桑》中，通过孙蛋的视角，将景观意象描写与生命意识有机地融合在一起："坐在摇晃的汽车里，看着昏黄光晕下的灰秃秃的原野，孙蛋想到

了这厚厚的黄土就像铺在地壳上的一层海绵一样,逝去的先辈将通过慢慢腐朽的棺木,最终融化在厚土中,黏黏的黄土阻隔了肉身的下渗,他们最终变成了肥料,滋润着田禾树苗,通过自然的轮回,成了另一种生命存在。"这种富有深味的诗的语言,这种鲁迅《野草》式的笔法,《野草》式的生命沉思,让小说中的人物似乎都变成了抒情诗人,通过人物内心世界发展的轨迹及情绪流动来组织结构,从而凸显出诗的抒情结构。小说人物与辽阔苍茫、粗犷坦荡、深邃博大的厚厚黄土精神合二为一。在这里,厚厚黄土成为乡土中国的精神象征。陈玺善于将人生观寄寓于风景的描画中,而从情感的抒发中追问生命的意义,我们在他的小说中随处可以遇见人格化的自然和自然物的人性。

陈玺的长篇小说《风吹麦浪》,讲述20世纪80年代改革开放初期,古旧苍凉的渭北塬上,一群渴望走出农村,迈向城市的年轻学子的成长故事,"风吹麦浪"是那一时代的生动象征。它轻巧而富有魅力的语言,充满灵动的诗意,对改革开放初期"乡土中国"的复杂呈现,使作品具有了独特的审美价值和思想深度。青春的年纪,萌动的情怀,一同走过中学时代的顺文、小萍、军柱、益群、小丽、张琳、方杰、大明等人,都在时代浪潮和各自的命运驱使下,涅槃成长,走向了不同的人生。对城市生活的向

《风吹麦浪》,花城出版社,2021年1月

往,驱使少年们在奔跑的路上,尽情挥洒了各自的青春与汗水;在成年后回首,故乡依然是他们生命中不变的底色。穿插在故事之间的,还有在这群少年学子背后站立着的一群风格多样、经历各异的教师,点缀了曾经的少年时光,见证了这场青春的成长礼。改革开放的浪潮滚滚而来,势不可当,既蕴含着生机、变化,也生成着问题、困惑,陈玺在他的小说里成功地勘探了"后乡土中国"之现代蝉蜕的历史现场。

陈玺的长篇小说新作《珠江潮》(《当代》2021年第4期),与20世纪90年代的文学期刊《珠江潮》,有着某种内在的精神联系。当年的《珠江潮》杂志由东莞文联主办,而作家陈玺是现在的东莞市文联主席,他将小说命名为《珠江潮》,不管是有意还是无意,

《珠江潮》，花城出版社，2022年4月

都是对历史的一种互文与呼应。总体看来，那些篇幅短小的应景文章，读起来还是有点浮光掠影，有点浅尝辄止，经过数十年的等待与呼唤，我们终于看到了《珠江潮》这部取材于东莞改革开放的史诗性长篇小说，这是一种突破，一种实质性的由蛹到蝶的突破。《珠江潮》以其鸿篇巨制，当之无愧地成为能配得上这个大时代的大作品，是几代湾区人的命运书写和精神史诗。

"文变染乎世情，兴废系乎时序"，借用刘勰在《文心雕龙》里的这句话，描述时代巨变、改革开放与陈玺小说创作的关系是非常确切的。陈玺在长篇小说《珠江潮》里，讲述了一个逃港者的人生传奇、命运悲欢。小说中的狮门原型地为东莞虎门，诞生了全国第一家"三来一补"企业——太平手袋厂。主人公佘锦堂出身于狮门的名门大户，"狮门居珠江口东岸，南眺香港，北望广州，乃南粤名埠"，"这里的炮台，揭开了近代史的大幕"。民国兴盛时，佘家拥有狮门半街商铺。佘家老爷子穿行于粤港两地，佘锦堂系其小妾所生。解放后，佘锦堂与母亲被留在狮门相依为命，由于是地主仔，备受歧视。东深供水工程竣工，东江水到了香港。佘老爷子参加香港观光团，回到桥头参观东深供水工程，终于见到了儿子锦堂，但又不得不"一步三回头地走了"。经过千辛万苦，锦堂终于偷渡到香港，秀美的维多利亚海湾和车水马龙的弥敦道、尖沙咀，一一展现在他的眼前。锦堂经营父亲留下的莱莉雅服装公司，苦撑多年，抓住了内地开放的机会，在锦康等狮门领导的推动下，回到狮门的祠堂里创办了"三来一补"企业。邓小平南方讲话后，锦堂在狮门办起了布料市场，事业蒸蒸日上。与锦堂一起逃港的阿财，与锦堂一起回到狮门，后来投资了夜总会，又在靠近江岸的地方创办了五星级酒店，成了狮门的地标。他们协助狮门政府，举办了国际服装交易会，狮门成了远近闻名的服装名镇。锦堂脑出血后，他的儿子阿昌接替他的角色，成了莱莉雅集团的总裁，穿行于粤港两地。莱莉雅一度因环保问题而陷入困境，最后启动"三旧改造"项目而重获新生。小说记录了几代湾区人的人生足音，与东莞改革开放的大潮同频共振。东莞的社会变迁是中国改革开放伟大事业的一个精彩缩影，《珠江潮》通过生动的人物关系和特定历史社会背景，以小说的形式记录了改革开放以来东莞社会所发生的深刻变革，以时序和史事为经，以人物为纬，对东莞改革开放历史材料进行了认真的选择、梳理和剪裁，精心构思，精心结撰，描绘了一幅东莞与世界接轨、历史与现实交汇的开阔恢宏的改革开放画卷，塑造了锦堂这样个

《当代》，2021年第4期

性鲜明的弄潮者、锦康这样血肉丰满的领导者形象，反映了改革开放大潮中广东人敢闯敢试的开创精神。小说故事再现了改革开放几十年的风云激荡，密布着时代的呼吸，天然地成为时代的投影。陈玺从时代这艘大船的激流勇进中吸取力量，以自己的创作实践，有效参与了几代湾区人创业史、文化史、心灵史、情感史的建构。《珠江潮》可以称为改革开放的一部精神史诗，对于史诗性的追求是这部长篇小说的重要特征。

粤港澳大湾区所特有地域性和地域性的文化，以及方言、城镇、地理、气候、民俗（如龙舟赛）、植物（如大榕树）、饮食（如荔枝柴烧鹅、烧鹅濑粉）等等，增强了陈玺小说的厚重感，让故事变得更加可信，人物更加鲜活，语言更加鲜明。虎门作为原型地，其地理特征在《珠江潮》中得到了充分书写。作为小说中的县城，莞城的华侨大厦、华侨大酒店、运河、西城楼、红楼等，也一一出现在陈玺的叙述里。香港的维多利亚港、弥敦道、尖沙咀、红磡车站、太平山，深圳的罗湖桥、深南大道，东莞桥头镇的东江供水工程等，都成了故事的众多发生地，成了作家创造性使用的生命现场与情感按钮。大湾区独特的生活场域，构成了这部长篇小说的基本空间。陈玺聚集他在广东几十年的生活经验，写大湾区70多年的社会世变，特别是写改革开放巨变之下世俗生活所呈现的意趣风致，写各

种职业活动和寻常琐事,为我们提供了丰富多彩的大湾区风俗画卷。陈玺对粤语进行了广泛吸收和精细提炼,对"老豆""头啖汤""老细"等粤语词汇信手拈来,调动了日常生活语言的强大表现力,生动、风趣地书写粤港两地的人物、故事,表现具有浓郁岭南色彩的人情世态。这部小说的创作,体现了作家陈玺与岭南大地的精神联系,体现了他在大湾区生活中所特有的体验和感受方式。作为近代史的开篇地,中国最早纳入全球化、工业化、城市化的先行地,以狮门(虎门)为代表的大湾区文化具有开放性、兼容性的特点。这种地域文化,是全球化、现代化、城市化、工业化的一个缩影。《珠江潮》为我们提供了丰富的观察视角和研究样本,提出了许多有价值的话题。小说在地域性与世界性因素之间找到了它的生长点。

从艺术表现来讲,《珠江潮》与曾经流行的所谓"改革开放文学"有很大不同,是一种充满人间情怀的"新改革开放文学"。它与"改革开放文学"有所不同的是,"改革开放文学"总是要围绕一个有关改革开放的中心事件展开故事,而《珠江潮》却淡化了这样的中心事件,重点写时代巨变与改革开放在人们的日常工作、生活、风俗习尚、心理心态、情感情绪等方面的深刻影响,强调对于现实生活本来面目的感性显现。小说对锦堂作为地主仔和逃港者的苦难叙述,对特定年代的各种场景、各种生活细节、各种心态的描写,都相当传神、生动和细致入微,对"改革开放前史"给予了充分展示。国柱对地主仔锦堂的种种欺负,留下了特定年代的身份记忆和锥心感受。锦堂回乡办厂后,小说对于改革开放的描绘仍然是边缘化、世俗化的。这样的边缘化、世俗化,也许正是对"改革开放文学"的理性化、理想化的反拨。小说描写了几代人在特定的时空背景下所经历过的种种痛苦与欢欣,剖示了改革开放进程的繁难与艰辛,呈现出不同个体所面临的生存处境与人生际遇,以及他们对这个急速变化中的世界的观察和感受。锦堂与国柱都是具有宿命感的人物,国柱在边境战争中失去了一条腿,锦堂在庆祝孙子的弥月之际出现了脑出血,这是小说呈现出的另一种生命图景与命运轨迹。小说结尾处,写坐在轮椅上的锦堂被推到大榕下,他仰起头盯着粗大弯曲的几条根系缠绕着的榕树,感悟道:"人的一生,有起有落,这棵大榕树,给了我们一生的记忆,见证了我们的起落,它陪着村子的一代代人,它才是这片土地的尊者。我们不管成败得失,最终都是这块土地上匆匆的过客。"小说的基调充满着命运的沧桑感,陈玺写作的终极目标在于对生命意义的追溯与追问。

《珠江潮》不仅是改革开放的一部史诗,也称得上一部爱情教科书,一条时隐时现的爱情线始终贯穿在一江珠水里。通过贯穿在小说中几对青年男女的恋爱故事,作品表现了他们的个性和精神面貌。锦堂与映芬青梅竹马,心有灵犀,逃港后的锦堂不得不迎娶静怡,静怡成了锦堂生意上的好帮手。留在狮门的映芬很不情愿地嫁给了国柱,国柱在边境战争中失去了一条腿,映芬却能与他相濡以沫,安心地相夫教子。锦堂顶住压力,回乡办厂,与他对映芬的感情,也有一定的关系。他们一直将彼此的感情藏于心中,锦堂之所以挑选阿青作为自己的贴身秘书,是因为她的长相酷似映芬:"映芬愕然一怔,不由得打量一下阿青,果然眉眼脸型和自己年轻时颇有些相似。映芬心下明白锦堂的心思,她涌起复杂的情绪,感动、心酸、怅惘,心却是暖的。这个人哪,在以这样的方式念想她呢。"小说从头到尾,用了颇多笔墨书写锦堂与映芬的真情故事,字里行间能看到岁月如流的生命,能看到心灵的坚守,能看到躁动不止的灵魂,能看到"真情贵过金"的感悟。除了锦堂、国柱与映芬的"三角恋",下一代人阿昌、得天与雪梅的"三角恋",也值得玩味。小说包含的爱情密码是丰富的、多样的、复杂的,有着哲学意味的,每一种爱情都是对人生况味的品尝,对人性极限的探索。陈玺编织的爱情故事,是独具匠心的,他以平民化的情感和意识,使个人与社会、历史与现实、人生与责任、情感与理性等内容相互纠缠在一起,拓宽了小说的表现空间,深化了对于心灵世界的认识。丰富的心理内涵和人性内涵,使小说与现实之间具备了恰当的审美距离。

潮平两岸阔,风正一帆悬。"珠江潮,潮起潮落,河东河西。不只是一个人从贫穷到富有的奋斗史,也是一片土地从古典到现代的蜕变史。"一江珠水延续文学情怀,陈玺站在时代的潮头,用《珠江潮》这部长篇浩帙,为我们谱写了一部大湾区变迁的雄奇史诗。通过这部小说,我们找到了大湾区精神蝶变的发轫和源头。

与陈玺的长篇小说相比,杨双奇的长篇小说《春暖花开》则有着东莞改革开放的直接背景。2005年,在广东省作家协会与省委保持共产党员先进性教育办公室联合举办的文学征文中,东莞市作家杨双奇摘得金奖,给东莞文坛带来勃勃生机。《春暖花开》是作家杨双奇摘取金奖的小说,是他多年艺术创作经验积累的一部长篇力作。小说描写了在中国改革开放的大潮来临之际,南方农村某管理区的老党支部书记喜叔、新的村委会主任孙官瑜、妇女主任陈媛、民兵营长孙阿茂等人在特定的时空背景下所经历过的种种痛苦与欢欣,剖示了改革进程的繁难与艰辛,呈现出不同个体所面临的生存处境与人生际遇,以及他们对这个急速变化中的世界的观察和感受。"现实精神"与"人间情怀"在这部小说中得到了强化,确立了作品关注现实人生的艺术品格。

《春暖花开》在"现实精神"的层面上做出了积极的探索,体现了作家杨双奇关注现实的使命感与责任感。杨双奇以平民化的情感和意识,使个人与社会、历史与现实、人生与责任、情感与理性等内容相互纠缠在一起,拓宽了小说的表现空间,深化了对于人、现实的认识。杨双奇以特别敏感的目光对准了我们这个时代的"转型"性质——一切都处在一个变动、失序、重新选择的过程中的特征,在亦庄亦谐、充满忧患与无奈、自嘲与反讽的复杂语境中展开时代景象的描绘,为我们提供了一幅真实而生动的社会画卷,记述了一穷二白的太平村走向改革,走向富裕,建设成社会主义新农村的历史进程。浓郁的时代感和强烈的生活气息构成了其艺术魅力的首要特征。伴随改革开放的步伐,中国社会由浅入深,已发生了令世人刮目相看的巨变。但我们远未到欢庆胜利的时刻,改革仍在过大关。

2005年,杨双奇获奖证书

经济、政治、社会、文化，各层面问题和矛盾交织着、聚集着，依然要靠更深入的改革去克服和消除。但恰恰在这样的历史时期，我们的文学却早早抛开改革享清福去了。近年来，不论是市场化写作，还是私人化写作、身体写作，都无一例外地割断了文学与现实的内在联系，小说家对农村改革开放题材更加无动于衷和失语。让所有作家都有历史使命感，这既不可能，也有违文学多样化的生存规律。但话说回来，如果我们时代所有作家都去自由地叫喊，都放弃文学应承担的社会责任，这同样也不正常。再具体地说，就是深刻反映反思中国改革的作家、作品太少了。《春暖花开》这部长篇小说的出现，对当下的文坛而言具有非常重要的意义，构成了现实主义文学的一种新的转机，发掘出真正的现实主义精神来。

现实主义文学在目前毫无疑问是值得进一步倡导的，因为现实主义文学中的核心内容"现实精神"是任何时代、任何种类的文学都需要的，没有"现实精神"的文学是缺少生命力的，然而这种生命力还需要作家博大的人间情怀和优美的艺术形式作为保障。值得称道的是，《春暖花开》没有停留在对现实生活的表层描写，而是对生活中人的灵魂，对影响现实变化的多种力量进行了深入的挖掘和思考，体现了作家杨双奇的"人间情怀"，使"现实精神"得到了很好的艺术呈现。没有这一点，所谓的"现实精神"也只能是简单化的，缺少深度的。《春暖花开》刻画了几个富有当下感和典型性的基层官员形象，这些形象都具有非常丰富的心理内涵和人性内涵，使小说与现实之间具备了必要的审美距离。小说开篇从日本商人川端先生为民兵营长孙阿茂的父亲立碑写起，引出对一群基层共产党员命运的叙述，从而折射出在中国大地上曾经上演过的几家人数十年悲欢离合的人间悲喜剧。幸与不幸，泪与笑，失落与新生，尽在其中。作家把改革的阵痛、时代的阵痛、社会的阵痛和人的命运结合在一起，多层面地刻画了主人公在社会转型期的心理、性格和行为的矛盾与变化。从中看出市场经济观念和现代意识观念对传统农村文化生活的冲击。而由于作家放弃了对人物的道德化视角和情感评判，完全采取一种从人性、人情、人伦角度客观观照人物心理、行为、思想的民间化立场，因此小说就呈现为一种泯灭了正、反面人物界限的中性状态，这也是人物具有真实感、复杂性和典型性的一个原因。比如对民兵营长孙阿茂的塑造，我们很难用已有的框子、套子、模子，去装、去套、去量，是无法简单地肯定或否定的人物。在改革开放前，他是逃港者眼中的一杆枪。改革开放之初，他迷茫、困惑、迟钝，甚至有点愚昧，但很快又成长为一名精明的老板。发家之后的孙阿茂武断地干涉女儿的婚姻，不准女儿嫁给外地人，在他身上，人们仍然会发出仁者见仁智者见智的争论。小说以出色的文学表现，让我们看到了这样的人物在市场化、工业化、城市化进程中活生生的成长过程。在孙阿茂的复杂性上，表达出作家对这一丰富而复杂的人物酝酿塑造过程中的独特体验。对这样的人，已经不再可能用那种不是歌颂就是暴露、不是肯定就是否定、不是美化就是丑化的二元对立的分析和判断。另外，小说对"逃港者"的苦难叙述，对"转型期"社会生活的各种场景、各种生活细节、各种心态的描写，都相当传神、生动和细致入微，达到了现实主义文学所要求的"细节的真实"的高度，获得了很大的现实穿透力与艺术感染力，对于人的心理、文化内涵、灵魂冲撞给予了充分展示。

  从艺术表现来讲，《春暖花开》与曾经流行的所谓"改革文学"有很大不同。众所周知，中国自1978年年底十一届三中全会之后，便开始了自上而下的全国性经济体制改革。与此同时，许多作家开始把创作目光由历史拉到现实，一边关注着现实中的改革发展，一边在文学中发表自己关于祖国发展的种种思考和设想。这就是风骚一时的"改革文学"。真实的改革进程，绝不是身披霞光的改革"新星"与顽固保守派的斗法过程，而是真正触及社会经济结构与习俗规范的革命过程，是伴随生产关系与各阶层各群体利益重新调整而使整个传统价值观念受到猛烈冲击逐渐蜕变更新的过程。而问题正出在这里：当作家、批评家自身的价值观念同样受到冲击，陷于某种混乱而失去把握现实的理性制高点时，便不得不对某些改革的现实采取回避态度，从而给当代文学留下一块近乎无奈的空白。"改革文学"的"模式化"倾向降低了其作品的艺术质量，这也是"改革文学"难以取得更大进展的主要原因。《春暖花开》在很大程度上弥补了"改革文学"的艺术欠缺，或者说它是一种充满人间情怀的"新改革文学"。它与"改革文学"有所不同的是，"改革文学"总是要围绕一个有关改革的中心事件展开故事，而《春暖花开》却淡化了这样的中心事件，就写改革在人们的日常工作、生活、风俗习尚、心理心态等方面的细微影响，强调对于现实生活的本来面目的感性显现。不妨说，它对改革的描绘是边缘化、世俗化的。在我看来，这样的边缘化、世俗化，也许正是对"改革文学"的理性化、理想化的反拨。

  20世纪80年代中期，以一篇《清清沱江水》一举荣获全国短篇小说创作奖而登上文坛以后，杨双奇一直笔耕不辍，心无旁骛，痴情写作，创作了以大型历史剧《鬼雄》，电视连续剧《天堂围》，长篇小说《非常爱情》《让我们都活下去》《水墨湘西》等为代表的百万多字的作品。特别是进入新世纪之后，其小说创作不由得令人刮目相看。2001年《中国作家》第三期所刊载的长篇小说《陈本虚离婚记》是杨双奇一部富于文本的创造意义的作品。在内容上来说，这是真正中国的南方文学，改革开放时代的文学，它的出现其意义是很大的。它采用虚的离婚故事外壳，却是实的改革开放市场经济大潮中南方人、南下打工谋生求发展的人生与社会的写照。陈本虚的离婚过程贯穿于他的情感心灵精神历程，连贯起南北生活的今天和昨天、乡村与都市。离婚法律判决中陈本虚的自供状，实际上就是一个知识分子的灵魂供述状，一个文人对自己情感精神历程的追忆、倾诉和对灵魂的拷问。有着精神的深度、灵魂的深度和人性的深度。作品特色还可以概括为"三本三史"：故事本虚、生活本真、人物本色的"三本"；心灵史、情史、时代信史之"三史"。作品就是这样一个丰富多彩的魔方组合，对现实人生进行着多角度、立体、全方位的反映与展示。

《太阳转身》系东莞市文联庆祝改革开放40周年重点签约项目。太阳转身之处寓意东莞所处的北回归线，长篇小说《太阳转身》以来粤"淘金"的作家卓逸之和当地女企业家叶沉香为中心人物，穿珠成线，力图展现一个家族与莞香（即"女儿香"）的血肉牵连，把莞香文化与东莞精神结合起来，并以此呈现东莞改革开放波澜壮阔的历史画卷。《太阳转身》是一部个人生活史、迁徙史、经验史、情感史、心灵史、精神史，是一部南下文人的精神备忘录。改革开放市场经济大潮中，小说主人公卓逸之的人生遭遇，是千千万万南下打工谋生求发展的人生与社会的写照，贯穿于他的情感心灵精神历程，连贯起南北生活的今天和昨天，实际上就是一个知识分子的灵魂供述状，文人对自己情感精神历程的追忆、倾诉和对灵魂的拷问。有着精神的深度、灵魂的深度和人性的深度。作品就是这样一个当代中国人丰富多彩的魔方组合，对现实人生进行着多角度、立体、全方位的反映与展示。

《太阳转身》是一部东莞改革开放的百科全书，全息全景的动态呈现，东莞元素非常丰富，提供了社会各个领域无比丰富的生动细节和形象化的历史场景。作者是东莞改革开放40年来洞察入微的社会学家、历史学家、人类学家。

《太阳转身》是粤港澳大湾区崛起的一部史诗，具有非常重要的当下意义。建设粤港澳大湾区不仅具有重大的政治意义、经济意义，更是加强粤港澳各城市文化交流合作的重要历史机遇。粤港澳大湾区各城市历史渊源深厚，自古同属于百越之地，形成了丰富复杂的文化内核和紧密相连的人文价值链。粤港澳大湾区，实际上就是在太阳转身的地方，北

《转身太阳》，作家出版社，2018年9月　　　　《春潮》，北京十月文艺出版社，2021年3月

回归线以南的地方。《太阳转身》凝结了作者的血泪真情，广纳了社会的最新信息，寄托了深刻的人文关怀，提供出一份栩栩如生的大湾区生活的精神档案，展现了胡海洋独特的观察与体验，感悟与深思。

《太阳转身》是一部粤味儿十足的岭南都市传奇，丰富和刷新了岭南书写的文学传统。胡海洋聚集他在广东的生活经验写岭南几十年的社会世变，写巨变之下世俗生活所呈现的意趣风致，写各种职业活动和寻常琐事，为读者提供了丰富多彩的岭南风俗画卷。粤味，体现了作家胡海洋与岭南大地的精神联系，"粤味儿"，现代学者认为通常指一种风格现象，是由人与城市之间特有的精神联系、体验和感受方式。作为近代史的开篇地，中国最早纳入全球化、工业化、城市化的先行地，从地域文化渊源看，从古到今，岭南文化都具有开放性、兼容性的特点。"岭南文学"的原初胚胎中，就天然地包含着世界性的因素。一百多年前，黄遵宪的诗歌创作表现了中国人走向世界、接受世界的姿态，写出了全球化生存境遇中的一种精神体验，为中国文坛输入大量新的质素。在世界性因素的观照下形成自身特点的，从清末现代性的追求开始，其发展轨迹与世界性因素是很难分开的。最近几十年来，广东形成了更加开放兼容的地域文化。但这种地域文化，却是全球化、现代化、城市化的一个标本、一个缩影。《太阳转身》为我们提供了丰富的观察视角和研究样本，提出了许多有价值的话题。小说在地域性与世界性因素之间找到它的生长点。城市化、工业化给"岭南文学"带来的冲击和活力，这不仅带来了新的内容，而且对作家的书写范式构成了新的挑战。《太阳转身》的地域性与世界性形成了一种互文性的关系。关于这部长篇小说，只有加入世界的眼光，才能真正地把握作家的思想脉络、风格特征。马克思和恩格斯在《共产党宣言》中用这一术语描述作为全球资本化的一个直接后果的资产阶级文学生产的"世界主义"特征："由于开拓了世界市场，使一切国家的生产和消费都成为世界性的了。物的生产是如此，精神的生产也是如此。各民族的精神产品成了公共的财产。民族的片面性和局限性日益成为不可能，于是由许多种民族的和地方的文学形成了一种世界的文学。"《太阳转身》印证了马克思和恩格斯的预见和推导，它是一部岭南小说，又是一种世界性的文学。

　　《太阳转身》是一部语言生猛扎扎跳、人物形象生动、艺术手法高超的长篇小说，是一部叙事方式与文学风格都别具一格的新异之作。在小说的语言识别上，可以看出胡海洋式的叙述与造句方式。他用俗白、风趣的广东话书写广东的人物、故事，表现具有浓郁岭南色彩的风俗文化、人情世态。胡海洋对粤语进行了广泛吸收和精细提炼，调动了日常生活语言的强大表现力。让广东人说广东话，用广东话叙述广东的故事，描绘广东的风物，使作品的内容和形式完全融为一体。胡海洋在新世纪以来，在《中国作家》等名刊发表了不少小说，最有影响的是《大河拐大弯》，被《长篇小说选刊》转载。这是一部江水东逝、淘尽英雄的壮丽长篇。胡海洋以"卓仁堂"末代传人——卓逸之的青葱成长为导线，揭示了一个延传百年的中医世家走向破败的精神根源，也揭示了国民精神这一持久伤口无药能医的历史渊源。《太阳转身》实际上是《大河拐大弯》的姐妹篇，是它的续集。胡海洋成功地最大限度地裹挟了一切相关的事物和经验，最大限度地将时代与文化间、地域间的潜在差异隐形纠结，以狂放不羁、戏谑调侃的复调手法，使叙事达到更感性、细节繁复和戏剧化的在场真实。胡海洋自信地将情感与内心简化、剥离，通过情节交错、时空穿梭来触探写作伦理的底线，使其反思式的写作抵达睿智和精确的艺术再现，具有令人震撼的感动和良知。

　　东莞青年作家莫华杰的长篇小说《春潮》，则是改革开放大潮中一部昂扬奋发的青春奋斗史。改革开放初期，青年冯源、陈嘉南敏锐地嗅到了时代大潮的潮润气息，地处偏僻山村的他们从捞渣工做起，贩卖时装、制作话梅、开办打火机厂，誓把命运握在自己手中，二人的创业史时时处处透露着市井生活的活力和坚实。创业奋斗的主调之外，李素雅、欧阳娴姐妹的女儿心事，桂北山区秀丽的自然风光、极富特色的风土人情、秉性各异的乡土人物，如同高低错落的和声，共同组成了一支春天之曲。

如果提起东莞作家的改革开放题材报告文学创作，陈启文的《为什么是深圳》可以说是最杰出的代表作品，即使放在我国改革开放题材报告文学创作视野里来看，也是最杰出的代表作品。陈启文，现任东莞市作家协会主席，中国作家协会全国委员会委员、中国作协报告文学委员会委员，国家一级作家。主要著作有长篇小说《河床》《梦城》《江州义门》，散文随笔集《漂泊与岸》《孤独的行者》，长篇报告文学《共和国粮食报告》《命脉》《大河上下》《袁隆平的世界》等20余部，多篇作品被翻译为英、法、德、俄、朝等

《为什么是深圳》，海天出版社，2020年8月

《见证春天》，光明日报出版社，2019年7月

文字在海外出版。曾获"国家图书奖""老舍散文奖""郭沫若散文奖""徐迟报告文学奖""《中国作家》报告文学奖""文学奖""林语堂文学奖"《小说选刊》"双年奖"《北京文学》"双年奖""全国电视纪录片一等奖""中国新闻奖""广东省鲁迅文艺奖"等，2015年被国家水利部授予"水利文学创作特别贡献者"荣誉称号，2017年获"第三届广东省中青年德艺双馨作家"称号。

深圳作为我国改革开放的前沿阵地，充分利用全球产业大转移的宝贵机遇，在发展创新型技术产业方面抢得先机。着重讲述了以华为、腾讯、大疆、云天励飞为代表的四个深圳企业蓬勃而富有活力的创业故事，依靠深圳"政府搭台、企业唱戏"的引导机制，在创新载体建设、新兴产业聚集、创新文化营造等方面取得的骄人成果。长篇报告文学《为什么是深圳》以宏大的视野为我们展开一幅深圳的历史画卷，全景式记录深圳从1980年到2020年四十年里波澜壮阔的发展历程。深圳作为中国改革开放的桥头堡，也是中国走向全球化的先行者，勇立潮头，经历多次转型，在"科学技术是生产力"的战略认知下，最终找准了自己的发展之路——科技创新。作者视角独特，选取四家企业：位列世界500强的科技企业华为和腾讯，21世纪强力崛起的创新企业大疆和云天励飞，讲述它们的创新创业故事。从这四家企业的生动故事中我们可以窥斑见豹，国家实行改革开放的强国之路、深

2019年8月24日上午，报告文学《见证春天——东莞改革开放四十年四十人》首发仪式

圳市政府的政策和制度支持、企业家追赶世界先进水平的历史使命感、"敢为天下先"的创新精神在深圳40年腾飞中缺一不可,这是对"为什么是深圳"这一时代追问最好的回答。

东莞作家写东莞改革开放题材的报告文学,《见证春天——东莞改革开放四十年四十人》是代表作之一。《见证春天——东莞改革开放四十年四十人》系东莞市文联改革开放40年系列文学创作工程扶持项目。项目从2017年年底立项,由谭军波、彭争武主编,谭军波、彭争武等十位作者历时一年半创作而成。据介绍,入书的40个代表由东莞市委宣传部、东莞市文联相关领导和主创团队多次讨论选定,他们有劳动模范、"东莞好人"、公益达人、拥军妈妈、专利名人、"非遗"传人、传统工匠、书画名人、艺术大家等行业领军者、带头人,可谓包罗万象,异彩纷呈。

《见证春天——东莞改革开放四十年四十人》一书以文学的形式将东莞改革开放40年中的人与事留了下来,用文字将这段历史多个领域留了下来,不仅是个人的历史传记,也将成为时代的见证。

反映东莞改革开放的儿童文学作品则有《东江谣》,由东莞本土作家谢莲秀、香杰新创作而成,是东莞首部描绘改革开放大背景下,融合东莞乃至岭南水乡人文风物等元素的长篇儿童文学。该作品以东莞水乡独特的龙舟等民俗文化、东江母亲河等为叙事背景,以东莞水乡世代传承龙舟技艺的老工匠、本土的小伙伴以及顺东江而来的外来小伙伴为原型,以少年儿童的视角,描绘在改革开放大背景下,城市化进程中的变迁、发展、冲突,以及人与人之间微妙的心理和思想变化,并延伸出源头的生态之美、岭南水乡的人文之美,呼唤人们的家园意识、生态意识和环保意识。2016年,在东莞市委宣传部的指导下,东莞市文联正式启动改革开放40周年文艺创作系列工程,分两年两批签约了25个文艺创作项目,着力打造了一批反映东莞改革开放辉煌历程、讴歌东莞人民进取精神、展现新东莞不断发展的追梦足迹的优秀文艺作品。长篇儿童文学《东江谣》便是第二批签约作品之一。该部作品立意深远,紧扣主旋律和时代脉搏,既体现"守护绿水青山""乡村振兴"等时代大主题,又融入"看得见乡愁""守住优秀传统文化之根脉"等东江流域独特的客家文化、岭南水乡文化,富有趣味性、文学性和感染力。作品从不同侧面呈现出东莞创新进取、开放包容、厚德务实等精神特质。

2021年5月15日上午,东莞市万江滘联正丫起龙广场人潮涌动,在一场古老而传统的起龙仪式后，由东莞市文学艺术界联合会、东莞市万江街道办事处联合主办的长篇儿童文学《东江谣》新书首发暨电影《东江谣》拍摄发布仪式在这里隆重举行。《东江谣》是东莞文联改革开放40周年文艺创作签约项目之一，并于2019年被列入广东新世纪出版社重点出版选题，2020年入选广东省委宣传部"粤港澳大湾区原创儿童文学"项目。

胡磊的文学评论专著《城乡中国的文学想象》，是研究改革开放以来东莞文学的集大成之作。作为东莞最具实力的评论家之一，胡磊一直专注于东莞当代文学的研究。他从地缘文化视角对东莞当代文学进行剖析和透视，对发生在东莞本土上的文学现象进行全面、细致和深入的梳理与论证，系统地反映了东莞文学近年来的发展状况，探寻了东莞文学的历史轨迹，客观评价了东莞作家的艺术成就和对中国当代文学的贡献。在《城乡文学的叙事典型》文章中，胡磊将东莞文学分成小说、诗歌、散文、评论进行综述，对东莞改革开放以来的文学进行比较系统的描述和分析，对东莞文学的生成背景、发展过程、主要形态进行比较清晰的解读与界定。胡磊在对东莞作家进行剖析时，始终将作家身处的文化环境作为影响作家风格的重要因素，努力解读"文学作为人类的精神产品"的意义和价值。他对东莞文学的判断："在个案意义上，东莞作家群落研究，对中国地域文学研究具有普适性价值。东莞有大批移民作家坚持底层写作和打工文学的探索，形成一种较为鲜明的有关底层写作的写作群落和文学现象，成为国内打工文学的重镇；在某种意义上，东莞文学的崛起正是中国文学崛起的鲜活标本。"东莞地域文学与中国当代文学的大背景交相辉映，两者的个别性与整体性、特殊性与普遍性互相依存，互相制约。东莞的文学意义，往宏大方面说是中国现代化建设不可缺少的精神资源，往文学方面说，是当下文学丰富和发展的个案佐证。胡磊的评论出色地引导我们去把握东莞当代文学的时代性和地域性特征，对地域文学研究做出了开拓性的尝试。胡磊将文本细读与作品的社会历史环境分析有机结合，将"东莞文学"置于"城乡中国"更大的历史文化语境中，对东莞作家的"城乡叙事"进行了系统、

作家丁燕

全面的描述和分析。"东莞文学"成了一个我们观察"城乡中国"的具有双向视角的绝佳角度：既可以从乡土和农民的视点来观照当代打工者及城市化、现代化、工业化进程并加深对其的理解与把握，又可以从现代城市的视点来反观中国乡土的深层结构和当代农民的最新动向。相对于异彩纷呈、波澜壮阔的城乡生活，相对于城乡中国前所未有的各种外在的生存矛盾和内在的精神变迁，文学对它的呈现只能算冰山一角。胡磊分析了"东莞文学"作为现代中国社会转型的一份特殊的精神纪录，其重要性自不待言。胡磊剖析和梳理了"东莞文学"所包含的社会文化信息和独特的思想命题，对中国农村、农民、农业和城市化、工业化、现代性等重大社会问题进行了诗化的深度开采，打开了数以亿计的农民从农村到城市身份转换的复杂情感和记忆。

三、新时代扶贫题材文学创作

扶贫题材文学创作，是新时代改革开放文学创作的重要组成部分。2018年11月1日，习近平在向改革开放与中国扶贫国际论坛致贺信中说："中国作为世界上人口最多的发展中国家，一直是全球减贫事业的积极倡导者和有力推动者。中华人民共和国成立近70年来，中国共产党领导人民自力更生、艰苦奋斗，为解决贫困问题付出了艰辛努力。特别是40年前，中国开启了改革开放的伟大历程，同时也开启了人类历史上最为波澜壮阔的减贫进程。过去40年来，中国人民积极探索、顽强奋斗，实现7亿多贫困人口摆脱绝对贫困，创造了人类减贫史上的奇迹。"

东莞作家丁燕是扶贫题材文学创作的开拓者。丁燕20世纪70年代生于新疆哈密，1987年开始发表作品。1993年至2010年生活在新疆乌鲁木齐，随后定居广东东莞。中国作协会员、广东省作协理事、广东省作协报告文学创作委员会副主任。出版有《工厂女孩》《工厂男孩》《西北偏北，岭南以南》《低天空：珠三角女工的痛与爱》《阳光洒满上学路》《双重生活》《沙孜湖》《和生命约会40周》《第一个365天》《王洛宾音乐地图》等作品。曾获第六届及第七届全国鲁迅文学奖提名奖、"文津图书奖"、"徐迟报告文学奖"、"百花文学奖"等。

2020年10月，广东人民出版社出版了丁燕的长篇报告文学《岭南万户皆春色：广东精准扶贫纪实》。这是一部反映广东省脱贫攻坚工作进展与成就的长篇报告文学作品，以图文并茂的形式讲述新时代中国扶贫攻坚故事。作者深入走访广东省连樟村、斜周村、海丰县等多个贫困地区，与当地贫困村民、扶贫书记亲切交流，以质朴真实的文字记录在国家精准扶贫政策指导下贫困村民摘掉"穷帽子"，过上新生活的巨大变化。火热的现实和身临其境的生活体验提供了大量崭新的文学素材，丁燕扶贫文学中不少故事都直接源于她的扶贫日记或访谈等第一手资料，这是时代与生活的馈赠。丁燕在充分把握时代精神的前提下坚持个性化表达是新时代扶贫文学的一个特征。在此，国家话语与个性表达得到统一，既聚焦乡村扶贫须挖掘内生动力这一重要话题，又延续了丁燕一向关注转型期普通人精神状况的写作特点。《岭南万户皆春色：广东精准扶贫纪实》，既具强烈的时代特征，又有作家鲜明的个人烙印。

长篇报告文学《岭南万户皆春色：广东精准扶贫纪实》是"中国作家协会脱贫攻坚题材报告文学创作工程"作品之一。从2019年9月起，为进一步推动广大作家深入脱贫攻坚第一线，创作文学精品，中国作协与国务院扶贫办合作，策划开展"脱贫攻坚题材报告文学创作工程"，组织遴选25位优秀作家奔赴全国20多个省、自治区直辖市、的扶贫点深入生活、实地采访，创作反映脱贫攻坚工作进展和成就的报告文学作品，深入反映在以习近平同志为核心的党中央坚强领导下脱贫攻坚的伟大历程。2020年10月30日，中国作家协会脱贫攻坚题材报告文学创作工程成果发布暨海外推广签约仪式在中国现代文学馆举行。中国作家协会党组成员、副主席李敬泽在致辞中说，党的十九届五中全会吹响了新征程、新奋斗的号角，在朝着决战脱贫攻坚、决胜全面小康伟大胜利奋进的历史时刻，中国作协发起脱贫攻坚题材报告文学创作工程具有重要意义，作家用心、用情书写脱贫攻坚的丰硕成果、壮举和奇迹，刻画了中国人民在追求幸福的过程中的精神风貌，体现了广大作家以贴近现实的创作来见证这一伟大历史进程的高昂热情。"这些甘于奉献的感人故事，不仅在今天是动人的，也必将感动

《岭南万户皆春色：广东精准扶贫纪实》，广东人民出版社，2022年10月

《文艺报》头版头条报道丁燕在海丰采访

和影响后人,这不仅是中国的故事,也为全人类提供宝贵的脱贫经验。这种艰苦卓绝的精神、用爱与奋斗创造未来的精神,必将感动人类命运共同体,作家们所书写的中国故事,必将为越来越多的世界各国的人民和读者所接受和喜爱"。

为了更好地推动这些图书的海外宣传,让世界了解中国扶贫的智慧与力量,中国作协与中国图书进出口(集团)总公司合作,向海外推荐该工程的成果,争取在各语种国家翻译出版,已有8部作品与3家海外出版社签订了翻译出版合同。其中,丁燕的《岭南万户皆春色:广东精准扶贫纪实》将由德国欧洲大学出版社翻译成英文出版。

"总书记的手特别厚实,握着特别暖和。""总书记问我,现在的政策好不好?我回答'非常好'。"2018年10月23日下午,习近平总书记来到广东省清远市连樟村视察,在贫困村民陆奕和的家和他亲切交谈。陆奕和这样和邻居们分享着感受。总书记做客后,邻居们发现这个寡言的男人变得爱说爱笑起来。这个温暖的故事被收录在丁燕的长篇报告文学《岭南万户皆春色:广东精准扶贫纪实》一书中,书中类似的温暖故事数不胜数。

2020年是决胜脱贫攻坚之年,受中国作家协会邀请,作家丁燕前往广东采写脱贫攻坚的报告文学,选择清远市连樟村、韶关市仁化县以及汕尾市海丰县为重点采访地。选择这些采访地点,丁燕有意做了地理上的区别。其中,清远市连樟村属于粤北地区,因为山多地少、交通不便而造成了贫困现象。珠江三角洲是广东省经济最发达的地区,位于这一地区的东莞市,对口扶贫的城市有三个:广东省的韶关市、揭阳市和云南省的昭通市。汕尾

作家丁燕

市海丰县属粤东地区,靠近南海,交通不便,农业和工业都不发达,虽然有着悠久的革命文化传统,但却一直被贫穷所困扰。三个地方呈现出完全不同的三种状态,让整本书更具综合性和立体感。

此外,"文学性"是本书重要的特点,在创作时,丁燕要求自己"一定要更具文学性":认真地聆听,真正走进采访对象的心灵世界;深入地观察,不遗漏目光所及的每一个细节;从一个节点深入下去,力求将与之相关的时间和空间全都打通。由于在村子里待的时间足够长,和每一位村民的聊天又足够丰富,积累的素材也足够充沛,所以丁燕没有采用惯常的平铺直叙的方法,而是用词典的方式来创作。如书中在记录连樟村脱贫事迹时,则将标题取为《连樟村词典》,以词典的方式书写。这种以事物自身的视角展开叙述,既可避免强行图解,也可避免简单讴歌,使笔下的脱贫故事更准确、更感人。

近十年来,丁燕一直致力于长篇报告文学的创作,透过"小人物"的故事见证着中国的时代变化。在《岭南万户皆春色:广东精准扶贫纪实》一书中,也正是通过挖掘脱贫攻坚过程中的小人物、小故事,来反映广东省精准扶贫、精准脱贫的实践进程与时代价值。

书中的部分内容曾先后在《文艺报》《中国作家·纪实》等刊物发表，引起好评。

2020年8月5日《文艺报》整版刊发丁燕的《海丰红色村庄的扶贫行动》，选自丁燕长篇报告文学《岭南万户皆春色：广东精准扶贫纪实》。到2019年年底，海丰县建档立卡的9089户共27999名贫困人口，人均可支配收入达1.5万元以上，按"八有"标准百分百实现稳定脱贫；省定贫困村37个全部达到脱贫标准。

海丰县联安镇坡平村革命历史悠久，红色印记众多，是彭桂、彭元璋、彭元岳等革命先烈的故乡，是大革命时期彭湃组建农民赤卫队进行革命活动的重要阵地。在残酷的革命斗争中，坡平村亚前彭自然村彭桂一家九人参加革命，八位献出了宝贵的生命。彭桂1933年6月被叛徒杀害于海丰大安洞，其父彭劳云1930年在梅陇战斗中牺牲，兄弟彭攀1927年8月在反动军队"围剿"亚前彭村时被枪杀，并割下头颅在梅陇圩游行示众三天，其妹彭锦英、弟彭农在赤石战斗中牺牲，彭彻、彭锞、彭水均等兄弟在梅陇被敌人围捕杀害。昔日的坡平村是广东省的省定贫困村，今天有了很大的变化，丁燕在报告文学里描绘道路："昔日的小村杂草丛生、满目疮痍，如今，村里已修复和重建了广场、革命英烈纪念馆、烈士故居等旧址，整个村庄干净而整洁、宁静而优美。当你来到亚前彭村小组时，这里已成为一个爱国主义教育基地和党员廉政教育基地。彭湃于20世纪20年代到村里搞革命的场

彭湃烈士雕像

彭湃烈士故居

重新修建的得趣书室。1922年7月29日,著名的"六人农会"在这里成立。

景，已变成墙壁上的巨型画面；而彭桂、彭元璋等烈士的故居皆粉刷一新，整齐干净；以前那个屋顶破旧、墙壁斑驳的农会旧址，现在变成了展览馆，拥有簇新的青色墙面和红色大门，馆内的布置相当现代化。"

　　海丰县是英雄故里，是著名革命烈士彭湃的家乡。彭湃（1896—1929），海丰县城郊桥东社人（今汕尾市海丰县海城镇），曾用过王子安、孟安等化名。1921年加入中国社会主义青年团，1924年初由团转入中国共产党。1927年10月，在海陆丰地区领导武装起义后，建立了海丰县、陆丰县苏维埃政府（这是中国第一个农村苏维埃政权）。1929年8月30日在上海龙华英勇就义，时年仅33岁。民主革命时期，彭湃开展农民运动，撰写的《海陆丰农民运动》一书，成为从事农民运动者的必读书，毛泽东称其为"农民运动大王"、中国农民运动的领袖。2009年9月10日，彭湃被评为"100位为中华人民共和国成立做出突出贡献的英雄模范人物"。丁燕说："在海丰，历史是以叠缩的方式存在着的——你不仅可以目睹到当下，还可以目睹到包括一百年前的那段历史。海丰还是一个充满象征意味的城市——就像伦敦现在依旧是狄更斯的伦敦那样，海丰现在依旧是彭湃的海丰。穿过大街小巷，走过鳞次栉比的小店，挤在熙来攘往的市场中，你无法逃出彭湃的眼神。在海丰，

作家丁燕在海丰采访时，常常和彭湃的身影劈面相逢

彭湃无处不在——他的名字出现在人们的闲谈中，也出现在学校、医院和公园的牌匾中。如果你不了解彭湃，你便无法了解海丰。海丰的特点，便是彭湃的特点。"这注定丁燕的报告文学不仅是写扶贫帮困，还会唤醒我们的红色记忆，正如她在《海丰红色村庄的扶贫行动》所叙述的那样：

1922年，从日本早稻田大学政治经济系毕业归来的彭湃，深入海丰县各个农村，开始从事起农民运动。他换下学生装，穿起粗布衣，"食尽了四乡的茶饭，差不多日日是早出夜归"，利用各种形式揭露地主剥削农民的罪行，启发农民的阶级觉悟。1922年7月，彭湃与5位农民成立了广东省第一个农民协会——"六人农会"；之后，农会从几人至几百、上千、上万人，最终达到几十万人。在1923年的《广东农会章程》中，彭湃提出纲领——"图农民生活之改造，图农业之发展，图农民之自治，图农民教育之普及"。1927年，彭湃领导海陆丰人民召开了县工农兵代表大会，成立了海陆丰工农兵苏维埃政府——这是中国历史上第一次竖起了苏维埃政权的旗帜。

彭湃在日本早稻田大学留学时的留影

根据广东省委宣传部组织开展的"改革开放再出发"，优秀作家"深入生活、扎根群众"的创作活动安排，2019年至今，丁燕到海丰"深扎"创作，她将以彭湃母亲周凤为人物原型，创作《彭湃之母》。周凤（1871-1973），海丰县公平镇人，彭湃烈士的母亲。1956年，她出席中华人民共和国全国烈属军属代表大会，被誉为"革命母亲"，受到毛泽东、刘少奇、周恩来等人的接见。

丁燕深入彭湃的故乡，创作了有影响的红色扶贫帮困题材文学精品，东莞市作家协会副主席林汉筠则深入韦拔群的故乡，创作了全国第一部扶贫诗集。"我从八百里外的粤地逆流而上/脚步摆脱一路的抛引/只为沐浴这坛经火/只为打一壶红河水……"林汉筠的精准扶贫诗集《遇见红水河》，是林汉筠在东兰文化扶贫工作时的心血结晶。林汉筠肩负东莞对口帮扶东兰县的时代使命，作为两地文化使者和精准扶贫队伍的一员，以笔为马，以诗织锦，竭力为精准扶贫工作探寻新的发力点。沿着徐霞客当年的足迹，从南粤珠江口出发，一路行吟至桂西北的红水河两岸，最后把目光聚焦在东莞对口扶贫的红色东兰大地。

《遇见红水河》，是诗人的一次红色朝圣之旅。

东莞市对口帮扶的广西东兰县，是一个在地图上被忽略或者难以找到的地方，但却是一个充盈诗意的山水胜境。林汉筠"攥着颂词时入东兰/在水天间，书写崖山之春"，"一支凛冽的羽毛写下一条江的俚语"（《红水河，太阳的儿子》），他"在红水河捡拾诗歌时，发现/码头的春天次第开放"（《情人码头》）。珠江上游的红水河，流经东兰境内总长达115千米。作为两地文化使者和精准扶贫队伍的一员，林汉筠多次前往东兰县，用诗歌的形式，感悟东兰，丈量东兰，打开东兰，解读东兰；以诗人独有的浪漫和情怀，在月亮湾放歌，在魁星楼点灯，在官帽峰读崖，在列宁岩祭魂，在旧州古隧道叹前尘

《遇见红水河》，花城出版社，2019年4月

往事，在坡豪湖看渔歌唱晚，在红水河第一湾挂一幅水墨画。东兰的"水与山是龙凤胎"（《听河》），孕育了林汉筠的诗歌。他的诗歌与东兰的"光影、山水相映生辉"（《坡豪湖水下土州署》）。他"将山峦交换山峦/他把一段句子浸淫成红水河的一滴水/在时间和空间上画上了道弧线/用长管牧笛吹出远古的气息和色彩"（《船语》）。在东兰所到之处，所见万物，无不浸染着无限的诗意，诗神和东兰的山水零距离靠近。广西作家协会副主席严风华认为："林汉筠是个有情怀的人。他触摸的山水，能撩拨起他的诗情；他涉及的风物，能触动他的诗心。这山水风物与这诗情诗心，一个贴切的交集与碰撞，诞生了他的《遇见红水河》。"这样的评价是非常精准的。"一首明媚的诗篇清澈了眼睛/或许千年之后，他们记住了/有一个珠江来的汉子叫林汉筠"。诗集中的《一条河的相遇》《一座崖的解读》，是为东兰所作的新山水诗，呈现耳目所及的山水状貌声色之美，诗人怀着深挚的情感，逐一寻访、探究、抒情、咏怀，有婉约之致，又大气潇洒，读来回味悠长。

韦拔群（1894—1932），广西东兰人，壮族，卓越的农民运动领导人，百色起义领导人之一，中国工农红军第七军和广西右江革命根据地创建者之一。2009年韦拔群被评为100位为中华人民共和国成立做出贡献的英雄模范人物之一。

东兰这片美丽、神奇的土地，一草一木见证着中国革命不凡的历程。东兰有45处极具教育意义的革命遗迹遗址，被誉为"没有围墙的革命博物馆"，是广西红色历史资源积淀最深厚的地区，是中国农民运动重要的发祥地，"红旗的光芒飘向每一座山头"。林汉筠凝望东兰这片红色的土地，他的诗歌是英雄精神的历史抒怀，"用自由的歌声划破夜空/唱响民族的峥嵘岁月"（《正月初一的哭声》）。东兰是韦拔群的故乡，"他的名字嵌进九州大地"（《正月初一的哭声》），"他从红水河出发，细雨带着他的忧虑/手指沾着深山湿漉漉的胎记"（《行走的天书》），他的"身体早已垒满了石头/在一座中华方块字体里默默耸立"（《头颅》）。《遇见红水河》中的《一个男儿的绝唱》，共由16首诗歌组成，其实也可以看作一首长诗，多帧画面的移动与定格，书写了韦拔群的一生，构筑起情感张力和硬朗血性的风景线，表达了诗人对英雄与崇高的豪迈情结与审美敬意。林汉筠对东兰的红色历史做了较为深入的观察、思考，"测试岁月的深度"（《十八岁的天空》），他在诗歌中呼唤英雄精神的回归，从诗意上突显其英雄言说的个性化气质，用诗歌诠释英雄主义。《一个男儿的绝唱》形如镌刻的印痕，亦如"燎原的火种，平实的愿景/化作熊熊烈焰/刻着千年熔岩的诗篇"（《火花》）。诗人破译了东兰的红色基因，获得一种新的接近或是诠释历史本质的途径，英雄主义在《遇见红水河》里幻化为一种隐性图腾，以鲜活的意象性体现诗歌形式的张力。如《韦国清故居随想》："天空幽蓝/解说一段历史/几个远道而来的朝圣者/眼里含着泪花/数着一道道石梯。"诗人到东兰扶贫，实际上是一次精神上的朝圣之旅。

东莞作家林汉筠在韦拔群故居

第十五章

东莞新时代党建题材报告文学研究

报告文学是感应时代真实最敏锐的文学，是时代的记录者、书写者和历史记忆的保存者、传承者。报告文学作家是离现实生活最近的作家，他们始终与人民、与大地、与时代精神建立起一种紧密的联系，拥有鲜活的社会生活气息和现实力量。特别是党建题材报告文学创作，近年来异军突起，充分证明报告文学可以在意识形态化方面做出努力，也昭

2018年8月18日，东莞市企业工作委员会联合东莞市作家协会启动了广东唯美集团（马可波罗控股）党建工作创作采风项目

2018年8月18日,东莞市企业工作委员会联合东莞市作家协会启动了广东唯美集团(马可波罗控股)党建工作创作采风项目,前排右一为东莞市作家协会常务副主席、党支部书记胡磊

广东唯美集团(马可波罗控股)党建工作创作采风项目启动仪式合影

示着报告文学发展前行的一条新路。东莞作家注重倾听新时代铿锵前行的足音，将叙述焦点对准非公企业党建，是对报告文学实现形式和传播方式的一种有力延伸。2018年，一批东莞著名作家以广东唯美集团公司（马可波罗控股股份有限公司）党建工作为题材，创作了报告文学《马可波罗纪实》。这些作品具体包括陈启文《一个行业的神话》、丁燕《陶的唯一，瓷的美丽》、周齐林《造砖如造人，塑人如造砖——清远家美陶瓷党建工作纪要》、李会展《时光的涅槃》、蔡秋华《时间的重量》、詹谷丰《马可波罗，一条从泥土到陶瓷的路》、孙海涛《营销中心笔记》、李盛昌《当泥土遇上火焰》、莫华杰《捍卫品牌的尊严——马可波罗品牌调查笔记》、詹文格《从唯美到马可波罗》、柳冬妩《马可波罗长卷》。东莞的作家没有辜负时代寄予的厚望，他们拿起笔倾情记录和书写，以报告文学的形式挖掘、整理、创作，推出以马可波罗控股股份有限公司为代表的东莞非公企业党建工作经验成果，将东莞非公企业党建工作进行形象化的总结与提升，描绘非公企业党组织群体不忘初心、砥砺奋进的精神风貌和感人事迹，演奏了一曲气势磅礴的多声部红色交响乐。

广东唯美集团（马可波罗控股）有限公司成立于1988年，是国内最大的建筑陶瓷制造商和销售商之一，总部设在东莞，在广东清远、江西丰城、重庆荣昌、美国田纳西州均有生产基地，铸造了著名的"马可波罗"品牌。《马可波罗纪实》以马可波罗控股党建工作为考察中心，对马可波罗控股作为东莞非公企业代表的党建工作作一线性记录和梳理，将其置于中国非公企业党建发展历程和中国民营企业成长发展视野中去进行整体观照，力图通过对马可波罗企业精神的挖掘、记录和阐述，呈现具有良好党建工作传统和辉煌成就的东莞非公企业的动态气象，为改革开放和粤港澳大湾区视域下的广东企业党建发展研究提供一个全新的视角。在某种意义上，马可波罗控股成了广东，乃至全国做好企业党建工作的鲜活标本。正如著名报告文学作家陈启文在《一个行业的神话》中所说："马可波罗公司的崛起之路，其实也是大国崛起的一个缩影。……马可波罗公司特别需要有一种超越的战略的核心力量来支撑，一个国家、一个民族不能没有灵魂，一个企业也不能没有灵魂。这个魂之所系，就是党建工作。"陈启文在他的这篇作品里，系统回顾了马可波罗公司党建的发展历程。詹谷丰在《马可波罗，一条从泥土到陶瓷的路》中，从"一个以党建统领工作的优秀企业的成功之路，看到了那许多组成了企业脊梁的中坚人物，看到了泥土到马可波罗品牌瓷砖的蜕变。"通过作家的书写，使我们对改革开放视域背景下的东莞非公企业党建有了真切的了解和具体可感的认知。

东莞唯美陶瓷工业有限公司（广东唯美集团公司、马可波罗控股股份有限公司前身）1997年刚成立党支部的时候，也正是公司面临困境、资不抵债，甚至无法正常发工资的时候。著名报告文学作家丁燕在《陶的唯一，瓷的美丽》中描述了一个老员工辛酸而又感人的经历：1948年出生的黄垂州，初中毕业后，在广东韶关煤矿工作，一干就是十几年。二十世纪八十年代，煤矿倒闭后人员面临分流，他便于1993年来到东莞。那时，位于东莞市旗峰路的"东莞市建筑装饰材料厂"刚刚更名为"东莞市唯美陶瓷工业公司"，他便被分配到这里上班。无论是干在行政、保卫或人力资源，他都认真负责，尽力做到最好。没想到，这个成立于1988年的企业，走到1995年时因资不抵债，濒临倒闭——公司负债达八千万，而总资产只有四千万。黄垂州当时徘徊在黄建平办公室门外，他的"脚步是迟疑的，面颊是滚烫的——他不知敲门后会迎来怎样的场景。左思右想，他还是举起了手指。小儿子拿到技校通知书，但要交七千元建校费才能入学，可那时他的全部家当只有两千八百元。当黄建平说'厂里不能给个人借钱'时，黄垂州的心猛然一缩；可后面的话，又让他破涕为笑，'但我个人可以。'"共产党人既是讲原则的，也是有人情味的，黄建平是共产党人，黄垂州也是共产党人，黄建平在最危难时刻对他慷慨解囊，他对此充满了感恩，也定下决心——"我是党员，我要留下来！"虽然公司没有发工资，但却发饭

中国作家协会全委会委员、东莞市作家协会主席陈启文（现为中国报告文学学会副会长）在创作启动仪式上介绍组织实施及任务分工情况

广东唯美集团（马可波罗控股）党委副书记、纪委书记何继业向参加创作启动仪式的作家介绍企业党建情况

卡，让员工免费到食堂，先吃饱再说。通过大家的齐心协力，公司终于渡过了难关。黄建平对这样的老党员、老哥们也充满了感恩，正是因为有了这样的党员带头，一起共克时艰，才能带领大家共同渡过了难关。——这就是党的凝聚力。

2001年4月，马可波罗控股现任党委副书记何继业成为公司的一员。当时，公司成立了党支部，有了基本的建制，但党建工作还处在一个初级阶段，主要目的在于更好地完成上级党组织交办的任务。有的人对企业党建甚至是有疑问的，如孙海涛在《营销中心笔记》中有这样一段实话实说：在营销中心，有不少职员最关心的是工作业绩，多拿提成，认为入不入党、有没有党委对自己的生活工作意义不大；并且成立党委后，肯定是我们几个头担任领导吧，大事小情你说要不要带头参加呢？况且党员活动那么多，哪一次不要认真策划组织，多麻烦，多浪费时间和精力。还有本身已经成立党支部，谁爱折腾谁去折腾呗。由此可见，在非公企业开展党建工作并非一帆风顺。但党组织的成立，"如同一盘沙加入了水和水泥，既形成了合力、凝聚力，更有了向心力，还有就是无形中增强了每个人的责任感"，终究让"原本对党建工作抱有成见的营销中心的职员也纷纷打开了自己的心扉"。

2003年，中央提出要在全国开展保持共产党员先进性教育活动，东莞承担的任务是在非公有制企业当中开展保持共产党员先进性教育活动，并创造一套工作方法和模式出来。作为试点城市，保持共产党员先进性教育活动在东莞先行铺开，而且，在非公有制企业中开展党建工作，更是东莞保持共产党员先进性教育的一项重要内容。保持共产党员先进性教育，无意中切合了唯美公司的实际情况，时任东莞市委书记佟星将唯美公司作为党建工作的联系点。作为党支部书记的黄建平，回顾企业走过的道路，关键时候，无不是党员和党组织发挥了力量源泉的作用。"党建工作用党员的先进性，调动广大员工群众的积极性和凝聚力"，这句话，多次出现在唯美（马可波罗）经验的文字中。在随后的几年里，唯美公司的党建工作经过不断摸索，渐渐进入佳境。2005年，公司党支部被中共广东省委授予"广东省先进基层党组织"称号。2007年，时任广东省委书记张德江和省长黄华华先后视察唯美公司，高度评价唯美是自主创新的典范，认为唯美的经验，具有特殊意义，值得在更广的范围内宣传和推广。

2008年，时任中共中央政治局常委、中央书记处书记、国家副主席的习近平同志来到了唯美公司。习近平同志视察时，无意中看到了黄建平董事长胸牌上"共产党员"的标示。习近平副主席停下脚步，仔细地打量起一个公开自己政治身份的民营企业家，兴致勃勃地询问企业党员和党组织的情况。一个微小的细节，让习近平同志看到了一家民营企业党员的作用和党建工作的地位。细节，常常是重大事件的折射和引发点。黄建平董事长胸前那块共产党员的胸牌，并不是为了接待中央领导的有意为之和特殊安排。黄建平董事长，从来都把自己共产党员的身份排在人生的首位，那块胸牌，每天都在他的身上，占有最重要最显目的位置。这是2008年7月4日，这个具有特殊纪念意义的日子，此后就一直被唯美（马可波罗）公司的党员和员工记住。陈启文在《一个行业的神话》中，捕捉到了这个重要的时间节点："而唯美（马可波罗）公司的党建工作，则在这个节点之后，脱胎换骨，焕然一新。"

2008年12月26日，是中国共产党的缔造者之一毛泽东诞生115周年的纪念日，唯美公司召开了党委成立大会，黄建平当选党委书记，何继业当选党委副书记。如果说党建工作是企业发展壮大的推手，何继业也是马可波罗党建的一个重要推手，一直担任专职党委副书记。据他介绍，党委成立后，随后又组建和健全了组织部、宣传部、党群办公室和纪检监察部四个办事机构。为了把党建工作真正落到实处，让基层的党支部战斗堡垒作用和党员先锋模范作用充分发挥出来，公司党委借鉴工农红军把支部建在连队的经验，从2008年到现在，先后成立了三个二级党委、五个总支和四十六个支部，共有党员六百多名，配备

全国人大代表、广东唯美集团（马可波罗控股）党委书记、董事长黄建平（中）与作家交流

黄建平董事长（左一）与作家交流，右起：莫寒、丁燕、柳冬妩、周齐林、李盛昌

董事长黄建平(着白衣者)与作家交流,左起:李知展(寒郁)、柳冬妩、丁燕、莫寒、孙海涛、陈启文、莫华杰

董事长黄建平与作家交流

三名专职副书记和二十余名专职党务工作者。这家民营企业的党组织，被中纪委、广东省委组织部和广东省纪委作为直接联系点。

2018年3月7日，全国"两会"期间，习近平总书记在广东代表团参加审议，全国人大代表、广东唯美集团（马可波罗控股）董事长黄建平介绍了以党建引领民营企业文化建设情况，习近平总书记肯定了公司的做法，指出民营企业搞党建不是一种形式的、功利的想法，要真正拥护党的理念，做到心中有党。贯彻执行党中央提出的新发展理念可以助推企业发展。

2018年7月，陈启文、詹谷丰、丁燕等东莞著名作家走进广东唯美集团（马可波罗控股）创作采风。在前往采访过程中，各作家分头联系采访对象深度进行采访，有的还前往重庆、江西、清远等地采访，花费了大量的时间和精力，深入到企业的各个生产车间、各个现场。他们从提供资料中选，从积累资料中找，从史志档案中寻，从文献检索中求，更多的是实地采访，考察调研，删减改写，比较系统地梳理出了马可波罗控股党建工作的做法、特色、亮点、成果，反映了马可波罗控股长期以来积累的党建工作经验，能让读者比较全面地了解和认识马可波罗控股党建工作的发展历程。报告文学的书写需要采访，这是除写作功夫之外的另一方面的关键。参与创作报告文学《马可波罗纪实》的作家，创作态度严谨，实地采访中恐有疏忘，一言一事均有笔录。李盛昌在《当泥土遇上火焰》采访创作札记中写道："笔者在多年的非虚构文学作品写作实践中，深感采访功夫下得深不深，是关系到这种文体生命力、感染力的一个关键因素。领命撰写全国党建先进典型马可波罗控股大型报告文学集部分章节之时，深感将是本人创作生涯中一次严峻的挑战和全新的尝试。显然，党建题材属主旋律文学范畴，这种题材如果不能建立在生活真实的土壤上，则十分容易从崇高的云端，坠落到虚假的深谷，单纯强调主题的宏大，未必能够赋予人物血肉和灵魂，笔下的人物一旦离开了生活的真实和情感的真实，则必然苍白无力，甚至虚伪可憎。这样的作品，不论初衷多么良好，也只能让读者倒胃口，即使主题调门高，也只会让阅读过程变成吞苍蝇的感觉。" 报告文学写作也是一种思想和灵魂在场的写作。作家就是在采访调研的过程中，不断地思考，追根溯源，探究马可波罗党建工作的缘由、经过和创造提供的经验。《马可波罗纪实》）的创作正是依据现场采访和真实史料的展开与细化，采用实证的方法记录考证，从细微处拾遗补缺，力求有深度有温度有广度。

李盛昌在赴重庆唯美公司采访之前，给自己提出了一些要求，采访中要发现并把握住这个厂区的与众不同的特点。他对被采访企业领导提出，选出从员工到领导代表不同层次不同部分的十名党员作为采访对象，每个采访对象，都有不同的询问话题侧重点，从而构成立体多维的真实素材库存。采访中，他得知重庆唯美从选址到建厂到开工投产，仅仅只有几年。在人手配置紧缺、工艺要求奇高，且如此短促的时间内，迅速建成马可波罗控股内，乃至国内最先进、最高效、科技含量最高的现代化瓷砖生产企业，引起国内同行的广泛关注，这里面的确有故事，有人性和情感方面的波澜起伏，有身在其中的普通人最煎熬最困难的时刻，有人性深处灵魂深处的隐秘动荡。而重庆唯美的党建工作，和工厂的紧张筹备上马是水乳交融的，党建在重庆唯美公司，不是一句口号，不是一种摆设，而是化作了从领导到员工的日常生活的一部分，化作了如同泥土遇到火焰涅槃为瓷砖的灵魂升华。采访中，李盛昌会有意无意地引导被采访对象说出他（她）对党员、党建的感觉，说出他们内心最真实的声音，说出他们从普通人到有党的信仰、有思想觉悟、有奉献精神的真实心路历程。采访中，他会经常思考，为什么一些原先最普通的人，经过党员模范的感召，经过党课的教育，经过党组织先锋堡垒的带动，会产生脱胎换骨的改变？他带着这些真实的素材，"试图找到企业党建和企业文化、员工精神情操之间的内在逻辑，并严格遵循生活真实写出这些普通人内心丝毫未加矫饰的觉悟和认识，从而得出结论，企业党建，对于全体员工灵魂的再造、对于企业加强凝聚力、战斗力，有着不可低估的重要作用"。正是通过深入采访，李盛昌的《当泥土遇上火焰》揭开了唯美重庆基地的前世今生之谜，写活了一个关键人物——共产党员邓兴智。对于生产瓷砖的企业来说，陶土就是最基本的、需求量最大的物质。邓兴智本是大学"硅酸盐"科班出身，在马可波罗控股总部及各个分厂又多年负责材料和工艺技术，这次重庆唯美找米下锅的任务，当仁不让地落在他的肩上。为了进行前期的试验分析，邓兴智从总部要来一套电窑炉，然后带着助手和一些专业工具，开车去附近几十公里范围内的不同地点的山坡、荒野、田头，甄别地形地貌，找到富含陶土的地方。要想让当地含铁量大的陶土符合生产马可波罗瓷砖的要求，就必须对陶土除铁。陶土除铁如不能闯关成功，那重庆唯美公司未来生产成本将会大幅上升，对企业的竞争力将会是沉重打击。邓兴智深知，必须在一片看不见路的荆棘中踩出一条路来，他经历了无数次的试验，终于发现，将一种化学原材料加进陶土进行烧制，竟然可以达到除铁目的。接下来还有建厂投产等一道道难关，根据马可波罗控股总部的要求，重庆唯美要大胆构思，精简工艺流程，利用先进设备，大幅提高生产效率，实现减员增效，以应对国内生产要素、人力资源成本大幅上升的严峻形势。按照以前的惯例和经验,上马一条瓷砖生产线,最起码需要一百几十号人,而对于重庆唯美新建的生产线,总部黄建平董事长提出,必须控制在一条生产线五十人以内。邓兴智的压力大啊,军令如山,他了解董事长黄建平的性格,一言既出,驷马难追。要规划出最科学、高效、先进、人员最少的瓷砖生产线,必须依靠人才,借助众人智慧的头脑。最需要帮手的时候,共产党员许超来了,发挥了党员先锋作用。许超是一位难得的工艺设计、生产管理干才,从原料环节开始,每个工序,都试图颠覆传统,借鉴国内外成功经验,引进世界先进技术。这套新工艺配合新设备,颠覆了传统,实现了大幅度减员增效目标,现在的重庆唯美生产线员工只有传统生产线的三分之一。李盛昌在《当泥土遇上火焰》里,塑造令人既熟悉又陌生的非公党建新人物,克服了党建题材报告文学创作容易出现同质化、模式化和概念化的不良倾向。

陈启文在《一个行业的神话》的开头中写道:"说来惭愧,我家里早已铺上了马可波罗瓷砖,我却一直不知道这些瓷砖是如何诞生的。直到2018年8月,一个特殊的机缘才促使我透过瓷砖上那充满了东方禅韵的花纹,去探寻瓷砖内部的秘密。走进马可波罗瓷砖的娘家公司总部,一条穿过绿化广场的路把我深深吸引住了。这是一条由马可波罗的陶瓷工匠们走出来的路,这路上铺着一块一块的瓷片,每一块瓷片上都是一位工匠的手模烙印……"陈启文不仅看到了"工匠的手模烙印",还在马可波罗公司党委树状图上,一目了然地看到了中共基层党组织以一种全面覆盖的形式遍布公司总部和分公司,遍布东莞、深圳、惠州以及江西、重庆、辽宁等地。"将党的组织方式与公司的运营方式相融合,以党建促生产,促经营",就成了这张图的文字诠释。陈启文还看到了马可波罗公司七楼党委会议室的醒目之处,用马可波罗文化瓷砖庄严地雕文着"思想核心,精英摇篮,力量源泉,战斗堡垒"十六个大字。这四句话,就是党建工作研讨会之后从黄建平董事长撰写的党建论文中提炼出来的关键词。陈启文的《一个行业的神话》,系统梳理马可波罗公司多年来党建工作的奋斗历程,作品将叙述焦点对准企业发展与党建关系这一关键问题,既没有单独讲述企业发展的成绩,也没有将党建工作分开叙述,而是通过各种方式讲出了党建与企业发展深度融合的必要性和可能性,使作品主题突出,价值凸显,语言洗练精到,情感饱满丰沛。

詹文格的《从唯美到马可波罗》写的是唯美公司江西产区,通过深入采访,终于打消了他对企业党建工作的所有顾虑:"由于我从事过基层党务工作,撰写过大量的总结汇报材料，所以在采访马可波罗公司之前，不知不觉就陷入了一种先入为主的误区。说实话，对于这种题材的采访我并没有太多的激情，一个民营企业去搞党建，这是在务实，还是务虚？我在内心打了一个很大的问号。如果以一种空洞的说教来展开，这样的文章将很难写出新意。为此，最开始我只是抱着完成任务的心情去深入马可波罗公司。可是接下来一切都出乎所料，当我从东莞总部到江西产区，接触到一个个鲜活的人物、一件件真实的事例后，我知道了马可波罗控股旗下的清远产区、重庆产区，以及美国生产基地的发展都是党建的指引。随着采访的深入，我被深深地震撼了。民营企业的党建原来有如此巨大的力量，可以做得如此有声有色，有形有物。党建文化不仅可以促进一个企业的发展壮大，还能增强凝聚力、战斗力，可以提升一个团队的思想境界和精神高度。风清气正，斗志昂扬。马可波罗控股的党建硕果，让我理解了党的建设是成就所有事业的基石，是统领一切的灵魂。"詹文格走进马可波罗控股江西丰城产区，探悉"从唯美到马可波罗"的变迁，唯美党建"开展一支部一项目活动，是党委引导各支部紧扣企业发展和人文关怀立项，每年一个项目，经过精心策划为各项党建工作找到活动载体。充分用好党组织的'组织力'资源，推进'小项目大工程'，实现党组织作用由点到面"。马可波罗陶瓷江西丰城产区2008年8月成立党支部，2013年9月升格为党委，现有党员110余名，下辖一个党总支，九个党支部。从升格为党委以来，马可波罗丰城产区的党组织威望与日俱增，有效解决了党建工作中存在"两张皮"和"灯下黑"的问题。从公司党建的成功经验来看，关键是党委有效整合了资源，将党建、工建、团建、妇建的阵地有机地统一起来，构建了富有特色的党工青妇"红色家园"。为使丰城产区的党建工作扎根基层，接通地气，2013年9月成立产区党委时，相应成立了纪检监察机构，纪委共有6人，分别由中层领导兼职纪委委员，在不同的部门收集情报信息。同时还选派了4名专职人员负责日常纪检监察工作，负责举报案件的调查、招标采购项目的审核、第三方取样调查。2013年至2018年，丰城产区纪检监察部共计开展违规违纪现象查处、效能监察、项目招标、价格审核、项目验收等审计监察工作1521项，查处违规违纪人员193人次，惩处供应商55家，为企业节省成本、挽回损失共计9818多万元，辅助建立标准43项，促进产区经营稳步发展及业务标准流程的革新，廉洁观念也随之深入人心。从《从唯美到马可波罗》看，公司的确把党建工作抓到了实处。当党建与纪检监察相互结合之后，工作效果非常明显。詹文格的报告文学写作，显然突出反映了这一点。

周齐林的《造砖如造人，塑人如造砖——清远家美陶瓷党建工作纪要》，写的是马可波罗清远产区。周齐林在采访创作札记中写道："2018年年底，我从高埗马可波罗总部出发，上高速，抵达清远家美陶瓷已是上午十点。走进厂门，触目所及的是干净整洁的厂房和员工宿舍，一股熟悉的感觉迅速在心底涌荡开来。室外的寒意映衬着车间内火一般的生产。两天的采访，让我深刻感受到家美陶瓷的点点滴滴，让人震撼的是家美陶瓷党建工作的细致和高效，尤其是党建工作中的反腐工作，这些故事听了让人备受感慨。近年来，非公企业建立党建部门虽然不再是什么新鲜事物，但非公企业成立纪检组织，并引入管理则较为罕见。家美陶瓷就成了清远非公企业第一个'吃螃蟹的'。报告文学写作质量的好坏很大程度上取决于采访是否深入。为了做好采访，我深入到车间，捕捉陶瓷生产的感觉，感受陶瓷的独特魅力。家美之所以能生产出质量这么优秀的陶瓷产品，在于管理岗位的层层把关。细节决定成败，当我进入家美陶瓷采访时，无论是电梯口还是公司墙壁，总能看到一块很特别的宣传牌，上面有家美清远纪检部微信公众号的二维码，上面还有举报电话、纪委书记手机、举报邮箱和地址等信息。无论是外来的供应商，还是公司内部员工，有问题随时可以通过各种方式举报。这些外在的细节，是自信和动真格的呈现，绝非为了应付上级和员工的摆设而存在。故事最立体的呈现，在与孙青书记的采访中，我真正感受到家美陶瓷的纪检工作绝对不是摆设，而是真干实干，他们为此付出了数倍于常人的努力，正因此才有了家美这些年的快速发展。"

作为风头正劲的新锐散文家，周齐林注意运用小说化、散文化和诗化的笔墨来写作报告文学，他在《造砖如造人　塑人亦如造砖——清远家美陶瓷党建工作经要》一文里聚焦"把党建工作引入民企反腐问题"，在报告文学的开头，他用了一个非常形象的比喻："面对错综复杂的造砖程序，经过一道道严格关卡，才能孕育出一块精美无比的瓷砖。造砖如造人，而党建工作的引入，民企反腐力度的加大，其实是对人的重新塑造。"周齐林在作品里讲述了纪检监察部门对歪风邪气进行查处，将不良行为消灭在萌芽当中，而在纠正歪风邪气的同时产生了经济效益，这让马可波罗公司上下为之振奋。清远家美陶瓷建厂六七年，连续换了好几任总经理，每年处于亏损状态。为了扭转家美公司长期亏损的局面，总部领导经过反复调研，最终发现问题所在，家美陶瓷的问题根本原因在人，关键是干部员工队伍的思想作风出现了问题。总部管理层当即就决定用党建工作来改变清远产区的困局。很快家美陶瓷成立了党委，并设立纪检监察部，专门负责公司的纪检监察审计工

广东唯美集团（马可波罗控股）党委副书记、纪委书记何继业率公司各部门负责人与作家座谈

作，在采购、财务、生产方面进行监督审计，先后查办了"饭堂职务侵占案""仓库监守自盗案""化工辅料技术腐败案""后工序腐败案"等案件，哪怕连"三十块钱的装卸费"有出入，也要一查到底，绝不姑息。家美陶瓷纪检监察部成立五年来，将"政委模式""党管监督模式"融入企业管理，对公司的生产、品质、采购、工程、招投标等业务活动进行监察审计，在端正干部作风及降本增效方面取得了显著成效，为公司大幅降低成本费用，产生直接经济效益达5700多万元，间接的效益更是无法估计，公司的风气得到巨大的改善，仿佛脱胎换骨一般，有力促进了企业又好又快发展。这让作家周齐林"真正感受到家美陶瓷的纪检工作绝对不是摆设"。马可波罗控股通过建立"党管监督模式"和"政委模式"，破解了民营企业没有高压线、更容易滋生腐败的难题，为企业大幅降低成本费用，形成了风清气正的局面。作为马可波罗控股分公司，清远家美陶瓷走的就是这样一条充满自身发展特色的党建之路，积极发挥党建工作的重要性，不仅让家美陶瓷走出了当初的泥潭，更创造出了如今的辉煌。

马可波罗控股公司牢牢抓住党建这个"红色引擎"，为全国提供了一个非公企业党建的成功样本。非公企业党组织对于企业的发展，能够发挥着怎样的促进作用？马可波罗控股给出了一份理想的答卷。东莞作家通过深入采访，完成了对马可波罗控股党建工作的真正理解和书写，呈现了非公企业党建工作的特色，填补了有关马可波罗之前宣传报道中某些难以深入的空白或盲区，挖掘和展现马可波罗控股党建工作的幕后故事，探索破解新时代以党建促企业发展的经验密码。如何写好新时代党建题材报告文学，《马可波罗纪实》是一个很好的开端。毫无疑问，在当今的企业党建工作中，局限在贯彻上面文件精神要求应付检查式的占多数。我们也看到这样一种不争的事实，这就是很多的企业党建工作实际上是非常雷同的，因为那些党建企业自身的认识就是局限在一定范围，新的拓展非常有限。因此，对马可波罗党建工作的文学书写就显现出特别的意义。